T0349234

J.B. METZLER

1682

eBook inside

Die Zugangsinformationen zum eBook
finden Sie am Ende des Buchs.

Alexandra Tischel

Affen wie wir

Was die Literatur über uns
und unsere nächsten Verwandten
erzählt

Mit 12 Abbildungen

J.B. Metzler Verlag

Zur Autorin
Alexandra Tischel ist Literaturwissenschaftlerin an der
Universität Stuttgart.

Bibliografische Information der Deutschen Nationalbibliothek
Die Deutsche Nationalbibliothek verzeichnet diese Publikation
in der Deutschen Nationalbibliografie; detaillierte bibliografische
Daten sind im Internet über http://dnb.d-nb.de abrufbar.

ISBN 978-3-476-04598-0
ISBN 978-3-476-04599-7 (eBook)

J.B. Metzler ist ein Imprint der eingetragenen Gesellschaft
Springer-Verlag GmbH, DE und ist Teil von Springer Nature
www.metzlerverlag.de
info@metzlerverlag.de

Einbandgestaltung: Finken & Bumiller, Stuttgart (Foto: akg-images)
Typografie und Satz: Tobias Wantzen, Bremen
Druck und Bindung: Ten Brink, Meppel, Niederlande

J.B. Metzler, Stuttgart
© Springer-Verlag GmbH Deutschland, ein Teil von
Springer Nature, 2018

Inhalt

Vorbemerkung

Am Anfang stand die Ähnlichkeit. Man braucht ihnen nur ins Gesicht zu sehen, um sie zu erkennen. Denn ein Gesicht haben sie ganz eindeutig: Zwei parallel stehende Augen, darüber eine Art Wulst, der an Augenbrauen erinnert, eine Nase und, ja, einen Mund, nicht zu vergessen die Ohren, die seitlich vom Schädel abstehen. Dazu kommen die beiden Arme mit Händen, die greifen können. Und wenn sie so dasitzen, mit diesen Händen Nahrung in den Mund stecken oder ein Kind im Arm halten, dann ist sie nicht zu übersehen. Natürlich gibt es auch Unterschiede: Da wäre vor allem das Fell, das den gesamten Körper bedeckt, und schließlich gehen sie auf allen vieren. Aber die Ähnlichkeit ist da – und sie ist erklärungsbedürftig.

Von diesem Verständigungsbedarf über die Affen zeugen zahlreiche Geschichten. Sie erzählen von der Entstehung der Affen, ihren Fähigkeiten und Mängeln und vor allem von unserem Verhältnis zu ihnen. Vieles davon gehört in den Bereich der Imagination, vieles aber ist erstaunlich treffend. Denn die Geschichten versuchen sich an der Aufklärung über die Tiere und sagen dabei vor allem etwas über uns Menschen aus: wie wir uns sehen und wovon wir uns abgrenzen müssen.

Genau davon soll in diesem Buch die Rede sein: von den Erzählungen, die unser Verhältnis zu unseren nächsten Verwandten behandeln. Dabei kommen zahlreiche Stimmen zu

Wort: klassische Autoren wie E. T. A. Hoffmann, Edgar Allan Poe und Franz Kafka ebenso wie zeitgenössische, darunter J. M. Coetzee, Peter Høeg und Yann Martel. Sie alle setzen sich mit Affen auseinander, um über die wichtigen Fragen des Menschseins zu schreiben: Wie lieben, töten und trauern wir? Was machen wir dabei anders als die Tiere? Worin ähneln wir ihnen?

Natürlich arbeiten die Schriftsteller dabei nicht mit wissenschaftlicher Genauigkeit, sondern mit ihren Mitteln. Sie denken sich Affenfiguren und menschliche Helden aus, die Grenzen überschreiten und Unerhörtes erleben. Bei Peter Høeg verlieben sich z. B. eine Frau und ein Affe ineinander und übertreten das jahrtausendealte Verbot der Sodomie. Der Text entwirft dabei eine Welt, in der der Sündenfall rückgängig gemacht und die Herrschaft über das Tier beendet wird. Zugleich spricht er aber auch über die Regeln unseres Sexualverhaltens und darüber, wie wir die Unterscheidung vom Tier denken.

So zielen die literarischen Texte mit all ihrer imaginativen Kraft immer auch in den Kern eines anthropologischen Problems. Das Buch beginnt dabei mit den scheinbar ›niederen‹ Themen Ernährung (Yann Martel) und Sexualität (Peter Høeg), die an den Körper gebunden sind. Anschließend folgen Fragen der Verwandtschaft (Gustave Flaubert, Wilhelm Raabe) und des sozialen Miteinanders in Gestalt von Aggression (William Boyd) und Dominanz (Will Self). Dann geht es in den Bereich der Nachahmung (Edgar Allan Poe) und der Kunst (E. T. A. Hoffmann) hinein. An ihn schließen sich die ›ernsten‹, intellektuellen Themen an, über die traditionell die Differenz zwischen Mensch und Tier verhandelt wurde und wird: Tod (Johann Gottfried Schnabel), Sprache (Colin McAdam), Erinnerung (Franz Kafka) und Geist (J. M. Coetzee). Dass es sich bei den Verfassern sämtlich um männliche Autoren handelt, ist zuallererst der thematischen Auswahl geschuldet, mag aber insgesamt Anlass zum Nachdenken – oder Schmunzeln – geben.[1]

Die Erzählungen der Autoren ergänzen dabei nicht nur die Erkenntnisse der Wissenschaften, etwa die der Primatologie, der Anthropologie und der Verhaltensforschung, sondern sie erweitern sie auch. Denn in ihrem spielerisch-kreativen Gestus entwickeln sie ungeahnte Szenarien, Begebenheiten und Begegnungen, die Licht auf unsere Welt und ihre Regeln werfen. Deshalb wird im Folgenden auch von den genannten Wissenschaften, von ihren Entdeckungen, ihren Irrtümern und Wendungen gesprochen. Erst im Zusammenspiel und im Kontrast zwischen den beiden Erkenntnisformen Literatur und Wissenschaft wird nämlich deutlich, was uns der Bereich des Möglichen, der Bereich der Fiktion, über uns selbst erzählt. Heraus kommt ein Buch, das von der Faszination, aber auch von der Abneigung und dem Abgrenzungsbedürfnis gegenüber diesen uns so ähnlichen Tieren spricht: Affen wie wir.

Erstes Kapitel
Das kochende Tier

Ü ber den Bonobo Kanzi, der gelernt hat, mit Menschen über Symbole zu kommunizieren, gibt es eine faszinierende Anekdote. Einmal, als Kanzi und die Psychologin Sue Savage-Rumbaugh auf einem Ausflug im Wald unterwegs waren, zeigte er auf die Zeichen für »Marshmallow« und »Feuer«. Wie gewünscht, erhielt er die Süßigkeiten und dazu Streichhölzer. Daraufhin sammelte er ein paar Zweige, entzündete ein Feuer und röstete die Marshmallows an einem Stock.[2]

Wie immer Kanzi auf den Geschmack gegrillter Marshmallows gekommen sein mag, erstaunlich ist die Geschichte in jedem Fall. Und das nicht nur, weil sie belegt, dass der Bonobo seine Wünsche ausdrücken kann. Überraschend ist darüber hinaus, wie perfekt er eine gemeinhin als ausschließlich menschlich angesehene Kulturtechnik beherrscht. Er ist nämlich in der Lage, Feuer zu machen und es zum Grillen zu nutzen.

Damit könnte er als lebender Beweis gegen die These angeführt werden, dass im Kochen, d. h. in der Beherrschung des Feuers und seiner Nutzung zur Zubereitung von Nahrung, ein zentraler Unterschied zwischen Mensch und Tier besteht. Der schottische Schriftsteller James Boswell hat diese Position bereits im 18. Jahrhundert prägnant formuliert:

Meine Definition des Menschen ist ›ein kochendes Tier‹. Tiere haben ein Gedächtnis, Urteilsvermögen und alle Fähigkeiten und Leidenschaften unseres Gemüts, zumindest bis zu einem

*gewissen Grad; doch kein Tier ist ein Koch. Die List des Affen,
der die Pfote einer Katze zum Rösten einer Kastanie nutzt, ist
nur ein Beispiel für die durchtriebene Bosheit dieser* turpissima
bestia, *die uns durch ihre Ähnlichkeit mit uns derart betrüb-
lich demütigt. Nur der Mensch kann ein gutes Gericht zuberei-
ten; und jeder Mensch ist mehr oder weniger ein Koch, indem
er würzt, was er isst.*³

Während Boswell demnach den Tieren zumindest graduell
zahlreiche Fähigkeiten zuschreibt, behält er eine, das Kochen,
allein dem Menschen vor: Kein Tier, außer dem Menschen, ist
ein Koch – »no beast is a cook«. Als Beleg führt Boswell ein Beispiel an, das dem Kanzis verblüffend ähnelt, allerdings aus
dem unscharfen Bereich zwischen naturkundlichem Wissen
und Fabel stammt. Die Erzählung vom listigen Affen kursiert
im 17. und 18. Jahrhundert in verschiedenen Versionen. Sei es,
dass der Affe die Katze überredet, für ihn die Kastanien aus
dem Feuer zu holen, so wie es in einer Fabel La Fontaines
berichtet wird, auf der auch die bekannte Redewendung beruht; sei es, dass er buchstäblich selbst die Pfote der Katze
ergreift und gegen deren heftiges Widerstreben mit ihr in
die Glut langt, wie es zahlreiche Bilder zeigen, etwa das von
Abraham Hondius (Abb. 1). In Boswells Augen hat dieses äffische Verhalten selbstverständlich mit Kochen nichts zu tun.
Er deutet es vielmehr – in Anspielung auf eine berühmte Formulierung des römischen Dichters Ennius – als verzerrende
Nachahmung des Menschen durch die »*turpissima bestia*«, das
»abscheulichste Tier«.⁴

Die beiden so unterschiedlichen Geschichten führen auf
eine interessante Spur. Kann man die Differenz zwischen
Mensch und Tier tatsächlich über die Ernährung, genauer:
das Kochen, bestimmen? Sicherlich wird jeder, der mit Tieren Umgang hat, über deren Nahrungsvorlieben etwas zu berichten wissen. Aber ein Tier, das kocht, d. h. seine Nahrung
mittels Zuführung von Energie zubereitet oder sie auch nur
würzt, wird keinem so leicht einfallen – von Kanzi einmal ab-

Abb. 1 *Abraham Hondius: Der Affe und die Katze, 1670*

gesehen, dessen Verhalten Boswell wohl ebenfalls für bloße »List« hielte.

Die Zubereitung von Nahrung und der mit ihr einhergehende Umgang mit Feuer scheinen tatsächlich spezifisch menschlich zu sein. Für den Ethnologen Claude Lévi-Strauss stellt das Kochen sogar eine symbolische Demonstration des Unterschiedes zwischen Mensch und Tier, der Unterscheidung von Kultur und Natur dar.[5] Hinter der Symbolik verbirgt sich allerdings auch noch etwas anderes, nämlich die Rolle der Ernährung für die Menschwerdung. Denn wir zeigen mit dem Kochen nicht nur, dass wir Menschen sind, sondern wir sind auch durch unsere Ernährung überhaupt erst zum Menschen geworden.

Das behauptet zumindest die »Fleischesser-Hypothese«, die die Paläoanthropologie anhand von Kieferfunden entwickelt hat. Sie besagt, dass die Erfindung von Knochen- und Stein-werkzeugen es den Vormenschen ermöglichte, harte Nahrung zu zerkleinern und damit auch zunehmend mehr Fleisch (etwa in Gestalt von Kadavern) zu sich zu nehmen. So ver-schafften sich unsere Vorfahren in der Konkurrenz zu ande-ren Vormenschen, die Vegetarier blieben, einen Nahrungsvor-teil, der sie zunehmend zu Allesfressern machte. Die protein-reiche Ernährung bewirkte zudem, dass sich ihr Darmtrakt, der bei reinen Pflanzenfressern sehr lang ist, im Verlauf der Evolution verkürzte. Dadurch konnten sie nicht nur Energie einsparen, sondern diese zudem für die Entwicklung eines größeren Hirns nutzen; daraus ergaben sich dann wiederum neue Möglichkeiten, etwa verbesserte Jagd- und Kommunika-tionsfähigkeiten.[6]

Ähnlich argumentiert auch die »Koch-Hypothese«, die al-lerdings das Gewicht weniger auf den Fleischverzehr als auf das Garen der Nahrung legt. Kochen hat nicht nur den Vor-teil, Nahrung besser aufzuschließen und verdaulich zu ma-chen, es spart auch Zeit: So sind unsere nächsten Verwandten, die Schimpansen, täglich ca. sechs Stunden allein mit Kauen beschäftigt.[7]

Die Entwicklung zum kochenden Allesfresser hatte für die menschliche Spezies große Vorteile. Sie machte die An-passung an die unterschiedlichsten Umwelten und damit eine unerhört großflächige Ausbreitung möglich. Allerdings birgt sie auch ein Problem, denn sie stellt den Menschen vor das Paradox des Allesfressers: Gerade wegen der großen Spann-breite seiner Ernährung muss er sich vor schädlichen Nah-rungsmitteln schützen. So verschränken sich die Neugier auf Nahrung und die Furcht vor Vergiftung zum Nahrungsdi-lemma, das sich in der auch von uns oft gestellten Frage aus-drückt: Kann man das essen? Bei ihrer Beantwortung helfen tradierte Essensregeln, die die Leitung durch den Instinkt er-setzen. Sie bringen jeweils kulturspezifische Systeme des Ess- und des Nichtessbaren mitsamt der entsprechenden Küchen-traditionen und Nahrungstabus hervor.[8]

Der kanadische Schriftsteller Yann Martel hat im Jahr 2001 in seinem Roman »Life of Pi« (deutsch: »Schiffbruch mit Tiger«) geradezu ein Experiment auf die Unterschiede zwischen menschlichem und tierischem Ernährungsverhalten, aber auch auf den Umgang mit Nahrungstabus angestellt. Im Zentrum des vielfach preisgekrönten und inzwischen auch verfilmten Buchs steht der Junge Pi, Held und Ich-Erzähler zugleich. Pi wächst im indischen Pondicherry auf, in engem Kontakt mit den Tieren, die im Zoo seines Vaters leben. Neben den Tieren gilt sein Hauptinteresse der Religion. Er ist gleichzeitig praktizierender Hindu, Christ und Muslim, was zu zahlreichen teils komischen, teils absurden Szenen führt. Als die Verhältnisse in Indien für die Familie zunehmend schwierig werden, entscheiden sich seine Eltern, nach Kanada auszuwandern. Gemeinsam mit den Zootieren machen sie sich auf die Reise, die aber nicht in eine neue Welt und ein neues Leben, sondern in die Katastrophe führt. Das Schiff der Auswanderer sinkt auf der Überfahrt, nur Pi überlebt, weil er von Matrosen in ein Rettungsboot geworfen wird.

Mit dem Schiffbruch ruft der Roman die Ausnahmesituation *par excellence* auf: Fern vom festen Land, den Elementen hilflos ausgeliefert, von Hunger und Durst bedroht findet sich der Schiffbrüchige jenseits aller Sicherheiten wieder – allein auf hoher See, mit ungewissen Überlebenschancen. Schiffbruchserzählungen nutzen diese Notsituation, um mit ihrem Helden auch die Gültigkeit sozialer und kultureller Ordnungen auf die Probe zu stellen. Was bleibt übrig, wenn alle stützenden Institutionen und Regeln wegfallen? Und was macht den Menschen dann eigentlich aus?

Im Roman wird diese Konstellation nun variiert und zugleich zugespitzt, indem Pi zwar allein, aber allein unter Tieren im Boot landet. Außer ihm befinden sich nämlich mehrere Zootiere an Bord: ein Zebra, eine Hyäne und ein Tiger, Richard Parker genannt, dem Pi sogar selbst ins Boot geholfen hat. Später – und deswegen ist der Text für unseren Zusammenhang von besonderem Interesse – kommt noch ein

Orang-Utan-Weibchen namens Orangina hinzu. In dieser Gesellschaft stellt sich die Ernährungsfrage natürlich mit besonderer Dringlichkeit. Pi muss nicht nur sich selbst versorgen, er muss auch verhindern, dass er zur Beute der Raubtiere wird, und steht somit vor der unschönen Alternative ›fressen oder gefressen werden‹.

Dabei sind die Positionen im Schiff eigentlich schon verteilt. Das Zebra ist das prädestinierte Opfer der beiden Raubtiere, die sich nur durch ihre Charakterisierung unterscheiden. Der Tiger erscheint in Pis Augen als gefährlich, aber auch schnell und elegant, die Hyäne dagegen als unerbittlich, gefräßig und hässlich. Die Äffin wiederum nimmt eine besondere Stellung ein. Sie wird geradezu wie eine göttliche Erscheinung präsentiert. Als sie auf einem Bananennetz angeschwemmt wird, »von einem Lichtkranz umgeben, lieblich wie die Jungfrau Maria«, begrüßt Pi sie begeistert: »O gesegnete Große Mutter‹, rief ich, ›Fruchtbarkeitsgöttin Pondicherrys, Geberin von Milch und Liebe, tröstender Arm, der uns hält, Befreierin von Zecken, Beschwichtigerin der Weinenden, willst auch du Zeugin dieses Unglücks sein?‹«[9]

In seiner Lobpreisung spricht Pi die Äffin als göttliche, hilfreiche Mutter an, die mit Milch und Bananen, also der typischen Säuglingsnahrung, assoziiert wird. Zu ihrer Mütterlichkeit gesellt sich ihre Menschenähnlichkeit, die im Roman immer wieder betont wird. Zudem treffen sich Pi und Orangina in ihrer Trauer um ihre ertrunkenen Familien. Göttin, Mutter, Mensch, Trauernde – all diese Positionen kann Orangina auch deshalb einnehmen, weil ihre Ernährungsweise für Pi keine Bedrohung darstellt. Während das Nahrungsverhalten der Raubtiere nämlich auf Aggression gründet, ist Orangina für Pi ungefährlich: »Was weiß denn jemand, der von Früchten lebt, schon vom Töten?« (162).

Tatsächlich steht Pi mit dem Orang-Utan-Weibchen ein Mitglied derjenigen Spezies der Menschenaffen zur Seite, die sich praktisch ausschließlich von Früchten ernährt. Fleischverzehr kommt bei ihnen – wie auch bei Gorillas – sehr selten vor. Schimpansen dagegen fressen neben Früchten, Nüssen und Blättern öfters auch Insekten, etwa Termiten, für deren Fang sie Werkzeuge wie Stöcke nutzen. Sie treten außerdem immer wieder als Jäger in Erscheinung, wenngleich Fleisch insgesamt nur wenige Prozent zu ihrem Speiseplan beiträgt.[10] Mit Orangina hat Pi demnach ein Exemplar einer ›vegetarischen‹ Art mit im Boot.

Diese Wahl ist nicht zufällig – sie verstärkt vielmehr die Ähnlichkeitsbeziehung zwischen den beiden Primaten. Pi ist nämlich ebenfalls Vegetarier. Was bei Orangina eine natürliche Verhaltensweise darstellt, beruht bei Pi allerdings auf einer religiösen Entscheidung. So kommt nun auch das Thema des Nahrungstabus an Bord. Pi muss nicht nur gegen die Raubtiere bestehen, die Frage ist auch, ob er selbst zum Raubtier, also zum Fleischfresser, wird oder an seinen kulturellen bzw. religiösen Normen festhalten kann, die in der göttlichen Äffin verkörpert werden.

Derartige Nahrungstabus erklären bekanntlich Lebensmittel, die für den Menschen nicht giftig oder unverträglich sind, zu verbotenen Speisen. Sie betreffen sehr häufig den Verzehr von Tieren, wobei die Gründe für das Verbot vielfältiger religiöser, kultureller, ethischer oder ökonomischer Art sein können; sei es, dass die Tiere heilig oder unrein sind und ihr Genuss die Götter verletzt oder die Unreinheit überträgt; sei es, dass man durch ihre Einverleibung die Unterscheidung zu anderen Gruppen unterläuft und dadurch selbst fremd, barbarisch oder sozial niedrigstehend wird; sei es, dass ethische Überlegungen gegen den Verzehr sprechen oder dass es wirtschaftlich unklug wäre, sie zu essen.

Beim Fleischverbot im Vegetarismus spielt vor allem die Nähe zum Tier eine Rolle, und zwar in doppelter Hinsicht: Zum einen fühlt man sich den anderen Geschöpfen verwandt, zum anderen will man sich gerade von den fleischfressenden Tieren unterscheiden. Das zeigt sich deutlich bei einem der frühesten Verfechter des Vegetarismus, dem Philosophen Pythagoras. Er polemisiert gegen die wilden Tiere, die sich am

»blutigen Fraß«[11] freuen, und fordert vom Menschen, sich an den domestizierten Pflanzenfressern zu orientieren. Dies begründet er mit seiner Lehre von der Seelenwanderung. Da die Seelen frei zwischen menschlichen und tierischen Körpern wandern, birgt Fleischkonsum in letzter Instanz die Gefahr des Kannibalismus in sich. Im Hinduismus wiederum, dem Pi (unter anderem) anhängt, wird ähnlich argumentiert. Er verlangt Gewaltlosigkeit *(Ahimsa)* gegenüber den Mitgeschöpfen, da sich das Töten und der Verzehr von Tieren negativ auf das Karma und damit auf zukünftige Reinkarnationen auswirken.[12]

Bevor Pi allerdings überhaupt vor die Entscheidung ›Fleisch oder nicht Fleisch‹ gestellt wird, beginnen die Tiere miteinander zu kämpfen. Zunächst greift die Hyäne das Zebra an und zerfleischt es in einer geradezu ekelerregenden Szene. Sie bohrt sich in das noch zuckende Tier hinein und frisst es bei lebendigem Leibe von innen her auf. Pi beobachtet diese Schlachterei ebenso wie Orangina, die bei dem Anblick zu brüllen beginnt, als würde sie Protest äußern. Die Spannung zwischen der Äffin und der Hyäne steigt derart an, dass Letztere schließlich auf Orangina losgeht. Es kommt zu einem Kampf, den die Äffin trotz ihrer hoffnungslosen Unterlegenheit gegenüber dem Raubtier austrägt. Sie, die nichts vom Töten weiß, kämpft dennoch und unterliegt. Ihr Todeskampf macht sie nicht nur menschlich, sondern auch göttlich. Denn über das tot daliegende Tier schiebt sich in Pis Wahrnehmung das Bild des Gekreuzigten: »Die Arme waren weit ausgestreckt, die kurzen Beine verschränkt und ein wenig zur Seite gewendet. Es war das Bild von Christus am Kreuz. Nur dass der Kopf fehlte. Die Hyäne hatte ihn abgebissen« (164).

Oranginas Tod wird also in die Nähe des christlichen Selbstopfers gerückt. Bekanntlich deutet das Christentum den Kreuzestod als stellvertretendes Opfer, durch das Christus die Sünden aller auf sich nimmt. Zugleich wird durch ihn die bisherige Opferung von Tieren abgeschafft und durch das

Abendmahl ersetzt. Im Zusammenhang der Ernährungsfragen, die der Text aufwirft, ist das besonders interessant. Denn mit dem Abendmahl wird nun gerade ein unblutiges Mahl aufgerufen, bei dem Brot und Wein Leib und Blut symbolisch vertreten – das Opfer wird vom Fleisch des Tieres gelöst und geradezu ›vegetarisch‹.

Überträgt man diese Überlegung auf unseren Text, so wird deutlich, dass die Äffin zumindest in Pis Augen mit ihrem Tod gegen das blutige Fressverhalten der Hyäne einsteht – und deswegen mit Christus verglichen werden kann, der das fremde Opfer durch das eigene ersetzt. Diese Analogiebildung verkoppelt den artbedingten Verzicht auf Fleisch und die Abschaffung des tierischen Opfers durch die Eucharistie miteinander. Das mag man nun für eine eigenwillige, wenn nicht gar blasphemische Ausdeutung des christlichen Opfergedankens halten. Sie ist aber typisch für einen Text, der mit den vielfältigsten religiösen Bezugnahmen spielt. Mit der Äffin bietet der Roman eine seltsam hybride Figur auf. Als tiergestaltige Göttin und göttliches Tier steht sie in deutlichem Kontrast zur abendländischen Tradition, die den Affen als Zerr- und Gegenbild des Menschen präsentiert und noch in Boswells Rede von der »turpissima bestia« nachklingt.

Mit ihrem Tod verschwindet die Äffin zwar aus dem Text, das von ihr verkörperte Ideal einer ›göttlichen‹ Ernährung bleibt aber weiterhin leitend. Weil die Hyäne danach vom Tiger gerissen wird, stehen sich schließlich nur noch zwei Figuren gegenüber: Pi und Richard Parker. Der Roman schildert nun ausführlich, wie Pi sich mit den Gegebenheiten seiner neuen Umwelt vertraut macht und verschiedene Techniken zum Überleben nutzt. Zu seinem Glück ist das Rettungsboot gut ausgestattet. Er entdeckt im Stauraum Zwieback und Wasser, außerdem einen Regensammler und eine Solardestille, mit der sich Meerwasser entsalzen lässt. Seine Existenz wäre fürs Erste gesichert, wenn da nicht der Tiger wäre. Pi entwirft daher verschiedene Pläne, um sich des Tigers zu entledigen. Er will ihn wahlweise vom Rettungsboot schubsen, erdrosseln, mit Morphium umbringen, zermürben ..., Pläne, die sich allesamt als vollkommen unrealistisch erweisen.

Schließlich erkennt er, dass ihm nur eine Möglichkeit bleibt: Er muss den Tiger zähmen. Dabei kommen ihm die besonderen Kenntnisse zupass, die er in seiner Kindheit im väterlichen Zoo erworben hat. So uriniert er als Erstes auf einen Teil des Bootes, um diesen als sein Revier zu markieren. Die schrillen Töne einer Trillerpfeife sollen den Tiger vom Betreten dieses, ›seines‹ Reviers abhalten. In einem nächsten Schritt bringt Pi parallel zum Pfeifen das Boot zum Schaukeln, so dass der Tiger seekrank wird. Dadurch konditioniert er ihn darauf, mit den Tönen die Reviergrenze zu verbinden und Pi als das Alphatier im Boot anzusehen. Auf diese Weise verwandelt Pi das Boot in ein Gehege und wird selbst zum »Hochseedompteur« (253).

So unwahrscheinlich dieser Zähmungsprozess auch erscheint, Pis zoologische Erläuterungen machen ihn zumindest nachvollziehbar. Sie vermitteln den Lesenden die erfreuliche Gewissheit, dass auch die aussichtsloseste Lage so hoffnungslos nicht ist. Zwar bleibt die Zähmung immer prekär, und die vom Tiger ausgehende Gefahr weicht nie völlig, aber Pi wächst doch an dieser Aufgabe – und fällt zugleich unter dem Druck der Ausnahmesituation von seinen ethischen Prinzipien ab. Denn der Preis, den er für sein Überleben zahlt, besteht im Töten.

Das Zähmen allein reicht natürlich nicht aus, Pi muss vor allem die Ernährung des Tigers sicherstellen, muss für ihn jagen, und das bedeutet, Fische und Schildkröten zu erlegen. Nachdem er dem ersten Fisch das Genick gebrochen hat, vergleicht er sich selbst mit Kain (226), später begeht er dann den ultimativen Sündenfall, indem er selbst Fleisch verzehrt: »Und das alles mir als Vegetarier. Als Kind hatte ich gezittert, wenn ich eine Bananenschale aufriss, denn für meine Ohren klang es, als bräche ich einem Tier das Genick. Ich war auf eine Stufe der Barbarei gesunken, die ich nie für möglich gehalten hätte« (242).

Pi wiederholt sozusagen individuell jene Geschichte der Menschwerdung vom Vegetarier zum Fleischfresser, die die Paläoanthropologie erzählt; allerdings – und das ist das Spannende – wird diese Geschichte nicht als zukunftsträchtiger Fortschritt, sondern als Abfall von einem göttlichen Ideal dargestellt. Der Roman schreckt nicht davor zurück, die Kosten dieser ›Menschwerdung‹ zu zeigen: Anstatt wie seine Vorfahren friedlich Früchte zu kauen, wird Pi in der Notlage zum Mörder und Fleischfresser, zu Kain.

Das bleibt aber nicht das letzte Wort des Textes. Nach 227 Tagen auf See landen Pi und der Tiger in Mexiko an. Das Tier verschwindet im Dschungel, Pi wird am Strand gefunden und ins Krankenhaus gebracht. Dort wird er von Angestellten der japanischen Reederei, der das gesunkene Schiff gehörte, über die Ursachen des Schiffbruchs befragt. Die Japaner äußern Zweifel an Pis Erzählung, der ›Tiergeschichte‹ nämlich, die auch wir gelesen haben.

Nun nimmt der Roman eine überraschende Wendung. Pi präsentiert eine zweite Version des Geschehens. In dieser deutlich kürzeren Variante sind es Menschen, die sich in das Boot retten konnten: ein verletzter Seemann, der Koch des Schiffs, Pis Mutter und schließlich Pi selbst. Der Koch schlägt vor, das gebrochene Bein des Matrosen zu amputieren – angeblich um ihn zu retten. Danach nutzt er das Bein allerdings als Angelköder, zerlegt und verspeist schließlich sogar den an der Amputation verstorbenen Mann. Pis Mutter versucht, die Würde des Toten zu retten, indem sie den Koch ohrfeigt und ihn auf das Tabu des Verzehrs von Menschenfleisch hinweist. Zumindest eine Zeitlang geht die Gemeinschaft im Boot dennoch einigermaßen gut. Pi und der Koch fischen zusammen und teilen den Fang. Als der Koch aber Pi wegen einer entwischten Schildkröte schlägt, verteidigt die Mutter ihren Sohn. Im anschließenden Kampf wird sie vom Koch getötet. Pi wiederum greift daraufhin den Koch an, tötet ihn und verzehrt dessen Herz und Leber.

In Pis kaum zehn Seiten umfassendem Bericht gegenüber

den Japanern lassen sich die Konturen der vorher auf über 200 Seiten geschilderten Ereignisse erkennen. Was wir als Verhaltensweisen von Tieren kennengelernt haben, wird nun Menschen zugeschrieben. Deren vorherige Tiergestalt entspricht ihrem Verhalten im Boot: Die Hyäne war der kannibalische Koch, das Zebra dessen wehrloses Opfer, die Äffin die vegetarische Mutter. Pi, der Protagonist, hatte sich gespalten. Der Tiger stellte sein animalisches Selbst dar, auf den er den tabuisierten Fleischverzehr projizierte. Aus den vorher so ›real‹ geschilderten Tieren werden nun im Nachhinein Fabeltiere, die für die menschliche Ernährung stehen.

Dabei tritt an die Stelle des vorher verhandelten Vegetarismus nun das ultimative Nahrungstabu: der Kannibalismus. Dieses zwar nicht universelle, aber doch äußerst weit verbreitete Verbot verlangt, dass Gleiche einander nicht verzehren. Es liegt auch zahlreichen vegetarischen Positionen zugrunde. In fast allen Kulturen wird Kannibalismus als Abfall vom Humanen bewertet, nach dem Motto: »Wer Menschen ißt, ist kein Mensch«,[13] und nur in ganz speziellen Not- oder Ausnahmesituationen überhaupt geduldet. Mehr noch als Mord und Totschlag, die ebenso aggressiv Körpergrenzen überschreiten, löscht das Verspeisen den anderen restlos aus. Wie bei allen stark tabuisierten Verhaltensweisen steckt dahinter natürlich auch ein Faszinosum, eine archaische Vorstellung von magischen Kräften, die konsumiert und vereinnahmt werden können, indem man das Blut des Feindes trinkt oder die Ahnen verzehrt. So stark ist der Abscheu, den der Kannibalismus erregt, dass er zu einem zentralen und diffamierenden Deutungsmuster des Fremden werden konnte. Menschenfresser, das sind immer die anderen, Indianer, Juden, Hexen, Christen etc.

Wenn Pis zweiter Bericht nun aus der unerhörten Tiergeschichte eine Erzählung über den Kannibalismus unter Schiffbrüchigen macht, so hat das verschiedene, zum Teil gegenläufige Effekte. Zunächst einmal stellt er damit seine Zuhörer (und ebenso die Leser) vor die Frage, welcher der beiden Geschichten sie Glauben schenken sollen. Diese erzählerische Volte birgt ein Moment der Enttäuschung im doppelten Sinn in sich, eine Desillusionierung der Zuhörer ebenso wie eine Entlarvung der Protagonisten. Denn die vorher so realistisch erzählte Tiergeschichte soll nun eine bloße Fabel sein, eine ›Deckerzählung‹ für menschliche Grenzüberschreitungen. Zugleich spitzt die Erzählung damit die Frage der menschlichen Ernährung und ihrer Grenzen zu, wenn der Text nicht bloß das Tabu des Fleischverzehrs, sondern das des Kannibalismus diskutiert.

Nicht zuletzt schließt die Erzählung damit an ein aus der Geschichte und Literatur des Schiffbruchs bekanntes Motiv an. Seenot und Menschenfresserei sind derart eng miteinander verbunden, dass für den Kannibalismus unter Schiffbrüchigen lange der sogenannte ›custom of the sea‹ galt, der ›Brauch des Meeres‹. Er erlaubte es Seeleuten in Not, sich von Toten zu ernähren oder gar das Los zu ziehen, um ein Opfer zum Verzehr auszuwählen.[14] Literatur und Kunst haben sich immer wieder von diesen aus dem Extrem geborenen Grenzüberschreitungen anregen lassen. Schiffskatastrophen beschäftigten die Phantasie zahlreicher Künstler, unter ihnen auch Edgar Allan Poe, der im Jahr 1838 seinen »Umständlichen Bericht des Arthur Gordon Pym von Nantucket« verfasste.[15]

Pis Erfinder Yann Martel hat Poes Text erklärtermaßen gelesen und aus ihm nicht nur die Vierer-Konstellation der Schiffbrüchigen übernommen, sondern auch den Namen Richard Parker.[16] Bei Poe gibt es eine gleichnamige Figur, die den Vorschlag macht, das Los zu ziehen, um einen der Kameraden als Opfer auszuwählen. Das Los fällt, wie es fallen muss, nämlich auf Richard Parker selbst, der daraufhin erdolcht, ausgeweidet und verspeist wird. Mit dem Namen, den der Tiger bei Martel trägt, wird demnach die Figur eines potentiellen Kannibalen und zugleich die eines Opfers des Kannibalismus aufgerufen. So ist mit dem Tiger die Menschenfresserei schon die ganze Zeit an Bord, zunächst in Gestalt des Tieres und seiner Gefährlichkeit, dann als Projektion Pis, auf die er seine eigenen Taten verschiebt. Auf diese Weise lässt sich eine Brücke zwischen den beiden Versionen des Geschehens schlagen, die sich aber dennoch nicht bruchlos ineinanderfügen.

Angesichts der eingangs erwähnten Definition des Menschen als dem ›kochenden Tier‹ stellt es natürlich eine besondere Pointe dar, dass in Martels Text ausgerechnet ein Koch zum aktiven Kannibalen wird. Zugleich entbehrt dies aber nicht einer gewissen Logik. Der Beruf des Kochs besteht ja genau darin, die verschiedensten Nahrungsmittel, darunter natürlich rohes, blutiges Fleisch in vielerlei Form, zum Verzehr tauglich zu machen. Der ideale Koch sollte daher in der Lage sein, auch unter widrigen Umständen und mit beschränkten Mitteln nahr- und schmackhafte Kost zuzubereiten. Da der Koch bei Martel explizit als französischstämmig bezeichnet wird, wird er zudem einer Küchentradition zugeordnet, die ganz sicher nicht als vegetarisch, sondern im Gegenteil als besonders ›tabulos‹ gilt.

Zum Entsetzen seiner vegetarischen Mitschiffbrüchigen sieht der Koch tatsächlich im toten Matrosen – vielleicht sogar bereits im noch lebenden – zuallererst einen Haufen Fleisch, den er mit dem Messer fachmännisch zerlegt und einschließlich Haut und Gedärm verarbeitet. Indem er anschließend die Stücke in der Sonne trocknen lässt, nutzt er eine der einfachsten und ältesten Techniken der Konservierung. Dieses gewissermaßen professionelle Handeln verletzt alle Standards menschlicher Ernährung, die in den Nahrungstabus, genauer: im Verbot des Kannibalismus, niedergelegt sind.

Wenn der Mensch seine Identität aus seiner Nahrung bezieht, also, mit dem vielzitierten Wort Ludwig Feuerbachs gesprochen, das ist, was er isst, und zugleich derjenige, der Menschen isst, kein Mensch mehr ist, dann hat der Koch damit seine Menschlichkeit aufgegeben. Das belegt auch sein Kommentar, als die beiden anderen ihn beim Verzehr eines Streifens Fleisch ertappen: »Schmeckt wie Schweinefleisch« (370).

Der Vergleich zeigt, dass die Unterscheidung zwischen tierischem Fleisch und menschlichem Körper für ihn nicht mehr gilt. Der ansonsten tabuisierte menschliche Leib besitzt keinen Sonderstatus mehr, da die kulturelle und religiöse Ordnung ihn nicht mehr schützt. Er wird vielmehr zum Körper, der »wie Schweinefleisch« verzehrt werden kann. Steht das Kochen bei Boswell noch für die spezifisch menschliche Tätigkeit, kippt es bei Martel in die Unmenschlichkeit – der Koch wird hier zur »Bestie« (370): The cook is a beast.

Pis Mutter wiederum vertritt die Gegenposition zum Koch, wenn sie auf der Aufrechterhaltung des Tabus besteht: »Er ist ein *Mensch!* Er ist Ihresgleichen!« (369). Mit ihrer emphatischen Betonung der Menschlichkeit des anderen beharrt sie auf der Gleichheitsregel, die dem Tabu zugrunde liegt. Auch deshalb kann ihr Opfer für den Sohn als christusähnlich imaginiert werden. Über die Verbindung von Äffin, Mutter und Christus koppelt der Text Vegetarismus, Weiblichkeit und Kreuzestod aneinander und stellt sie in Opposition zu Fleischverzehr, Männlichkeit und Kannibalismus. Im einen Fall werden Leib und Blut für den Mitmenschen gegeben, im anderen wird dieser verzehrt. Letztlich bildet der Kannibalismus deswegen auch das Gegenmodell zur Eucharistie, indem er den realen Körper verspeist und ihn nicht symbolisch transzendiert.

So entwirft der Text eine Ethik der Nahrung, die die Position der Äffin und Mutter idealisiert, zugleich aber auch deren Unmöglichkeit in der Notsituation des Schiffbruchs demonstriert. Weil die Logik der Erzählung die Grenzüberschreitung fordert, verschwinden beide Figuren aus dem Text, verkörpern aber insgesamt den humanen Kern der Erzählung, ihr ethisches Korrektiv. Der Text handelt demnach vom Zusammenbruch der symbolischen Ordnung der menschlichen Ernährung. Mit der Gegenüberstellung von Äffin und Koch nutzt er dabei die Evolution als Hintergrund für den Roman, verkehrt aber deren traditionelle Bewertung. So kann die nichtmenschliche Primatin zur Vertreterin einer ›humanen‹ Ernährung werden, die auf Aggression verzichtet und Nahrungstabus respektiert. Dagegen wird der Koch, evolutionär gesehen das Endprodukt der kulinarischen Entwicklung des Menschen, durch seinen Kannibalismus zur unmenschlichen, allesfressenden Bestie.

Pis Erwachsenwerden vollzieht sich im Spannungsfeld zwischen diesen beiden Figuren. Er muss sich dabei von seinem Ursprung gleich in zweifacher Hinsicht lösen, von der Mutter ebenso wie von deren Ernährung. Sein Überleben und damit seine Entwicklung zum Mann erfordern schmerzhafte Opfer, die im Sündenfall des Kannibalismus gipfeln. Auf diese Weise erzählt der Roman eine gegenläufige Geschichte vom kochenden Tier.

Zweites Kapitel
Tierliebe

*T*ierliebe sollte nicht zu weit gehen. Seit die Götter sich nicht mehr in Schwäne oder Stiere verwandeln, ist der Verkehr zwischen Menschen und Tieren auf unverfängliche Zärtlichkeiten beschränkt: Mehr als ein Küsschen auf die Schnauze, das Kraulen hinter den Ohren oder das Streicheln des Bauchs ist nicht erlaubt. »Jeder, der mit einem Tier verkehrt, soll mit dem Tod bestraft werden« (Exodus 22,18), heißt es im Alten Testament. Das Verbot sexueller Beziehungen zwischen Mensch und Tier gilt seither für alle Kulturen, die sich auf die Bibel beziehen, und nicht nur für sie. Mit ihm wurden zugleich auch andere Formen von Sexualität untersagt, die nicht auf Fortpflanzung zielen. Das belegt auch die Geschichte des Begriffs der Sodomie, der zunächst jede als ›widernatürlich‹ empfundene Sexualpraktik (darunter auch Homosexualität) umfasste und erst später auf sexuelle Handlungen mit Tieren begrenzt wurde.[17]

Während in der Gegenwart inzwischen viele nicht reproduktive Formen von Sexualität gesellschaftlich akzeptiert sind, wirkt das Tabu der Tierliebe fort. Mit Gründen des Tierschutzes allein lässt sich das kaum erklären. Denn dann, so meint der Tierethiker Peter Singer, müsste die qualvolle Behandlung von Tieren, die in der Lebensmittel- und Fleischproduktion alltäglich ist, ebenfalls verboten sein.[18] Offenbar geht es beim Verbot sexueller Beziehungen zu Tieren um mehr als die bloße Fortpflanzung. Anscheinend will sich der Mensch auch hinsichtlich seiner Sexualität besonders deutlich vom

Tier unterscheiden. Das leuchtet unmittelbar ein: Gerade dort, wo er sich seiner ›animalischen‹ Natur am nächsten weiß, zeigt sich auch sein Abgrenzungsbedürfnis am deutlichsten.

Geschichten über den Verkehr mit Tieren stellen daher in besonderer Weise die Grenze zwischen dem Menschen und anderen Lebewesen in Frage. Was und wie sie davon erzählen, sagt viel darüber aus, wie menschliche Sexualität konzipiert wird und wovon sie abgegrenzt werden muss. Das gilt besonders für den sexuellen Umgang zwischen Menschen und Affen, da hier die Trennlinie zwischen den Arten ohnehin weniger scharf gezogen erscheint.

Phantasien über Paarungen und Kreuzungen zwischen beiden beschäftigen schon die Antike. Besonders wirkmächtig sind die naturkundlichen Berichte über männliche Affen geworden, die angeblich Frauen nachstellen. So berichtet der römische Schriftsteller Älian in seinen »Tiergeschichten« von roten Affen aus Indien und »hundsköpfigen« Pavianen, die extrem wollüstig seien und sich an Frauen vergreifen würden.[19] Die Affen erscheinen hier als Verkörperung einer ungebremsten, gewalttätigen männlichen Sexualität. Auch das Mittelalter imaginiert den Affen als ein besonders lüsternes Tier. Noch die Naturforscher des 17. und 18. Jahrhunderts tradieren solches ›Wissen‹. Der britische Zoologe Edward Tyson behauptet von Pavianen, dass sie Blondinen bevorzugten, der französische Naturforscher Georges de Buffon weiß von Frauen zu erzählen, die von Affen vergewaltigt wurden.[20]

Man ist geneigt, diese Angaben ins Reich der Fabel zu verbannen, wie so viele andere naturkundliche Informationen auch, die sich inzwischen als überholt erwiesen haben. Umso seltsamer ist es, wenn man auch in der unmittelbaren Gegenwart auf eine ähnliche Erzählung trifft. Sie stammt von Biruté Galdikas, der bekannten Orang-Utan-Forscherin. Galdikas hat auf Borneo eine Forschungs- und Auswilderungsstation für Orang-Utans aufgebaut, und man wird ihr wohl kaum ein Interesse an der Verbreitung von Schauergeschichten unterstellen können. Dennoch schildert sie in ihrer Autobiographie aus dem Jahr 1995 eine derartige Vergewaltigung. In ihrer Gegenwart wurde eine Köchin des Camps von einem halbwüchsigen Orang-Utan-Männchen namens Gundul überfallen und sexuell missbraucht, ohne dass Galdikas oder die Frau selbst es verhindern konnten.

Bei Gundul handelte es sich um eines der Tiere, die ausgewildert werden sollten. Er hatte sein bisheriges Leben in Gefangenschaft gelebt, seine sozialen ›Eltern‹ waren Indonesier, so dass er die Scheu vor Menschen ganz verloren hatte.[21] Als Gundul die Frau überwältigte, verhielt er sich in gewisser Weise wie andere männliche Jungtiere auch. Bei den solitär lebenden Orang-Utans kommen erzwungene Sexualkontakte durch Halbwüchsige vergleichsweise häufig vor. Wenn Weibchen sich nicht paaren wollen, können sie nämlich vor den schweren erwachsenen Männchen fliehen, nicht aber vor den leichteren und flinkeren Jungtieren.[22] Gunduls Verhalten war daher in gewisser Weise ›artgemäß‹, auch wenn sich seine Attacke auf ein artfremdes ›Weibchen‹ richtete.

Es gibt keinen Grund, Galdikas' Augenzeugenbericht anzuzweifeln. Dennoch ist auch deutlich, dass sich Gunduls besonderer Fall kaum verallgemeinern lässt – geschweige denn, dass aus ihm auf ein typisches Verhaltensmuster oder eine besondere Vorliebe männlicher Affen geschlossen werden könnte, so wie es die Naturforscher des 18. Jahrhunderts in der Tradition der Antike behaupteten.

Von derartigen Ausnahmen abgesehen, sollte man Berichte über Frauen vergewaltigende Affen wohl der Phantasie zurechnen. In ihnen wird ein Bild aggressiver tierischer Sexualität entworfen, vor dessen Hintergrund die menschliche als anders – sei es nun schamhaft, gebändigt oder kultiviert – abgesetzt werden kann. Zugleich ist mit dieser Entgegensetzung auch die von männlich-aktiver und weiblich-passiver Sexualität verbunden.

Beides zusammen ergibt ein wiedererkennbares und flexibles Motiv, das in immer neuen Konstellationen erzählt werden kann. An erster Stelle steht hier natürlich die Vergewalti-

Abb. 2 Jean-Michel Moreau Le Jeune, Emmanuel De Ghendt:
»Die beiden Verirrten hörten leise Schreie«, 1801

gung durch das Tier, die ihren bekanntesten Ausdruck in der
Figur King-Kongs, des überdimensionalen, quasi ›phallischen‹
Affen gefunden hat. Verkehren dagegen die Menschen frei-
willig mit Affen, dann werden sie als ›vertiert‹ gekennzeichnet, rutschen demnach auf die Seite der tierischen Sexualität.
Das gilt gleichermaßen für Männer wie für Frauen. In Johann
Peter Schnabels Roman »Die Insel Felsenburg« (1731–34) nehmen sich zum Beispiel drei Männer auf einer einsamen Insel
Affenweibchen zur Geliebten. Sie verlieren dadurch jegliches Anrecht auf menschliche Behandlung, weswegen ihnen
nach ihrem Tod nicht einmal ein Begräbnis zusteht.[23] Auch

bei Frauen zeugt die freiwillige Paarung mit Affen von unge-zähmter, tierischer Begierde. So erzählt eine Geschichte aus 1001 Nacht von der krankhaften sexuellen Gier einer Prinzes-sin, die nur durch einen großen Affen zu befriedigen ist.[24]

Natürlich kann das Motiv auch erotisch gewendet werden, wie bei dem französischen Aufklärer Voltaire. In seinem Ro-man »Candide« (1759) befindet sich der naive Protagonist in einem ihm unbekannten Land irgendwo in der Nähe von Para-guay, als er zum Zeugen einer dramatischen Szene wird. Can-dide und sein Begleiter Cacambo hören zunächst leise Schreie und erblicken dann zwei nackte Mädchen, die von zwei Affen verfolgt und in den Po gebissen werden (Abb. 2). Candide will den Mädchen helfen und erschießt beide Affen. Zu seinem Erstaunen brechen die Mädchen über den Körpern der toten Tiere in Tränen aus, denn diese waren, wie der Schütze nun erfährt, ihre Liebhaber![25] Voltaire nimmt hier zum einen die Ahnungslosigkeit seines allzu optimistischen Helden ironisch aufs Korn, zum anderen aber auch die Berichte der zeitgenös-sischen Naturkunde über das Betragen fremder Tiere und Völ-ker.

Der dänische Schriftsteller Peter Høeg sieht sich demnach einer mächtigen Erzähltradition gegenüber, als er 1996 seinen Roman »Die Frau und der Affe« veröffentlicht. Høeg ist zu die-sem Zeitpunkt bereits ein bekannter Autor, der mit dem Ro-man »Fräulein Smillas Gespür für Schnee« (1992) international großen Erfolg hatte. In »Die Frau und der Affe« wendet er sich der Frage nach den Grenzen zwischen den Spezies zu und er-zählt die unerhörte Liebesgeschichte zwischen einer Frau und einem Affen.

»Ein Affe näherte sich London«,[26] so beginnt die Erzählung. Gemeinsam mit drei Männern befindet sich das Tier an Bord eines Segelboots, das Kurs auf den Hafen des Royal Englisch Yacht Clubs hält. In einem unbeobachteten Moment über-nimmt der Affe das Steuer, befördert die Männer durch ein geschicktes Segelmanöver über Bord und lenkt das Boot, die »Arche«, mit Karacho in die Terrasse des edlen Clubs. Im anschließenden Chaos gelingt es dem Tier, unbeachtet zu entkommen.

Schon dieser Paukenschlag am Anfang lässt Høegs erzählerische Verfahrensweise deutlich werden. In ihm verbindet sich ein spannender Auftakt mit Anspielungen auf verschiedenste Texte. Kenner populärer Stoffe werden in der Eingangsszene eine Passage aus Bram Stokers »Dracula« wiedererkennen. Dort nähert sich ein Schiff in einer stürmischen Nacht dem Hafen der Stadt Whitby, an Bord befinden sich nur noch der tote Kapitän, der am Steuer festgebunden ist, und ein großer Hund, der spurlos verschwindet.[27] Mit dem Szenario aus »Dracula« übernimmt Høeg einerseits die Ankunft eines fremden Wesens in England, andererseits wendet er das Motiv neu: Nicht der gefährliche Vampir des Schauerromans, sondern ein offenbar außergewöhnlicher Affe geht an Land. Ähnliches gilt auch für die Benennung des Segelboots. Sie ruft die biblische Arche auf, mit der Noah nicht nur seine Familie, sondern auch ein Paar von jeder Tierart vor der Sintflut rettete. Diese Mischung aus populärkulturellen und biblischen Anspielungen ist typisch für den Roman, der in postmoderner Manier bekannte Erzählmuster und Motive zitiert und zugleich neu interpretiert.

Die Flucht des Affen ist nicht von Dauer. Er wird gefangen und in die Villa von Adam Burden gebracht, dem Direktor eines Forschungsinstituts des Londoner Zoos. Auch dessen Name dürfte nicht zufällig gewählt sein. Der Mann trägt die ›Bürde‹ des biblischen Adam, dem es auferlegt ist, über die Tiere zu herrschen. Zugleich bezieht sich die Namensgebung aber auch auf Rudyard Kiplings berühmtes Gedicht »The White Man's Burden« (1899), das die Kolonialisierung zur mühseligen, aber verpflichtenden Aufgabe des weißen Mannes erklärt.[28] Insofern steckt in der Benennung der männliche, weiße Herrschaftsanspruch über jegliche andere Kreatur, sei sie nun tierisch, weiblich oder nicht-weiß. Adam verkörpert ihn in jeder Hinsicht, durch sein Gebaren als männliches Alphatier, durch seinen adligen Stammbaum ebenso wie durch die koloniale Vergangenheit seiner Familie, die sich mit »Mombasa Manor«, dem Londoner Anwesen, in dem Adam wohnt, ein Denkmal gesetzt hat.

In dieser Konstellation fehlt nun noch Adams Frau, die allerdings nicht Eva heißt, sondern nach der reuigen Sünderin benannt ist: Madelene. Sie benötigt jeden Morgen eine langwierige Schminkprozedur, um sich als die junge, schöne Frau präsentieren zu können, die Adam geheiratet hat. Wenn es noch eines Belegs für die feministische These bedurft hätte, dass Weiblichkeit im Wesentlichen ›Maskerade‹ darstellt – Madelene erbringt ihn täglich: »Jeden Morgen erstand Madelene wieder auf. Die Auferstehung ging vor dem Spiegel vor sich und dauerte eine halbe bis dreiviertel Stunde« (26). Den Rest des Tages betäubt sie sich mit 55-prozentigem Alkohol. Als Tochter eines reichen dänischen Fleischfabrikanten scheint sie für die Rolle der Gattin prädestiniert, die sie jedoch nur mit Mühe ausfüllt.

Bereits in ihrer ersten Begegnung mit dem Affen erkennt sich Madelene in dem eingesperrten Tier wieder: »Es kam ihr vor, als sei sie selbst ein Affe, denn sie konnte zwar diesen Käfig und auch das Haus verlassen, weit aber konnte sie nicht gehen, bis sie mit dem Kopf gegen die ökonomischen, sozialen oder ehelichen Sperren, die auch ihr Leben begrenzten, anrennen würde« (37). Bei diesem Moment der Selbsterkenntnis bleibt es aber nicht, es kommt auch zu einem direkten Kontakt zwischen ihr und dem Tier:

Vor ihr hing ein Pfirsich. Sie verfolgte den Ast, an dem er wuchs, bis zum Stamm hin – es war der Arm des Affen. Er hatte ihr einen Pfirsich gereicht.

Ganz langsam und vorsichtig nahm sie die sonnengoldene, reife, pelzige Frucht aus der grauen Hand. Danach zog sie sich langsam zurück.

»Danke«, sagte sie. »Stimmt, ich habe heute morgen ganz vergessen, etwas zu essen.« (37)

Mit seinem Arm überbrückt der Affe nicht nur die körperliche Distanz, er bahnt durch die Gabe auch eine Beziehung an – und verhält sich dabei erstaunlich menschlich. Tiere, auch Affen, überreichen sich keine Gaben, wie sie auch Nahrung nur in seltenen Ausnahmen miteinander teilen. Indem Madelene den Pfirsich annimmt, akzeptiert sie auch die darin liegende Verpflichtung zur Gegengabe. Nicht nur andeutungsweise klingen in dieser Szene bereits erotische Motive an: zum einen durch die Sinnlichkeit, die die »reife, pelzige Frucht« ausstrahlt, zum anderen durch das Echo des Sündenfalls, das in ihr mitschwingt. Allerdings sind die Positionen gegenüber dem biblischen Text ganz anders besetzt – was auf einen möglichen anderen Ausgang der Geschichte vorausdeutet.

Der Affe schlägt Madelene und Adam gleichermaßen in seinen Bann. Adam versucht als Wissenschaftler, dem Geheimnis des ungewöhnlichen Tiers auf die Spur zu kommen; Madelene wiederum verfolgt seine Bemühungen. Dabei verwandelt sie sich. Aus der untätigen Alkoholabhängigen wird nach und nach eine aktive, selbstbewusste Frau, die sich verkleidet und wie eine Detektivin zu ermitteln beginnt.

Mehr und mehr verdichten sich in der Folge die Indizien, dass es mit dem Affen etwas Besonderes auf sich hat. Adam verschweigt Madelene nämlich die Ergebnisse seiner Untersuchungen. Ihr gelingt es dennoch, sich die entsprechenden Unterlagen zu besorgen und einem Veterinärmediziner vorzulegen. Dessen Urteil ist verblüffend: Ein solches Tier kann gar nicht existieren, weil es zu viele humanoide Züge trägt, von der Zahnstellung bis zum Gehirnaufbau. So wird der Affe nicht nur in Madelenes Augen immer menschlicher, die Nähe zwischen beiden wird auch biologisch untermauert.

Gleichzeitig entwickelt sich der Affe ebenfalls weiter. Tauscht er zunächst nur einen stummen Blick und die Gabe mit Madelene, so ahmt er sie bei der nächsten Begegnung »vollständig realistisch nach« (68). In einer späteren Szene nimmt er ihr gegenüber eine aufrechte Haltung ein – er lernt demnach dazu. Zwischen beiden kommt es zu einer Annäherung, durch die sich Madelene immer weiter von Adam entfernt, man könnte auch sagen: emanzipiert. Im Verlauf von Adams Forschungen reduziert sich ihre Ehe immer mehr auf eine animalische Sexualität, die als ›Paarung‹ (118) beschrieben wird.

Auch an zahlreichen weiteren Stellen nutzt Høeg Metaphern und Vergleiche aus der Tierwelt, um seine Figuren und ihr Verhalten zu charakterisieren. Adam umgibt z. B. »wie eine Mähne oder Aura das Bewußtsein, im großen und ganzen keine natürlichen Feinde zu haben« (45). Über Madelene heißt es wiederum, in ihr »steckte – wie in allen Tierweibchen – ein starkes Verlangen danach, daß letztlich alles gut wird« (105). Diese Bildlichkeit mag zunächst trivial anmuten, und sie zitiert sicherlich auch populäre Klischees. Denkt man die Animalisierung des Menschen aber mit der gleichzeitigen Vermenschlichung des Affen zusammen, so wird die dahinterstehende Absicht deutlich: Es geht darum, die Grenze zwischen Tier und Mensch von beiden Seiten her zu verwischen.

Bis Madelene sich allerdings entschließt, dem Tier zu helfen, bedarf es mehrerer Anläufe. Dies ist sicherlich der Spannungsführung geschuldet, die von Variation und Steigerung lebt, aber auch der plausiblen Entwicklung der Figur. Einerseits ist Madelene zunächst noch gelähmt durch ihren Alkoholismus, andererseits weiß sie nicht, was mit dem Affen geschehen könnte. Als sich schließlich Adams Experimente auf dessen Gehirn konzentrieren und sein Schädel geöffnet werden soll, wagt Madelene dennoch die Flucht, in der Hoffnung, Unterstützung durch den Tierarzt zu finden. Der entdeckt zwar bei der Untersuchung des Affen weitere erstaunliche Ähnlichkeiten mit dem Menschen, sieht sich aber außerstande zu helfen. Währenddessen umstellt die Polizei auf der Suche nach dem entflohenen Tier das Gebäude. Jeder Ausweg scheint verbaut – wenn da nicht der Affe wäre.

In einer filmreifen Szene ergreift dieser Madelene, läuft die Mauer hoch, die ihren Weg blockiert, und schwingt sich mit den Worten »Wir gehen« (162) hinein in den blauen Himmel. Die anschließende Flucht durch den Stadt-Dschungel Londons ruft zahlreiche Bilder aus populären Filmen auf, vor allem natürlich King-Kong, wie er mit der Frau in der Hand das Empire State Building emporklettert, aber auch den Affenmenschen Tarzan, der, Jane im Arm und die Hände an der Liane, schwerelos durch die Luft gleitet. Wie ein Zirkusartist bewegt sich der Affe durch das nächtliche London, springt von einer Regenrinne auf Dächer, über Balkone und Feuertreppen. In einer Ruhepause stellt sich Madelene ihm dann namentlich vor, die Hand auf die Brust gelegt, wie in der berühmten Szene zwischen Tarzan und Jane: »Madelene« (174).

Nach einem Weg von sieben Tagen und sieben Nächten landen sie da, wohin der Pfirsich bereits gewiesen hatte: im Paradies. Allerdings entspricht es nicht den menschlichen Vorstellungen eines friedlichen Gartens Eden, in dem Wolf und Lamm zusammen weiden. Es handelt sich vielmehr um ein Wildreservat, das nach Franz von Assisi, dem Heiligen, der auch den Vögeln predigte, benannt ist: St. Francis Forrest. In ihm leben die Tiere vollkommen sich selbst überlassen, es herrscht »die unsentimentale Brutalität des Tierreichs« (193).

Hier kommt es zu der ultimativen Annäherung zwischen der Frau und dem Affen. Eingeleitet wird sie durch den Sprachunterricht, den Madelene ihm erteilt und der in die Erforschung seines Körpers übergeht. Über die Sprache tastet sich Madelene am Körper des Affen vor (»Fuß«, »Unterschenkel«), bis sie bei den Geschlechtsteilen (»Kribbler« und »Kribblerin«) angekommen ist (187 f.). Dabei hat das Benennen einen doppelten Effekt: Es macht den Körper vertraut und menschlich zugleich. Im Vordergrund des erotischen Sprachunterrichts stehen nicht die abweichenden Merkmale des Tiers, etwa Fell oder Schnauze, sondern die menschenähnlichen. Das setzt sich dann fort:

Ohne den Blick des Tieres loszulassen, hob sie das Kleid, bis ihre
Brüste frei waren, und langsam beugte sich der Affe vor, neigte
den Kopf wie zu einem rituellen Gruß und nahm die Brust-
warze zwischen die Zähne.
  Er richtete sich auf, und sie sahen einander in die Augen,
wie sich sonst keine Lebewesen ansehen. Dann faßte er mit
Händen, die selbst in der tiefsten Dunkelheit zwischen Sa-
tinbettwäsche und merzerisierter Baumwolle unterscheiden
konnten, ganz vorsichtig ihren Schlüpfer und zog ihn herunter.
Madelene ließ sich zurücksinken, immer noch in Zeitlupe. Der
Affe folgte ihrer Bewegung. (188)

Anhaltender Blickkontakt, Langsamkeit und Vorsicht zeich-
nen die Bewegungen der beiden aus. Das steht im Gegensatz
zu allen Vorstellungen von tierischer Sexualität, mit denen
instinkthafte Schnelligkeit und Wildheit verbunden werden.
Nun fällt an dieser Stelle nicht etwa der Vorhang über dem
anschließenden Geschehen. Stattdessen passiert etwas Selt-
sames. Der Affe hält einige Sekunden in der Bewegung inne
und beobachtet Madelene. Warum ist diese Pause wichtig?
Man könnte vermuten, dass sie auf die Brisanz der anstehen-
den Grenzüberschreitung hinweisen soll, als eine Art Zögern.
Genau das Gegenteil aber ist der Fall. Durch sein Innehalten
erweist sich das Tier nämlich als beherrscht, es kann seine
Triebe kontrollieren. Erst als Madelene die Worte »Bitte, bitte«
(189) ausstößt, setzt es die Bewegung fort:

Erasmus drang mit einer Art hellhöriger Rücksichtslosigkeit in
sie ein, auf dem goldenen Mittelweg zwischen Schmerz und
Wollust, und gleichzeitig biß sie ihn ins Ohrläppchen, behutsam,
aber gründlich, bis sie auf ihrer Zungenspitze die erste Andeu-
tung des nach Eisen schmeckenden Bluts spürte und sich ihre
Nase mit einem Duft füllte, einer Duftfläche, einem Duftkon-
tinent aus Tier, Mann, Sternen, Holzglut, Luftmatratzen und
verbranntem Gummi. (189)

Der Liebesakt bestätigt die Verwandlung des Affen. Im Moment des Eindringens ist er nicht mehr das Tier, sondern Erasmus, ein Wesen, das einen individuellen Namen trägt, und zwar nicht irgendeinen. Mit ihm wird Erasmus von Rotterdam, der große Intellektuelle des Humanismus, aufgerufen, der in einem Zeitalter der Religionsstreitigkeiten auf Versöhnung und Ausgleich setzte, so wie Erasmus und Madelene hier eine, zugegebenermaßen ungewöhnliche, Versöhnung von Tier und Mensch praktizieren.

Die Andersartigkeit des tierischen Körpers wird bloß in der flüchtigen Form seines Geruchs evoziert. Auch die Position der beiden Liebenden besteht in der nur bei Menschen und bei Menschenaffen vorkommenden Missionarsstellung. Das alles trägt dazu bei, das Skandalon des ›unerhörten‹ Liebesaktes zu entschärfen und dem Eindruck der zoophilen Perversion vorzubeugen. Aber nicht nur die Darstellung des Liebesaktes selbst, sondern auch die ihm vorangehende Kommunikation überbrückt die Fremdheit zwischen Mensch und Tier. Schon seit jeher gilt die Sprachfähigkeit als das ultimative Unterscheidungs- und damit auch Trennungskriterium – dass Erasmus sprechen lernt, macht ihn quasi zum Menschen. Nicht ein sexuell aggressives Tier oder eine vor Begierde alle Grenzen überschreitende Frau treffen hier aufeinander, sondern zwei Lebewesen, die sich in jeder Hinsicht erkennen.

Damit gibt die Liebesszene dem bekannten Motiv eine vollkommen neue Wendung – sie bürstet es gleichsam gegen den Strich. Diese Neuinterpretation stellt eine prekäre Gratwanderung dar. Einerseits muss ein gewisses Maß an Fremdheit zwischen den beiden artverschiedenen Wesen erhalten werden, denn daraus bezieht die Szene ihre Spannung und der gesamte Roman seine Dynamik. Andererseits soll diese Fremdheit offenbar nicht – wie in der traditionellen Darstellung – als Vergewaltigung oder als erotische Abweichung inszeniert werden. Das verleiht dem Text eine gewisse Ambivalenz. Die Frau schläft zwar mit einem Tier, dieses muss aber zunächst zum Menschen werden, damit dieser Verkehr möglich wird.

Letztlich zeigt sich hierin auch die grundsätzliche Schwierigkeit, das andere zu denken und es in diesem Denken zugleich anders sein zu lassen, eine Differenz abzubauen, ohne sie dem Bekannten vollkommen anzugleichen. Wie kann das Tier anders bleiben und gleich werden?

Zu dieser grundsätzlichen Problematik tragen aber auch das Motiv und das in ihm enthaltene Erzählschema bei. In Høegs Deutung wird die Vergewaltigung durch einen Liebesakt ersetzt, wodurch sich hinterrücks das Muster der Liebeshandlung mit seinen vielen anthropomorphen Zügen einschleicht. Liebe und Sexualität zwischen zwei Wesen sind für uns – trivialerweise – nur in menschlichen Kategorien entlang der bekannten Erzählmuster denkbar, die sich auch hier zwingend aufdrängen.

Diese Spannung zwischen dem Versuch, eine andersartige Liebesbeziehung zu schildern, und der Eigenlogik der zitierten Erzählmuster prägt auch die Darstellung des weiteren Aufenthalts in St. Francis Forrest. Bei Erasmus tritt nämlich nicht die erotische Abhängigkeit ein, die Madelene aus ihrem Verhältnis zu Adam kennt. Anfangs irritiert sie die mangelnde Dankbarkeit des Affen – sie will aus ihrem »pornografischen Paradiesgarten« (194) fliehen. Nach und nach aber erkennt sie die Möglichkeit einer Liebe, die im Hier und Jetzt existiert und nicht von Versprechen und Zukunftsplanungen lebt. Erasmus und sein andersartiges Verhalten eröffnen ihr neue Denk- und Gefühlsmöglichkeiten. Für die beiden schnurrt die Zeit zu einer ewigen Gegenwart aus Nahrungssuche, Schlaf, Sexualität und Sprachunterricht zusammen. Ihre Liebe macht den Sündenfall ungeschehen und stellt das Paradies wieder her. Das Glück erscheint als ein unendlicher, sündenfreier Moment des Beisammenseins mit dem Geliebten.

Gegenüber der biblischen Erzählung setzt der Text hier, wie in den anderen Fällen auch, neue Akzente. Nicht Adam und Eva finden nach Eden zurück, sondern die ›Sünderin‹ Madelene und das Tier Erasmus. In dieser Umbesetzung scheint die Utopie einer anderen Beziehung zwischen Mensch und

Tier, aber auch zwischen den Geschlechtern auf, ein Gegenmodell zu der Welt Adams, die von der Herrschaft über die Tiere und festen Geschlechterrollen gekennzeichnet ist.

Wenn der Roman ein Märchen wäre, könnte er hier enden. Das tut er nicht – sein Anspruch geht über die individuelle Glücksfindung seiner ungleichen Protagonisten hinaus. Es bleibt nicht bei der solitären Utopie des wilden Paradieses. Denn es gibt ja noch die anderen, Erasmus' Mitaffen und Madelenes Mitmenschen. Oder, wie der Roman es formuliert: Es gibt »kein privates Paradies« (209).

Deswegen kehren die beiden im letzten Teil des Romans nach London zurück. Bei der Einweihung des neuen Zoos, dessen Direktor Adam Burden geworden ist, kommt es zum großen Showdown, wie man ihn aus Western oder James-Bond-Filmen kennt. Während Adam seine Eröffnungsrede hält, schwingt sich Erasmus wie ein Akrobat in den Saal, gleitet von der Decke zum Rednerpult hinab und ergreift das Mikrophon: »Wir sind gekommen, um uns zu verabschieden« (261). Wir, das sind die Affen seiner Art, die versucht haben, den Menschen zu helfen, indem sie einer von ihnen wurden. Ihr Bemühen aber war nicht von Erfolg gekrönt, die Menschen haben sie nicht verstanden. Während seiner Rede stehen zahlreiche hohe Würdenträger aus dem Publikum auf, Männer ebenso wie Frauen, steigen auf das Podium, legen ihre Kleider ab und entblößen Körper, die mit dichtem Fell bedeckt sind. Insgesamt sind es zwölf, die Zahl der Apostel Christi. Erasmus beendet seine Rede mit den Worten: »Nur eines sollt ihr bitte bis dahin im Gedächtnis behalten, nämlich wie schwer es ist, mit Sicherheit zu sagen, wo in jedem von uns das aufhört, was ihr Mensch nennt, und das anfängt, was ihr Tier nennt« (264).

Erasmus formuliert nun explizit, was der Roman von seiner Handlung und seiner Metaphorik her bereits gezeigt hat: Die Grenzen zwischen Tier und Mensch sind fließend. Diese Botschaft wird in eine Art Predigt eingelagert, die dem Redner messianische Züge verleiht. Das Tier ist Mensch geworden, aber die Menschheit war dafür noch nicht reif; seine Wiederkehr ist möglich, aber zeitlich ungewiss. Die Rede und die Demonstration seiner Jünger lösen im Saal größtmögliche Verwirrung und Bestürzung aus. Es besteht keine Gewissheit mehr, dass nicht die eigene Frau, die Kinder oder sogar die Queen ebenfalls Affen sind.

Am Schluss zeigt sich nun die eigentliche Stoßrichtung des Textes. Es geht ihm darum, die Grenze zwischen Mensch und Tier grundsätzlich in Frage zu stellen. Der rätselhafte Affe und seine zwölf Gesandten dienen ihm dazu, sie praktisch aufzulösen, mehr noch: Erasmus kehrt die Hierarchie zwischen Mensch und Affe geradezu um, indem er als verkannter Erlöser auftritt, der den Menschen eine letzte Botschaft hinterlässt. Am Schluss besteigen Erasmus, die anderen Affen und die schwangere Madelene das Boot, um in ihr Land zurückzukehren. So schließt sich der Kreis mit Erasmus' Arche.

Der Text deutet somit zentrale Erzählungen und Vorstellungen über den Unterschied zwischen Mensch und Tier um. Das geschieht in erster Linie, indem er biblische Referenzen neu besetzt. In Gestalt von Adam Burden wird der Stammvater der Menschheit zum technokratischen Forscher, der dem Tier seine Wahrheit abpressen will und dabei nicht den Messias erkennt. Das Paradies wiederum ist dem Menschen nicht für immer verschlossen, sondern eröffnet sich wieder in der grenzüberschreitenden Liebe zwischen Affe und Frau. Aus ihr geht vielleicht ein neuer Heiland hervor, den Madelene bereits in sich trägt.

Ebenso wie mit den biblischen Anspielungen arbeitet der Roman auch mit populärkulturellen Motiven und Erzählmustern. Die Bezüge auf Dracula, King-Kong, Tarzan und die Anleihen beim Kriminal- und Science-Fiction-Roman dienen der Erzeugung von Spannung, werden zugleich aber auch mit einem Augenzwinkern präsentiert. So entsteht ein mehrdeutiger Text, der ebenso lustvoll konsumiert wie gelehrt entziffert werden kann. Diese Doppelkodierung ist typisch für die postmoderne Literatur der 1990er Jahre, die sich spielerisch bei den unterschiedlichsten Texten bedient und sie ironisch miteinander kombiniert – Tarzan und Madelene im Paradies.

Aber der Text geht nicht im humoristischen Spiel mit seinen Vorlagen auf. Das belegt besonders ein weiterer Aspekt, der bisher weniger zur Sprache gekommen ist, nämlich die kritische Inszenierung philosophischer und wissenschaftlicher Diskurse über das Tier. Sie erfolgt mit Hilfe der Wissenschaftlerfiguren, denen der rätselhafte Affe die Begrenztheit ihres Wissens vor Augen führt. Die Forscher haben sich in der cartesianischen Denktradition eingerichtet, die Tiere als seelenlose Automaten begreift und damit jegliches Experiment an ihnen rechtfertigt. Erasmus zeigt ihnen, dass sie damit in doppelter Hinsicht falschliegen. Zu diesem Zweck führt der Text einerseits das geläufige Wissen über die Unterschiede zwischen Menschenaffen und Menschen an: Zahnstellung, Körperbau, aufrechter Gang, Gehirn, Sprachfähigkeit; und setzt es andererseits durch Erasmus' ungewöhnliche Merkmale und seinen Lernprozess außer Kraft. Das Tier erscheint als intelligentes, sprechendes Lebewesen, das – wie schließlich eine DNA-Untersuchung belegt – dem Menschen sogar überlegen ist: Erasmus gehört einer evolutionär weiterentwickelten Spezies an, die nach dem Menschen kommt.

Parallel zu dieser Wendung in die Science-Fiction nimmt der Text auch aktuelle Debatten um Tierrechte auf. Einer der zwölf Menschen/Affen vertritt nämlich die Ziele des »Great Ape Project«. Bei diesem handelt es sich um eine Initiative, die von den Philosophen Paola Cavalieri und Peter Singer angeregt wurde. Die beiden – und mit ihnen zahlreiche Primatologen, Wissenschaftler und Tierschützer – veröffentlichten 1993 eine »Deklaration über die Großen Menschenaffen«, in der sie das Recht auf Leben, individuelle Freiheit und den Schutz vor Folter für unsere nächsten Verwandten einfordern.[29] Sie begründen diese Forderungen mit der Nähe zwischen Menschenaffen und Menschen, die sich nicht nur genetisch, sondern auch geistig und emotional ähneln. Für die

Praxis hätten diese Menschenrechte weitreichende Konsequenzen. Der Lebensraum aller »Mitglieder der Gemeinschaft der Gleichen«[30] müsste geschützt, Jagd, Tötung und Versuche an ihnen grundsätzlich verboten werden, Zoos hätten sich an ganz andere Auflagen zu halten bzw. müssten Menschenaffen auswildern.[31]

In gewisser Weise phantasiert der Roman genau diese Position aus: Was wäre, wenn diese Tiere genauso Menschen wären wie die Menschen Tiere sind? Wenn die Übergänge gleitend, die Grenzen ununterscheidbar wären? In der Liebesbeziehung zwischen der Frau und dem Affen geht es demnach nicht um die Ausforschung erotischer Möglichkeiten oder gar um ein Plädoyer für die Zoophilie. Vielmehr steht die Liebe zwischen beiden genau für jene Zone des Übergangs zwischen eng verwandten Arten, die so fließend ist, dass sie Sexualität und – wie Madelenes Schwangerschaft beweist – sogar Fortpflanzung erlaubt. Tierliebe in diesem Sinne hieße demnach, als menschliches Tier mit dem nichtmenschlichen auf gleicher Ebene zu verkehren, in jeder Hinsicht.

Dass die Tierliebe bei Høeg für ein utopisches Miteinander von Mensch und Tier steht, zeigt *ex negativo* auch der Vergleich mit einer kurzen Erzählung des Schriftstellers Ian McEwan, die den Titel »Betrachtungen eines Hausaffen« (im Original: »Reflections of a Kept Ape«) trägt und 1978 erschien.[32] Anders als bei Høeg tritt hier der Affe selbst als Erzähler auf. Er berichtet uns, dass er für kurze Zeit zum Liebhaber seiner Herrin Sally Klee aufgestiegen ist, inzwischen aber wieder zum Hausaffen degradiert wurde. Dabei spielten wohl auch seine körperlichen Merkmale eine Rolle. Er sei »ein bißchen zu gedrungen«, seine Arme »ein bißchen zu lang« (40); später wird sein »lustig kleiner schwarzer ledriger Penis« (43) erwähnt.

Auch das vergangene Liebesspiel wird geschildert:

Unser erstes »Mal« [...] war ein wenig von Mißverständnissen überschattet, hauptsächlich wegen meiner Annahme, wir würden a posteriori *vorgehen. Dies Problem war bald gelöst, und*

wir übernahmen Sally Klees unerhörte »Gesicht-zu-Gesicht«-
Position, ein Arrangement, das mir anfangs, wie ich meiner Ge-
liebten klarzumachen versuchte, zu kommunikationsbefrach-
tet, ein bißchen zu »intellektuell« vorkam. (51 f.)

Anders als in Høegs Roman werden in der Erzählung des Affen
die Unterschiede zwischen dem menschlichen und dem tierischen Körper nicht eingeebnet, sondern geradezu ausgemalt:
der andere Penis, die andere Position. Die Sexualität transzendiert die Speziesgrenzen nicht, sondern zementiert sie.
So zeigt sich, wie unterschiedlich das Motiv genutzt werden
kann. McEwan phantasiert im Geist der 1970er Jahre ein erotisches Szenario aus, das das Scheitern der Kommunikation
zwischen den Spezies sowohl in sexueller als auch in sprach-
licher Hinsicht demonstriert. Høeg dagegen entwirft mit der
Liebe zwischen Frau und Affe nicht nur die Utopie einer Rückkehr ins Paradies, sondern stellt auch die Geburt eines neuen
Messias in Aussicht. Beides fordert allerdings die weitgehende
Vermenschlichung des Affen zu einem ›Übertier‹.

Drittes Kapitel
Kreuzungen

*I*m November 1926 reist der russische Biologe Ilja Iwanow, ein Experte auf dem Gebiet der künstlichen Befruchtung, in ungewöhnlicher Mission nach Afrika. Unterstützt von der sowjetischen Regierung will er dort ein gewagtes Experiment durchführen: Schimpansinnen sollen mit menschlichem Sperma befruchtet und auf diese Weise Hybride aus Menschen und Menschenaffen erzeugt werden.[33]

Was wie der Plot eines Science-Fiction-Films klingt, in dem ein verrückter Professor seine Züchtungsphantasien auslebt, steht im Dienst wissenschaftlicher und politischer Interessen. Iwanows Kreuzungsversuch soll nämlich Erkenntnisse über den Ursprung des Menschen erbringen und damit zugleich den bolschewistischen Kampf gegen die Macht der Kirche unterstützen. Eine erfolgreiche Paarung zwischen Mensch und Affe würde zum einen die Evolutionstheorie untermauern, zum anderen könnte das auf diese Weise gezeugte Wesen als lebendes Beispiel gegen althergebrachte Glaubensvorstellungen und Grenzziehungen dienen.[34]

Iwanows Methode und die Theoriebildung, auf die er sich beruft, sind neu; die Vorstellung, dass es Mischwesen geben könnte, die menschliche und tierische Merkmale besitzen, ist dagegen alt. Jahrhundertelang waren sich Menschen sicher, dass derartige Kreaturen existieren. Satyrn, Kentauren oder die Sphinx hatten ihren Platz in der antiken Mythologie; hunds- oder affenköpfige Menschen bewohnten die Erdränder. Diese Wesen, seien sie nun mythisch oder monströs, hielten sich vorzüglich in Grenzbereichen auf. Sie verteidigten Schwellen, schreckten vom Betreten verbotener Räume ab oder warnten vor zukünftigem Geschehen. Grundsätzlich tauchten sie immer dort auf, wo unterschiedliche Ordnungen aufeinandertrafen oder Tabubrüche zu befürchten bzw. bereits aufgetreten waren.

Allerdings gingen diese monströsen Gestalten nicht zwingend aus dem Verkehr von Mensch und Tier hervor. Die antiken Mischwesen waren meist göttlichen Ursprungs; die Entstehung der Erdrandbewohner wurde im Mittelalter auf eine Art zweiten Sündenfall zurückgeführt. Die Töchter Evas aßen nämlich gegen Adams Verbot von den Früchten eines bestimmten Strauchs, woraufhin sie alle möglichen Monster, darunter auch Halbaffen oder Pygmäen, gebaren.[35] Aber auch der verbotene Verkehr zwischen Mensch und Tier konnte Monster erzeugen – möglicherweise lag diese Furcht sogar dem Tabu der Sodomie zugrunde.

Noch bis in die Neuzeit hinein nahm man an, dass die ›Vermischung‹ von tierischem und menschlichem Samen zu Fehlbildungen beim Embryo und damit zu monströsen Mischwesen führt. Der französische Chirurg Ambroise Paré berichtet in seiner Abhandlung »Von den Monstern und den Wundern« (1573) über derartige Fälle. Der Nachwuchs aus solch verbotenem Treiben trägt die Merkmale beider Elternteile, wie die beigefügten Illustrationen eindrücklich demonstrieren. Da gibt es z. B. einen Jungen, der von den Hüften ab dem Hund ähnelt, der sein Vater ist. Er besitzt einen buschigen Schwanz, behaarte Schenkel und krallenbewehrte Pfoten und erinnert an eine Mischung aus antikem Satyr und Teufel. Weiterhin erblicken wir zwei Mischungen aus Mensch und Schwein, wobei im einen Fall der Leib des Schweins mit menschlichem Kopf sowie Händen und Füßen versehen ist, im anderen ein menschlicher Oberkörper in den Rücken und das Hinterteil eines Schweins mündet.[36] Dass gerade der Unterleib dem Tier zugeordnet wird, während der Kopf menschlich ist, leuchtet unmittelbar ein. Die tierischen Charakteristika verkörpern

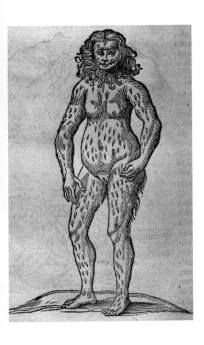

Abb. 3 *Orang-Utan nach Jacob de Bondt, 1658*

sich in jenen Teilen, die ohnehin als animalisch empfunden werden, wohingegen sich im Kopf die spezifisch menschlichen, nämlich intellektuellen Fähigkeiten zeigen. Grundsätzlich wurden solche verbotenen Kreuzungen demnach für möglich gehalten. Es handelte sich bei ihnen gleichsam um Monster, die aus sündigem Tun hervorgehen.

Als dann im 17. Jahrhundert die ersten Menschenaffen nach Europa gebracht wurden, stellten sie die Wissenschaft vor große Herausforderungen. Berichte aus der Antike, aber auch neuere Reisebeschreibungen über ferne Länder, in denen Halbaffen, Pygmäen und andere Arten von menschenähnlichen Affen und affenähnlichen Völkern hausten, waren zwar seit langem bekannt, die Abgrenzungen zwischen diesen Lebewesen aber bis dato vollkommen unklar. Jetzt endlich hatten Wissenschaftler die Gelegenheit, zumindest einige Exemplare zu untersuchen. Die entscheidende Frage für sie war, ob es sich bei ihnen um Affen oder Menschen handelt; zumal eben auch die Vermutung kursierte, dass sie Mischlinge zwischen beiden sein könnten. So weist die Darstellung eines »Ourang Outangs«, die der niederländische Arzt Jacob de Bondt 1658 veröffentlichte (Abb. 3), Merkmale beider Arten auf. Wir sehen ein aufrecht stehendes, mit Zotteln und einer Löwenmähne behaartes Wesen, dessen Geschlechtsorgane ziemlich eindeutig auf eine menschliche Frau verweisen. De Bondt, der einige Jahre auf Java gelebt hatte, behauptete, dort derartige Tiere gesehen zu haben.[37]

Es war dann aber ein britischer Mediziner, nämlich Edward Tyson, der als Erster die Gelegenheit bekam, eines der Tiere zu sezieren, die meist tot in Europa ankamen oder die Schiffsreise allenfalls nur kurz überlebten. In seinem Buch aus dem Jahr 1699 unternimmt er einen anatomischen Vergleich zwischen dem Wesen, das er ebenfalls »Orang-Utan« nennt, und einem Menschen. Die Bezeichnung als »Orang-Utan«, dem malaysischen Wort für ›Waldmensch‹, diente in dieser Zeit für alle möglichen Menschenaffen und Lebewesen. Das von Tyson untersuchte Tier war, wie man heute weiß, ein Schimpanse.

Im Titel seines Buchs spiegelt sich genau die Begriffsverwirrung wider, mit der Tyson aufräumen möchte:

Orang-Utan, oder Waldmensch: oder, die Anatomie eines Pygmäen, verglichen mit der eines Affen, eines Menschenaffen, und eines Menschen. Zusammen mit einem philologischen Essay, die Pygmäen, Hundsköpfigen, Satyrn und Sphinxen der Alten betreffend. In dem deutlich wird, dass sie entweder Menschenaffen oder Affen, aber nicht Menschen sind, so wie es bisher angenommen wurde.[38]

Orang-Utan, Waldmensch oder Pygmäe, wie immer man sie auch nennt, sie alle sind nach Tyson Affen – das gilt ebenso für die Hundsköpfigen wie für die Satyrn und Sphinxe der Antike. Der Anatom kann nämlich anhand der Untersuchung der Leiche eine Liste von Ähnlichkeiten und Unterschieden zwischen seinem »Orang-Utan« und dem Menschen aufstellen. Dabei überwiegen die Differenzen, so dass das Pendel zum Affen hin ausschlägt.

Die Affen stellen in der Kette der Wesen, die von den Pflanzen über die Tiere bis zum Menschen reicht und dann von den Engeln zu Gott führt, eine Art Bindeglied zwischen Tier- und Menschheit dar. Das formuliert Tyson in der schmeichelnd-unterwürfigen Widmung seiner Arbeit an den damaligen Lordkanzler von Großbritannien Lord Sommers:

> *Das Tier, dessen Anatomie ich hier wiedergegeben habe, kommt der Menschheit am nächsten; es scheint die Verbindung zwischen dem Animalischen und dem Rationalen darzustellen, so wie Ihre Hoheit und diejenigen Ihres Hohen Ranges sich hinsichtlich Wissen und Weisheit denjenigen Wesen annähern, die über uns sind und die die sichtbare und die unsichtbare Welt miteinander verbinden.*[39]

Tysons Lösungsvorschlag ist zunächst befriedigend. Dann aber flammt die Debatte über die Natur dieser Wesen wieder auf. Im 18. Jahrhundert stellt Jean-Jacques Rousseau in seinem berühmten »Diskurs über die Ungleichheit« (1755) die Frage, ob es sich bei den Orang-Utans nicht doch um Menschen handeln könnte.[40] Rousseaus Thesen erregten damals in der gesamten europäischen Gelehrtenwelt Aufsehen, weil sie zentrale Annahmen der Aufklärung in Frage stellten. Der Schriftsteller war 1750 durch die Behauptung berühmt geworden, dass die Entwicklung der Wissenschaften und Künste nicht zur Verbesserung des Menschen beigetragen habe.[41] In der genannten Abhandlung legt er nun nach. Er malt den Menschen in seinem Naturzustand aus, in dem er als »homme sauvage«,[42] als wilder Mensch, solitär und frei durch die Wälder streift. Anschließend zeigt Rousseau, wie Eigentum und gesellschaftliche Institutionen die Unfreiheit und damit Ungleichheit unter den Menschen hervorbringen.

Rousseaus Interesse an den Orang-Utans ist verständlich. Schließlich würde seine Theorie enorm an Überzeugungskraft gewinnen, wenn es noch lebende Exemplare der von ihm imaginierten wilden, dem Naturzustand nahen Menschen gäbe. Dafür eignen sich die Orang-Utans noch besser als die ›edlen‹ Wilden, die Angehörigen indigener Völker, die sonst gerne als Beispiel bemüht werden. Zur Überprüfung seiner These schlägt Rousseau das Experiment vor, das Iwanow gut 170 Jahre später in die Tat umsetzen wird: die Kreuzung zwischen Menschen und jenen angeblichen Tieren. Wären die beiden fortpflanzungsfähig, so Rousseaus Argumentation, könnte man daraus auf die Zugehörigkeit zu einer gemeinsamen Art schließen.

Dahinter steht ein Artbegriff, der auch heute noch Gültigkeit besitzt. Ihm zufolge bilden Angehörige einer Art eine Fortpflanzungsgemeinschaft, deren Nachkommen sich wiederum miteinander vermehren können müssen. Allerdings besitzt die Sache für Rousseau noch einen Haken, nämlich den, dass »das, was nur eine Annahme ist, als wahr nachgewiesen sein müßte, bevor der Versuch, der die Tatsache bestätigen sollte, frei von Schuld gewagt werden könnte«.[43] Dabei handelt es sich um einen Zirkelschluss, ja, einen argumentativen Teufelskreis: Zunächst müsste klar sein, dass keine Sodomie ist, was im Erfolgsfall keine wäre.

Erst im 20. Jahrhundert kann es der Biologe Iwanow vor dem Hintergrund der Evolutionstheorie und der sowjetischen Ideologie wagen, diese Grenze experimentell zu überschreiten – allerdings ohne Erfolg. Die drei Schimpansinnen, denen Iwanow menschliches Sperma in die Vagina injiziert, werden nicht schwanger. Daraufhin schlägt er eine Variation des Versuchs vor: Anstelle der Schimpansinnen sollen nun afrikanische Frauen in einem Hospital ohne deren Wissen mit dem Sperma eines Affen befruchtet werden. Diesen Plan kann er allerdings nicht gegen die Klinikverwaltung durchsetzen.[44]

Die Debatten um die Fragwürdigkeit einer solchen Kreuzung und die technischen Probleme ihrer Realisierung lassen einen Punkt seltsam unterbelichtet, die Frage nämlich, was man mit dem ›Beweisstück‹, dem hybriden Nachwuchs, eigentlich anfangen würde, wenn er denn geboren würde. Das mag in der Logik eines ergebnisoffenen Experiments liegen, dessen Ausgang selbst über das weitere Vorgehen entscheidet, könnte aber auch einen blinden Fleck des gesamten Versuchsaufbaus darstellen.

Es bleibt einem Schriftsteller, dem sechzehnjährigen Gustave Flaubert, vorbehalten, sich die Lage und Empfindungen eines derartigen Mischwesens auszumalen. Wie würde es ihm ergehen? Was würde es fühlen? Wo würde es hingehören? In seiner frühen Erzählung »Quidquid volueris« (1837) imaginiert der junge Flaubert eine derartige Kreatur, die er Djalioh nennt. Sie taucht zunächst nur am Rande der Handlung auf, als Begleiter von Paul, einem typischen Bourgeois, der demnächst aus finanziellen Motiven seine Jugendfreundin, die schöne Adèle, heiraten wird. Das Erste, was wir über Djalioh erfahren, ist, dass er beim Anblick der schlafenden Adèle seufzt, ein Seufzer, in dem »eine ganze Seele«[45] liegt. Damit ist die Oppositionsbildung, die die Erzählung strukturiert, schon klar. Der seelenlose, vernünftige Bourgeois Paul wird vor der Folie des seelenvollen, aber zunächst nur beiläufig erwähnten Djalioh inszeniert.

Erst in einer deutlich späteren Beschreibung erfahren wir mehr über Djalioh. Sein Anblick wird insgesamt als unerfreulich geschildert, zudem spricht er nicht. Aufschlussreich ist sein Äußeres: »klein, mager und schmächtig« (104). Er besitzt eine fahle Haut, lange weiße Zähne – »wie die der Affen oder Neger« (ebd.) – und eine breite behaarte Brust. Durch diesen hässlichen Körper scheint aber in Momenten des Enthusiasmus seine Seele hindurch. Erhabene Naturschauspiele, Wälder, Ozeane und Bergwelten erwecken »Feuer und Poesie in diesen garstigen Affenaugen« (106). So stehen sich in Djalioh und Paul das »Monster der Natur« und das »andere Monster, oder vielmehr Wunder der Zivilisation, das deren Symbole trägt, nämlich Größe des Geistes, Trockenheit des Herzens«,[46] gegenüber, wie der Erzähler kommentiert. Seine Sympathien liegen auf Seiten Djaliohs, der zwar ambivalent, aber eben doch als eine groteske Figur der Romantik geschildert wird, innerlich ganz Natur, Herz, Gefühl, nach außen hin aber missgestaltet, abstoßend und sprachlos – ähnlich wie der berühmte Glöckner von Notre-Dame.

Auf diese Weise schafft der Text eine spannungsreiche Dreierkonstellation, die den Ausbruch des Konflikts um Adèle erwarten lässt. Zunächst aber wird geheiratet, eine Heirat, die von den Brautleuten als durchaus zweckmäßig empfunden wird. Mit trockener Ironie kommentiert der Erzähler die materiellen Erwartungen, die Braut und Bräutigam gegenüber der ehelichen Zukunft hegen:

> Die erste sah in der Ehe einen Ehemann, Kaschmirschals, eine Opernloge, Ausritte im Bois de Boulogne, Bälle den ganzen Winter über, ach, soviel sie haben wollte, und außerdem noch alles, was ein kleines Mädchen von achtzehn Jahren in ihren goldenen Träumen und ihrem geschlossenen Alkoven träumt.
>
> Der Ehemann dagegen sah in der Ehe eine Frau, Kaschmirschals, die bezahlt werden mußten, ein Püppchen, das gekleidet werden wollte, und außerdem noch alles, was ein armer Ehemann träumt, wenn er seine Frau zum Ball führt. (108 f.)

Während der Hochzeitsfeier löst sich dann auch das Rätsel um Djaliohs Herkunft. Paul erzählt seinen Freunden, dass er auf einer Reise durch Brasilien mit einem Pflanzer gewettet habe, er könne einen Affen als Menschen ausgeben. Der Wetteinsatz: ein Ballen Virginiatabak gegen eine Sklavin namens Mirsa. Über die Wette hinaus kommt dann noch eine weitere, namenlose schwarze Sklavin ins Spiel, die Paul gekauft hat, weil er sie begehrt. Sie allerdings verschmäht ihn. Paul erwirbt daraufhin bei »einem Neger« (119) einen Orang-Utan. Zugleich erinnert er sich, dass die Akademie der Wissenschaften die Preisfrage formuliert hat, ob es einen »Mischling aus einem Affen und einem Menschen« (119) geben könne. Er sperrt daraufhin die widerspenstige Sklavin und den Affen zusammen ein und geht auf die Jagd. Als er zurückkehrt, ist der Orang-Utan geflohen, die Frau in Tränen und von blutigen Kratzern überzogen. Nach sieben Monaten, die von Schmerzen, Erbrechen und einer Nervenattacke gezeichnet sind, gebiert sie ein Kind, Djalioh nämlich, bei dessen Geburt sie stirbt.

Aus Pauls Sicht ist das Ganze glücklich gelaufen, da er drei Fliegen mit einer Klappe schlägt: Er gewinnt die Wette und damit die Sklavin Mirsa, befriedigt seine gekränkte Männlichkeit gegenüber der zweiten, namenlosen Sklavin und erhält für seinen Züchtungserfolg auch noch das Kreuz der Ehrenlegion. Von außen betrachtet erscheint Djaliohs Zeugung dagegen als Produkt kolonialer, männlicher Macht- und Gewaltphantasien. Im Detail wird sie von zahlreichen binären Oppositionen bestimmt, die miteinander konkurrieren und einander ersetzen: Herrschaft und Sklaverei, Weiß und Schwarz, Mann und Frau, Mensch und Affe. Insgesamt mutet sie wie eine Rechenoperation an, in der die einzelnen Variablen so lange durch andere ersetzt werden, bis am Ende das Ziel, nämlich das Objekt des Begehrens, erreicht wird; eine Rechenoperation, deren Regeln einer ebenso patriarchalen wie rassistischen Logik folgen.

Sie ähnelt geradezu unheimlich Iwanows späteren Experimenten, nicht nur was das koloniale Szenario, sondern auch was die Gewalt gegenüber den weiblichen Beteiligten anbetrifft. So werden bei Iwanow die sich heftig wehrenden Schimpansinnen von den Forschern gefesselt und mittels der Insemination gleichsam ›vergewaltigt‹. Noch deutlicher zeigt sich die männliche Herrschaft über die weibliche Fruchtbarkeit in Iwanows ethisch äußerst problematischem Vorhaben, afrikanische Frauen ohne ihr Wissen befruchten zu lassen. Zwar glaubte der Forscher Iwanow wohl nicht, dass die Kreuzung zwischen Affen und afrikanischen Menschen bessere Erfolgsaussichten hätte als die mit europäischen – so wie es rassistische Theorien der Zeit durchaus postulieren. Der koloniale Gestus des Versuchs dagegen ist nicht zu übersehen, gerade wenn man bedenkt, dass Iwanow bei der geplanten Fortführung seiner Experimente in der Sowjetunion auf weiße Freiwillige gesetzt hätte.[47]

In Djalioh, dem Produkt jener kolonialen und sexuellen Gewalt, durchkreuzen sich die verschiedensten Hierarchien. Er ist Mensch und Affe, männlich und schwarz, und besitzt, anders als seine Mutter, einen Namen. Damit verkörpert er ein groteskes Mischwesen, das sich allen Kategorisierungsversuchen entzieht und keinen Ort besitzt. Das bezeugen auch die Fragen der Zuhörer, die Pauls Geschichte bejubeln, dann aber auch wissen wollen, wie sie Djalioh einzuordnen haben. Raucht er, jagt er, schreibt er, liest er? Als alle diese Fragen verneint werden und sich zudem herausstellt, dass Djalioh vor den Prostituierten, zu denen Paul ihn brachte, geflohen ist, ist die Sache für sie klar: Er ist »ein Idiot« (122).

Anders sieht es für Djalioh selbst aus. Er fühlt die ganze Qual seiner Ortlosigkeit in seiner Seele: Warum? Das ist die Frage, die er sich in vielen Variationen stellt. Warum bin ich nicht wie die anderen, sondern hässlich, warum leide ich, langweile und hasse mich? In der Hochzeitsnacht kann er nicht schlafen und läuft durch den Park, wo er die Schwäne auf dem See beobachtet. Auch hier bedrängt ihn wieder die Frage nach seiner Identität. Zwischen Tier und Mensch gestellt, ist er ausgeschlossen von beiden. Wie die Handlung weitergehen könnte, lässt schon der lange innere Monolog ahnen, in dem Djalioh seine Phantasien während der Hochzeitsfeier ausmalt:

> »Wenn ich sie nehmen könnte, sie, und dann alle ihre Kleider, die sie bedecken, zerreißen, in Stücke zerfetzen die Schleier, die sie verbergen, und sie dann in meine beiden Arme nehmen, mit ihr weit weg fliehen, durch die Wälder, die Wiesen, die Weiden, die Meere überqueren und endlich im Schatten einer Palme ankommen und sie dann dort lange ansehen und erreichen, daß auch sie mich ansieht, daß sie mich mit ihren beiden nackten Armen ergreift und dann ... ach ...«, und er weinte vor Wut. (126)

Die folgenden beiden Jahre werden vom Erzähler übersprungen; wir erfahren nur, dass sich die innere Zerrissenheit Djaliohs verschärft. Eines Morgens geht er in den Garten, nimmt das schlafende Baby von Paul und Adèle aus der Wiege und zerschmettert es auf dem Rasen. Anschließend sucht er Adèle und schließt sich mit ihr im Salon ein. Allerdings ist dann nichts so, wie er es sich in seinen Träumen ausgemalt hat. Adèle öffnet keineswegs ihre Arme, als er sich ihr nähert, sondern erschrickt. Die gesamte Passage ist von der Verständigungsproblematik zwischen Djalioh und Adèle gezeichnet, die immer mehr eskaliert. Um uns mit Djaliohs Empfindungen bekannt zu machen, nutzt Flaubert ein raffiniertes Darstellungsmittel, die erlebte Rede nämlich, die uns als Lesende – aber eben nicht Adèle – über Djaliohs Inneres informiert: »Was! Ihr nicht ein Wort sagen können! Nicht seine Martern und seine Schmerzen aufzählen können und ihr nur die Tränen eines Tieres und die Seufzer einer Mißgeburt zu bieten haben!« (141).

Flaubert verwendet hier bereits jene Form der Darstellung von Figurenbewusstsein, die sein gesamtes späteres Werk prägen wird. In der erlebten Rede, sei sie nun gesprochen oder gedacht, vermischen sich die Stimme des Erzählers und die der Figur zu einer hybriden Doppelstimme. Das geschieht folgendermaßen: Der Erzähler bedient sich einerseits wörtlich bei der Figur, indem er deren Vokabular und Satzbau scheinbar übernimmt (»Was!«). Andererseits aber überträgt er deren Rede, die, falls sie direkt artikuliert würde, in der ersten Person Singular Präsens stände, in die dritte Person und zugleich in die Vergangenheitsform. So entsteht eine Konstruktion, die es erlaubt, Einblick in die Figur zu nehmen und sich zugleich ironisch von ihr zu distanzieren – was die typische Haltung des Flaubertschen Erzählers darstellt. Er kann das Denken und Empfinden seiner Figuren nachvollziehen, ohne sich mit ihnen zu identifizieren.

Von dem, was in Djalioh vorgeht, bekommt Adèle daher nichts mit. Das Mischwesen kann zwar in kohärenter Sprache denken und auch Adèle in gewissem Maß verstehen, aber selbst nur stammeln, lachen, schreien. So reagiert Adèle auf ihn mit Ablehnung und Entsetzen, was Djalioh allerdings nicht weiter abhält. Er nimmt sie auf den Schoß und zerreißt, wie in seinem Tagtraum, die vielen Schichten ihrer Kleidung und streut ein Lager aus Blumen auf den Boden. Anschließend entkleidet er sich selbst, drückt Adèle gegen die Brust, lässt wieder von ihr ab und springt auf die Lehne eines Sofas, wo er sich mechanisch hin und her wiegt und gelegentlich einen kehligen Schrei ausstößt (143).

Mit seiner Kleidung legt Djalioh auch den Rest seiner Menschlichkeit ab, jetzt drängt sich seine tierische Natur in den Vordergrund. Sowohl das mechanische Bewegungsmuster als auch die Laute besitzen animalischen Charakter. Sie wirken wie eine Art Paarungs- oder Imponierritual, das gerade durch seine Unverständlichkeit äußerst bedrohlich erscheint. Djalioh ähnelt nun den aus der Antike bekannten Frauen vergewaltigenden Affen. Er erinnert hierin nicht nur an seinen äffischen Vater, sondern an die ganze Ahnenreihe gewalttätiger Tiere, die aus Reiseberichten und Naturgeschichten bekannt sind.

Allerdings bedient Flaubert diese Phantasie nicht uneingeschränkt. Denn Djalioh ist zwar anders und animalisch, aber er ist auch ein Mischwesen, das auf der Grenze zwischen den Spezies balanciert. Deswegen gewinnen wir auch hier wieder Einblick in sein Innenleben, das uns erneut in der hybriden Konstruktion der erlebten Rede dargestellt wird: »Was begehrte er mehr? Eine Frau vor sich, Blumen zu seinen Füßen, ein rosiges Licht, das sie beleuchtete, das Geräusch einer Voliere zur Musik und irgendeinen bleichen Sonnenstrahl zu ihrer Beleuchtung!« (143).

Schließlich rennt er wieder zu Adèle, gräbt seine Krallen in ihr Fleisch, drückt sie an sich und zerreißt ihr Hemd (das übrigens zum zweiten Mal!). Auch an dieser Stelle klaffen die Wahrnehmungen der beiden weit auseinander. Adèle sieht sich im Spiegel in den Armen einer Bestie – Djalioh dagegen erblickt zum ersten Mal eine nackte Frau und hält inne. Zwischen ihrem Entsetzen und seinem Erstaunen ist keine Vermittlung möglich. Nun allerdings drängt die »wilde Brutalität« (143) Djaliohs hervor. Er reißt ihr die Haare aus, kaut und küsst sie, »zufrieden, irre, trunken vor Liebe« (143). Schließlich ergreift er Adèle und vergewaltigt sie:

> »[E]r sprang mit einem Satz auf sie, zog ihre beiden Hände auseinander, legte sie auf die Erde und wälzte sie wie von Sinnen hin und her. Oft stieß er wilde Schreie hervor und breitete die Arme aus, stumpfsinnig und reglos, dann röchelte er vor Wollust wie ein Mann, der sich ...« (143 f.)

Während Djalioh den Liebestod erfährt, stirbt Adèle unter Krämpfen. Nachdem er ihren Leib vielfach geküsst und berührt hat, springt er wild durchs Zimmer, stürzt sich schließlich mit dem Kopf gegen den Kaminsims und bricht über der Toten zusammen. Die gesamte Szene, die sich über drei Seiten erstreckt, erspart den Lesenden kein Detail. Mit großer Genauigkeit werden die Bewegungen und Empfindungen der beiden in ihrer Gegensätzlichkeit geschildert, auch die Vergewaltigung selbst wird, bis auf die drei Pünktchen, in allen voyeuristischen Einzelheiten dargestellt.

Diese Schilderung verstößt vollkommen gegen die Schreibkonventionen des 19. Jahrhunderts, die fordern, dass geschlechtliche Handlungen schamvoll hinter einem ›Blanc‹, einer ausgesparten weißen Stelle, verborgen werden. Noch in seinem späteren Roman »Madame Bovary« (1857) wird Flaubert nur die lange Kutschfahrt beschreiben, die Emma und ihr Liebhaber unternehmen. Alles andere müssen sich die Leser hinzudenken. Trotzdem wurde Flaubert für diesen Roman von der Zensurbehörde wegen des Verstoßes gegen »die guten Sitten und die Religion« angeklagt.[48]

In dem früheren, unveröffentlichten Text dagegen betritt der Erzähler den versperrten Raum und macht die Lesenden nicht nur zu Zeugen der Tat, sondern versorgt sie auch mit privilegierten Informationen über Djaliohs Motive. Diese erklären sein Verhalten, belassen es aber bei seiner Ambivalenz, denn sie kontrastieren immer wieder mit Adèles Blick auf das »Monster«. Auch in dieser Szene herrscht jene Wiederholungs- und Ersetzungslogik, die bereits von Djaliohs Zeugung her bekannt ist. Der gewaltsame Ursprung Djaliohs kehrt in der erneuten Vergewaltigung wieder, die aber nicht mehr zu einer Zeugung, sondern in den Tod führt. In spiegelbildlicher Verkehrung tötet die monströse Kreatur nun Frau und Kind seines geistigen Erzeugers und zum Schluss sich selbst. Nur der bourgeoise ›Über-Vater‹ selbst bleibt auf seltsame Weise unbehelligt.

Djalioh reproduziert bei seiner Suche nach Identität und Liebe seine grausame Herkunft.[49] Ausgeschlossen aus der Menschen- und der Tierwelt, kann er keine erfüllte Beziehung erleben, sondern ist immer wieder auf seine Hybridität zurückgeworfen, die letztlich genauso qualvoll wie seine Zeugung selbst ist. Das Prekäre seiner Existenz besteht genau in dieser Zwischenstellung. Djalioh ist aus menschlicher Sicht hässlich – und hat darin an der alten Vorstellung vom Affen als Zerrbild des Menschen teil. Dennoch ist von Anfang an klar, dass er eine »Seele« besitzt, also das, was jahrhundertelang das entscheidende Differenzkriterium zwischen Mensch und Tier darstellte. Seine Seele allerdings ist nicht die des christlichen Glaubens, sondern die romantische der Poesie und Schönheit. Was ihm aber fehlt, und hier zeigt sich das Problem der Vermittlung zwischen Innen und Außen, zwischen äffischer Hässlichkeit und menschlicher Empfindung, ist die Sprache, das zweite wichtige Unterscheidungsmerkmal. Er ist demnach in einem Maß Mensch, das ihn aus der Tierwelt ausschließt, aber mangels Sprache wiederum nicht menschlich genug.

Jene Intensität des Gefühls, die romantische Seele, erweist sich im Verlauf der Handlung als ein Kipp-Phänomen, das zunächst menschliche und dann tierische Züge annimmt, erst als Poesie und dann als Brutalität erscheint. Djalioh ist also nicht mehr wie die Monster in Parés Abhandlung in einen menschlichen Kopf und einen tierischen Unterleib aufgeteilt, in ihm vermischen sich beide Gattungen sowohl innerlich als auch äußerlich. Das macht ihn zu einer Kreatur, die unter allen Wesen ihresgleichen nicht findet, die ausgestoßen und einsam auf der Grenze zwischen zwei Welten vegetiert.

Die seltsame Überdeterminierung der gesamten Erzählung, die sich in ihrer zwanghaften Wiederholungs- und Ersetzungslogik zeigt, hat Flauberts Biographen, den Philosophen Jean-Paul Sartre, zu einer Deutung des Textes als ›Familienroman‹ bewogen, den sich der junge Flaubert gleichsam selbst erzählt.[50] Diese Interpretation leuchtet in vielerlei Hinsicht ein. Nicht nur, dass die Adoleszenz genau jene Lebensphase ist, in der der Heranwachsende seinen Ort in der Gesellschaft sucht, sich aus der Familie verabschieden und seine Identität, auch seine geschlechtliche, finden muss und daher ähnlich wie Djalioh zwischen zwei Welten balanciert. Beim jungen Flaubert potenziert sich diese Erfahrung noch dadurch, dass er sich einsam und ungeliebt von seiner Familie fühlt, die ihn für zurückgeblieben hielt, weil er erst vergleichsweise spät lesen lernte. Er ist der »Idiot der Familie«, wie Sartre seine Biographie treffend genannt hat, und gleicht auch darin dem analphabetischen Djalioh.

Die Parallelen zwischen dem jungen Schriftsteller und dem gleichaltrigen hybriden Wesen mögen unübersehbar sein. Aber Flauberts künstlerischer Impuls schießt doch über das rein Private hinaus. Er imaginiert eine traurige und monströse Kreatur, für deren romantische Liebe kein Platz in der bourgeoisen Realität ist, die sich nicht verständigen und ausdrücken kann, die zu stummer Brutalität und einsamem Tod verurteilt ist. Zugleich findet er in Djalioh aber auch zu seinem Lebensthema, nämlich der Niederlage des romantischen Ideals in all seinen grotesken, selbstbetrügerischen, aber auch erhabenen Auswüchsen gegenüber der prosaischen Realität. Was seine späteren Figuren mühsam und schmerzlich lernen oder eben nicht lernen, tötet bereits Djalioh: die Unmöglichkeit der Romantik.

Vielleicht ist die These überzogen, dass der junge Flaubert gerade durch die Bemühung, ein solches Mischwesen darzustellen, auf die erlebte Rede und damit auf jene ungewöhnliche, seinen späteren Stil derart prägende hybride Form gestoßen ist. Aber in der sprachlichen Mischung aus Mitempfinden und Distanz, Subjektivität und Objektivität liegen schon die Keime für sein späteres Werk, das auf bitterste Weise mit einer zur bloßen Phrase verkommenen Romantik abrechnet. Für eine romantische Kreatur wie Djalioh ist ein selbstbestimmtes und erfülltes Leben nicht vorgesehen, folgerichtig landet er (bzw. sein Skelett) in einem zoologischen Kabinett.

Flaubert denkt damit die Kreuzungsphantasien der Wissenschaft zu Ende, natürlich unter den Bedingungen seiner Zeit und seiner Psyche. Sein Mischwesen ist eine leidende, ausgestoßene Kreatur. Aber welche Alternativen gäbe es für ein derartiges Wesen, sollte es einmal technisch ›herstellbar‹ sein? Was Iwanow unter den damaligen Bedingungen durch künstliche Befruchtung nicht möglich war, könnte die Gentechnik sehr wohl realisieren. Das Einbringen tierischen genetischen Materials in menschliche DNA ist durchaus nicht mehr jenseits des Vorstellbaren, auch wenn das ethische Problembewusstsein vermutlich inzwischen gewachsen ist. Allerdings bleibt immer noch die Frage: Wäre für ein hybrides Wesen in der Gegenwart ein glückliches Aufwachsen bei lieben Eltern und ein erfülltes Leben denkbar, so wie es sich am Schluss von Høegs Roman »Die Frau und der Affe« andeutet?

Wie problematisch und ambivalent die Existenz einer solchen Schöpfung zumindest auch vor zwanzig Jahren noch war, zeigt eine Bemerkung des niederländischen Biologen Midas Dekkers, der ein ebenso faszinierendes wie vorurteilsfreies Buch über die Tierliebe verfasst hat. Er denkt darin über die Zeugung von Affenmenschen und deren anschließende Behandlung nach:

In Anlehnung an den »Sexualarzt« Rohleder, der 1918 Affen Negerhoden implantieren wollte, könnte man vorschlagen, den Bastard unter der fachkundigen Obhut eines Pflegers aufziehen zu lassen, der auf Schwachsinnige spezialisiert ist. Doch niemand bedenkt, daß das Kind auch die besten Eigenschaften des Menschen und des Affen vereinigen könnte und uns, während er am Kronleuchter der Bibliothek schwingt, Goethe rezitiert und mit seinem gesunden Geist in seinem gesundem Körper den Bananenanbau revolutioniert, darüber belehrt, was wir schon immer wissen wollten: Wo ist unser Platz auf Erden? Endlich würden wir erfahren, wer wir sind. Das Missing link, das sind wir selbst.[51]

Abb. 4 *Trauer um Darwin, Satirezeitschrift Kikeriki vom 27. 4. 1882*

Viertes Kapitel

Der Traum des Tierarztes

*A*ls Charles Darwin am 19. April 1882 verstarb, trauerten auch die Affen um ihn. Das behauptet zumindest eine Karikatur der österreichischen Satirezeitschrift »Kikeriki«, die einen Tag nach seiner feierlichen Beisetzung in Westminster Abbey erschien (Abb. 4). Sie zeigt einen Affen, der, auf einem Ast hockend, ein schwarzumrandetes Blatt in der Hand hält. Dass es sich dabei um eine Todesanzeige handelt, verdeutlichen nicht nur ein dickes Kreuz und der Name Charles Darwin, sondern vor allem die Reaktionen der anderen Affen, die verteilt in den Ästen des Baumes sitzen. Sie haben die Todesnachricht gerade erfahren und geben Zeichen größter emotionaler Erschütterung von sich. Da werden Hände gerungen, Taschentücher an die Augen gepresst, und vor allem die Tränen fließen, dass es nur so spritzt. Damit die Botschaft auch wirklich klar wird, ist der Zeichnung folgende Erläuterung beigegeben: »Große Trauer über den Tod Darwin's muß auch unter den Affen herrschen, welche dem berühmten Gelehrten die Enthüllung verdanken, daß wir Menschen eigentlich von ihnen abstammen sollen«.[52]

Der Karikaturist illustriert den Tod des Wissenschaftlers, indem er dessen Abstammungstheorie humorvoll überspitzt in Szene setzt. Mit den Ästen wird der gemeinsame Stammbaum von Menschen und Affen aufgerufen; die Trauer der Tiere gilt dem verstorbenen Verwandten ebenso wie dem Gelehrten, dem sie die ›Enthüllung‹ der schmeichelhaften Lehre ›verdanken‹. Dabei nutzt der Zeichner ein damals wie heute populäres Missverständnis: Darwin hat selbstverständlich nie behauptet, dass der Mensch ›eigentlich‹ vom Affen abstamme, und schon gar nicht hat er an Exemplare derzeit lebender Arten gedacht. Er nahm vielmehr an, dass die zentralen Gedanken der Evolutionstheorie für alle Arten, und daher auch für den Menschen, gelten müssten: Nämlich erstens, dass die Arten nicht konstant sind, sondern dem Wandel unterliegen, und zweitens, dass dieser Wandel eine Folge der natürlichen Zuchtwahl darstellt. So kam er zu dem Schluss, dass auch der Mensch »wie jede andere Art – von einer früher existierenden Form abstammt«.[53] Die zahlreichen Merkmale, die Menschen und Menschenaffen teilen, lassen darauf schließen, dass beide gemeinsame Vorfahren besitzen.

Darwin war sich selbstverständlich über die Fehlinterpretationen im Klaren, die seine Theorie hervorrufen würde. Erst unter dem Konkurrenzdruck äußerst ähnlich gelagerter Überlegungen von Alfred Russel Wallace beschleunigte er die Abfassung seines epochemachenden Buchs »Über die Entstehung der Arten« (»On the Origin of Species«, 1859), berührte in ihm aber die Abstammungsfrage des Menschen gar nicht, sondern begnügte sich nur mit der prophetischen Bemerkung: »Licht wird auch fallen auf den Menschen und seine Geschichte.«[54]

Darwins eigene Zurückhaltung hinsichtlich der Abstammungsfrage des Menschen hielt seine Mitstreiter nicht davon ab, entsprechende Schlüsse zu ziehen und gemeinsame Vorfahren von Menschen und Menschenaffen zu postulieren – eine Folgerung, die Darwin selbst erst 1871 in »Die Abstammung des Menschen« (»The Descent of Man«) formulierte. Ebenso wenig ließen sich seine Gegner die naheliegende Polemik entgehen, indem sie ihn selbst und seine Anhänger als Affen darstellten.

Hier sei nur an die bekannte (und vermutlich legendäre) Auseinandersetzung zwischen Samuel Wilberforce, dem Bischof von Oxford, und Darwins Anhänger Thomas Henry Huxley erinnert. Bei einer Sitzung der »British Association for the Advancement of Science« am 30. Juni 1860 brachte der Bischof Einwände gegen Darwins Theorie vor. Daraufhin entgegnete ihm Huxley, der später nicht umsonst ›Darwins Bulldogge‹ genannt wurde, laut eigener Darstellung:

Ich sagte, wenn man mir die Frage stellte, ob ich als Großvater lieber einen erbärmlichen Affen hätte oder einen Menschen, der von der Natur aus reich ausgestattet ist und über große Einflußmöglichkeiten verfügt und der diese Fähigkeiten und seinen Einfluß nur dazu benutzt, eine bedeutsame wissenschaftliche Diskussion ins Lächerliche zu ziehen, dann bestätigte ich ohne Zögern, daß ich den Affen vorziehe.[55]

Über den genauen Wortlaut der Auseinandersetzung streiten sich die Experten ebenso wie über die Frage, wer aus der Debatte als Sieger hervorging. Für unseren Zusammenhang ist dagegen die Tatsache wichtiger, dass der Affe bereits in diesem frühen Stadium der Darwin-Rezeption als Figur der Polemik eingesetzt und damit wegweisend etabliert wird. Bischof und Wissenschaftler streiten nämlich nicht nur um eine Theorie, sondern um die Stellung des Menschen im Kosmos. Dabei werden die komplexe Argumentation und die großen Entwicklungszeiträume, in denen die Abstammungslehre denkt, auf die ›Affentheorie‹ reduziert: ›Der Mensch stammt vom Affen ab‹. Diese wiederum wird als Zumutung, mit Freud gesprochen sogar als narzisstische Kränkung empfunden, aber von Darwins Anhängern im Dienste der Wissenschaft zähneknirschend akzeptiert, während seine Gegner auf ihrem religiös verbürgten göttlichen Ursprung beharren.

Die Inszenierung des Affen als Figur der Polemik funktioniert deshalb so gut, weil sie an eine jahrhundertealte abendländische Bild- und Denktradition anschließen kann. Schon der Antike ist die visuelle Ähnlichkeit zwischen Menschen und Affen aufgefallen. Sie wurde durch anatomische Studien, etwa des griechischen Arztes Galen, bestätigt. Allerdings konnte sich die Antike, ebenso wie später das Christentum, die Schlussfolgerungen aus dieser körperlichen Ähnlichkeit vom Leibe halten, indem sie die mentale Differenz besonders stark machte. Durch sie hatte der Mensch am Göttlichen teil, in Gestalt von Vernunft, Verstand, Seele, oder wie auch immer man jenen Unterschied benannte. So konnte der Affe zum Gegen- und Zerrbild des Menschen werden, zum hässlichen Spiegelbild, ungeschickten Nachahmer, sündigen Gegenspieler. Der Zoologe Alfred Brehm, Verfasser des bekannten ›Thierlebens‹, charakterisiert diese Haltung äußerst treffend: »Der Mensch, leiblich ein veredelter Affe, geistig ein Halbgott, will nur das letztere sein und versucht mit kindischer Aengstlichkeit seine nächsten Verwandten von sich abzustoßen, als könne er durch sie irgendwie beeinträchtigt werden.«[56]

In diesem Sinne versucht die antidarwinistische Polemik ›ängstlich‹ das traditionell negative Affenbild aufrechtzuerhalten und dadurch die Evolutionstheorie selbst zu degradieren. Den entgegengesetzten – und nicht weniger schlichten – Weg geht der Sozialdarwinismus des 19. Jahrhunderts. Er sieht den Menschen im Kampf ums Dasein gefangen, den er, wie alle anderen Tiere auch, »mit blutigen Zähnen und Klauen«[57] austrägt. Zwischen ängstlicher Leugnung und blutiger Radikalisierung gibt es aber auch einen differenzierten Umgang mit dem neuen Wissen um die Verwandtschaftsbeziehungen zwischen Mensch und Affe. Das belegt Wilhelm Raabes Erzählung »Der Lar« (1889), die einen originellen Weg einschlägt, indem sie der Verwandtschaft und dem Darwinismus insgesamt humane und humorvolle Perspektiven abgewinnt.

Schon der – ohne Zusatzinformationen kaum verständliche – Titel des Textes spielt mit jener ambivalenten Position des Affen. Er steht als Kurzformel für ein Exemplar der Art *Hylobates Lar,* d. h. einen Weißhandgibbon, der zu den kleinen Menschenaffen gehört. Zugleich aber bezeichnete man in der römischen Antike Haus- und Schutzgötter als Laren und Penaten. Im Titel verschränken sich demnach eine biologische und eine religiöse Bedeutung: Der Menschenaffe ist Verwandter und Schutzgott zugleich. Vor diesem Hintergrund ist es nur schlüssig, dass es sich bei dem Lar des Romans nicht um ein lebendes Exemplar, sondern um einen ausgestopften Affen handelt, ein totes, genauer: präpariertes Tier, das sich im Naturalienkabinett des Tierarztes a. D. Doktor Schnarrwergk befindet.

Mit dem Tierpräparat wird dem wissenschaftlichen Charakter der zeitgenössischen Debatte Rechnung getragen. Denn die Gelehrten des 19. Jahrhunderts streiten ja keineswegs um gegenwärtig lebende Tiere, sondern um längst ausgestorbene – eben tote. Darin zeigt sich der Realismus des Textes, der ihn von den im weitesten Sinne ›phantastischen‹ Erzählungen Hoffmanns oder Kafkas unterscheidet, in denen die Affen als lebende, sprechende und handelnde Wesen auftreten.

Aber nicht nur über den ausgestopften Affen des Titels, sondern auch auf der Handlungsebene werden die Themen Darwins aufgerufen: Überleben und Fortpflanzung. Das geschieht zunächst unter den Vorzeichen einer Liebeshandlung. Der Erzähler kommt mit seiner »Oster-, Pfingst-, Weihnachts- und Neujahrsgeschichte« (so der Untertitel) der Bitte einer ungenannten Leserin nach, die er dem Buch als Motto voranstellt: »O bitte, schreiben auch Sie doch wieder mal ein Buch, in welchem sie sich kriegen!«[58] Der Wunsch nach einem Happy End wird, kaum zitiert, sofort erfüllt. Bereits das Vorwort beginnt nämlich mit einer Taufe. Die glücklichen Eltern sind Doktor Paul Warnefried Kohl und seine Frau Rosine Kohl, geborene Müller, die auf ihren Erstgeborenen im Kreise der Paten, des bereits erwähnten Tierarztes und eines weiteren Freundes, Bogislaus Blech genannt, anstoßen.

Im Rückblick erfahren wir dann, wie es zur Eheschließung kam und welche Rolle der Lar dabei spielte. Zunächst sehen die Verhältnisse der zukünftigen Eheleute wenig erfreulich aus. Der Student Kohl hat gerade die Wohnung seiner verstorbenen Eltern aufgelöst und ihr Hab und Gut versteigern lassen müssen; Rosine ist wieder einmal am Umziehen, da ihr die Wohnung wegen des Klavierunterrichts, mit dem sie ihren Lebensunterhalt verdient, gekündigt wurde. In dieser unerquicklichen Situation begegnen sich die beiden auf der Straße. Hinzu kommt mit einem Knall der Tierarzt a. D. Dr. Schnarrwergk, dessen Umzugskarren mit Rosines zusammenstößt. Die drei sind einander nicht unbekannt: Schnarrwergk ist Kohls Pate, Rosine ein Waisenkind, das in der Familie Kohl verkehrte. Neu ist allerdings, wie sich im Gespräch herausstellt, dass Rosine und der Tierarzt nicht nur in dasselbe Haus ziehen, sondern auch Wohnungsnachbarn auf dem gleichen Stockwerk werden. Nun wird auch der Lar vorgestellt, mit dem Schnarrwergks Umzugshelfer überhaupt nicht pfleglich verfährt, zum Unwillen des Tierarztes:

> »Mein Pithecus! Mein Pithecus! Mensch, geht man so mit seinem Urgroßvater um? Packt man so den Urahnen seines Stammes im Nacken wie 'ne Katze, die man ins Wasser trägt? Mann, würgt man so seinen Vater, seinen Bruder, seinen nächsten, bessern Vetter?« (242).

Der schimpfende Tierarzt erweist sich hier als Anhänger Darwins, für den die Verwandtschaft zwischen Affe (Pithecus) und Mensch ausgemachte Sache ist; wenngleich Verwandtschaftsbeziehung und -grad wechseln, ja im Verlauf seiner Rede sogar enger werden. Da ist vom Urgroßvater und Urahn ebenso die Rede wie von Vater, Bruder, Vetter. Auch die damit verbundene weltanschauliche Debatte wird von Schnarrwergk sogleich erwähnt, denn er fordert Kohl auf, anstelle des unfähigen Dienstmanns den Transport des Lars zu übernehmen: »Ebenbild Gottes, hier meinen Pithecus Satyrus schaffe mir unlädiert ins Trockne und die Treppen hinauf, aber vorsichtig, wenn ich bitten darf, junger Pavian« (243). Im selben Satz zitiert Schnarrwergk einerseits die christliche Lehre von der Erschaffung des Menschen »zum Bilde Gottes« (1. Mose 1,27), die Darwin durch den Artenwandel quasi ›widerlegt‹ hat. Andererseits konterkariert er sie mit Kohls Titulierung als »junger Pavian«. Der ausgestopfte Affe dient demnach als Beleg, wenn nicht gar als Verkörperung der gemeinsamen Abstammung. Dabei geht es weder um die genauen Verwandtschaftsverhältnisse noch die Nähe zu einer bestimmten Affenart, weswegen der Lar im weiteren Verlauf der Erzählung auch mit den verschiedensten Namen belegt werden kann, darunter Pavian, Gorilla (295), Waldmensch (335), aber auch Orang-Utan, Pongo, Meias, Majas (367) – für das Argument ist das letztlich egal. Wichtig ist vielmehr, dass der Lar der Evolutionstheorie eine fass- und diskutierbare Gestalt gibt, woran, wie die zitierte Szene zeigt, mit einigem Aufwand und deutlicher Aufmerksamkeitslenkung gearbeitet wird.

Natürlich stellt sich jetzt die Frage, wie sich die so auffällig etablierte Theorie und der Handlungsverlauf der Erzählung zueinander verhalten, vor allem, was die weltanschaulichen Fragen angeht, die sich an sie angelagert haben. Illustriert, bestätigt oder widerlegt der Text die kursierenden Darwinismen, etwa die berühmte Formel vom Kampf ums Dasein? Gerade in dieser Hinsicht ist die Eingangsszene äußerst aufschlussreich. Während Kohl nämlich den Affen gemäß den Anweisungen des Tierarztes vorsichtig in die Ecke stellt, sagt er zu Schnarrwergk:

> »Wie als wenn Sie's selber wären«, sprach der höfliche Jüngling. »Sie sehen doch, wie ich mit dem Hausgott umgehe. Keine Motte kommt drin durch mich zu Schaden. Homo simia hominis! Bin ich nicht ganz und gar bei der Sache? Sitze ich nicht vollständig in Ihren Gefühlen?« (244)

Kohl hilft nicht nur Schnarrwergk, indem er seinen Affen so pfleglich behandelt als sei es der Arzt selbst, sondern er übernimmt scherzend sogar dessen Einschätzungen und Gefühle. Er ahmt den Tierarzt quasi als dessen Affe nach, was er mit der Sentenz *Homo simia hominis* (Der Mensch ist des Menschen Affe) auf den Punkt bringt. Damit zitiert und variiert der Student der Philosophie eine Formulierung von Thomas Hobbes, dem zufolge sich der Mensch wie ein Wolf zum anderen *(Homo homini lupus)* verhält.[59] Ungebändigt führt diese Raubtiernatur zum »elenden Zustande eines Krieges aller gegen alle«,[60] der sich nur durch die schützende Institution des Staates und dessen Gewaltmonopol eindämmen lässt.

Hobbes' negative Anthropologie, die der Philosoph angesichts des Englischen Bürgerkriegs des 17. Jahrhunderts entwarf, gewann bei Darwins Zeitgenossen neue Popularität. Sein ›Wolf‹ ließ sich bequem an den Evolutionsgedanken anschließen, der ja mit der natürlichen Auslese auch ein Konkurrenzmodell enthält. Die Individuen einer Art stehen nicht nur mit anderen Arten im Wettbewerb, sondern vor allem auch untereinander. Wer sich besser anpasst, überlebt und kann seine Merkmale weitergeben, ist also evolutionär gesehen erfolgreich. Wie die einzelnen Arten allerdings mit dieser Konkurrenzsituation umgehen und welche Überlebensstrategien sie entwickeln, ist damit noch nicht gesagt. Wenn man allerdings, wie das 19. Jahrhundert es tut, Darwins Metapher vom »Kampf ums Dasein«[61] (im Original: *struggle for existence*) aggressiv auslegt, dann landet man schnell beim Kriegszustand, in dem sich der ›wölfische‹ Mensch nach Hobbes befindet.

Kohl dagegen gibt dem Konkurrenzgedanken eine ganz neue Wende. An die Stelle von Kampf und Krieg tritt bei ihm die Nachahmung. Damit greift er einen ebenfalls seit der Antike geläufigen Gedanken auf, nämlich dass der Affe den Menschen nachäfft: »simia similis nobis«.[62] Er dreht die Gedankenfigur aber um. Im Zeichen Darwins ist der Mensch selbst der Affe des anderen Menschen, was ihm Einfühlung ermöglicht.

Kohls Variation von Hobbes mit Darwin wirft ein interessantes Problem auf: Warum sollten sich Individuen überhaupt gegenseitig helfen, wenn sie doch miteinander konkurrieren? Als nächstliegende Erklärung bietet sich natürlich der Eigennutz eines derartigen Verhaltens an. Wer hilft, erwartet Gegenhilfe und hilft sich also indirekt selbst. Allerdings bedarf es dafür enger sozialer Beziehungen, denn damit wirklich etwas zurückkommen kann, muss man sich wiedersehen und aneinander ›erinnern‹ können.

Bereits Darwin hat erkannt, dass soziales Verhalten durchaus Wettbewerbsvorteile bietet. Gegenseitige Hilfe, gemeinsame Verteidigung, vielfältige Dienste am anderen stellen gelungene Anpassungen dar, die im Sinne des einzelnen Individuums sind und dem evolutionären Gedanken nicht widersprechen. Allerdings müssen sich dabei Kosten und Nutzen die Waage halten. Gegenseitigkeit ist nur dann sinnvoll, wenn der eine nicht zu viel geben muss (etwa sein Leben) und zugleich realistische Chancen bestehen, dass der andere die Hilfe irgendwann erwidert.

Laut Darwin unterscheiden sich die ›geselligen Tiere‹ und das soziale Tier *par excellence,* der Mensch, in dieser Hinsicht nur graduell und nicht prinzipiell. Allerdings behält Darwin einen Bereich sozialen Verhaltens allein dem Menschen vor, nämlich den der Moral. Könnte man die Affen befragen, so Darwin, dann würden diese sicherlich

> *behaupten, daß sie immer bereit seien, den Affen derselben Herde in jeder Weise beizustehen, ja selbst ihr Leben für sie zu wagen und ihre Waisen an Kindes Statt anzunehmen; doch würden sie anerkennen müssen, daß uneigennützige Liebe zu allen lebenden Wesen, die edelste Errungenschaft des Menschen, völlig über ihre Fassungskraft ginge.*[63]

Während sich soziales Verhalten demnach auch bei den Affen findet, unterscheidet sich der Mensch von ihnen gerade durch die Möglichkeit der »uneigennützigen Liebe«, d. h. ein jeglichem Zweckdenken entgegengesetztes Verhalten; wir würden heute dazu Altruismus sagen. Dieser stellt nun ein echtes Problem für die Evolutionstheorie dar: Wieso sollten sich überhaupt uneigennützige, eventuell sogar selbstschädigende Verhaltensweisen evolutionär herausbilden? Schließlich müsste man davon ausgehen, dass sich übertrieben soziale Tiere, die den Rahmen der nützlichen Reziprozität sprengen, nicht erfolgreich fortpflanzen und dadurch quasi selbst aus der Evolution ›herausschießen‹.

Darwins Nachfolger haben sich deshalb auch nicht mit dessen Rekurs auf den herausgehobenen Bereich der Moral zufriedengegeben, sondern andere Lösungsvorschläge in Anschlag gebracht. Konrad Lorenz zum Beispiel hat das Prinzip der Arterhaltung propagiert und damit versucht, uneigennütziges Verhalten in den Dienst eines dem Individuum übergeordneten Zwecks zu stellen. Heutige Evolutionsbiologen dagegen haben sich von dieser Vorstellung verabschiedet. Im Zeichen des ›egoistischen Gens‹, einem Schlagwort von Richard Dawkins, wurden zahlreiche anscheinend altruistische Verhaltensweisen auf die erwünschte Weitergabe der eigenen Gene zurückgeführt.[64] Kinderlose Tanten kümmern sich nicht uneigennützig um Nichten und Neffen, sondern befördern damit ihre eigenen Gene, gleiches gilt für Großmütter, die ihre Enkel hüten etc. Die Verwandtenselektion, wie die Biologie dieses Verhalten nennt, besitzt also handfeste Vorteile und lässt sich kaum als altruistisch im eigentlichen Sinn bezeichnen. Auch Reziprozität und Kooperation erfüllen nur bedingt das harte Kriterium der »uneigennützigen Liebe zu allen lebenden Wesen«. Insofern hat die zeitgenössische Evolutionsbiologie Darwins Vorstellung eines im echten Sinn selbstlosen Altruismus aufgegeben: »Gefühle wie Liebe oder Sympathie [sind] nicht vom Himmel gefallen – sie haben sich in der Evolution als Mittel zum ultimaten Zweck bewährt«.[65]

Mit der Eingangsdebatte um den Lar eröffnet die Erzählung demnach ein Feld, in dem die verschiedensten, miteinander konkurrierenden anthropologischen Konzeptionen gleichsam angetippt werden. Da ist von der Affenabstammung ebenso die Rede wie von der Ebenbildlichkeit Gottes, da wird der Wolfscharakter des Menschen (samt Daseinskampf) indirekt zitiert und durch den einfühlenden und nachahmenden Affen konterkariert. Auf diese Weise stellt der Text die Kernfrage nach der sozialen Natur des Menschen. Ist er zu Altruismus überhaupt fähig und wenn ja, in welchem Grade?

Im weiteren Verlauf der Erzählung wird genau diese Frage durchgespielt. Zu Beginn finden wir alle Beteiligten, vom deutlich älteren Tierarzt einmal abgesehen, in einer Situation materieller Not. Rosine hält sich gerade so in ihrer Nische als Klavierlehrerin über Wasser, der Studiosus Kohl ist gänzlich mittellos, ähnlich geht es seinem Freund, dem Maler Bogislaus Blech, dem Kohl nach getaner Umzugshilfe auf der Straße begegnet.

Alle Figuren sind gewissermaßen brotlose Künstler oder Studenten, die im ›Kampf ums Dasein‹ mehr schlecht als recht bestehen. Das stellt sicherlich ein Echo auf Raabes eigene Erfahrungen als freier, dem literarischen Markt unterworfener Autor dar. Noch der alte Raabe klagt gegenüber seinem Verleger: »Es ist ein Kampf ums Dasein gewesen vom dreiundzwanzigsten Lebensjahre an, – ein Kampf, der sich jetzt ins achtzigste hineinzieht.«[66] Die männlichen Figuren der Erzählung finden aber immerhin einen Weg zurechtzukommen: Sie teilen Nahrung und Wohnraum miteinander.

Auf diese eher triste Ausgangslage folgt im Text ein großer Zeitsprung. Erst fünf Jahre später begegnen sich Blech und Kohl wieder. Blech hat inzwischen von der Malerei auf die Photographie – genauer Leichenphotographie – umgesattelt und ist dabei wohlhabend geworden. Kohl wiederum hat mit Hilfe eines unbekannten Förderers zumindest seinen Doktortitel erwerben können und verdingt sich nun als Lokalreporter, was ihm mit einigem Erfolg gelingt. Die beiden passen sich demnach erfolgreich den Marktbedingungen an, auch wenn sie dafür auf die gewünschten Berufe verzichten müssen. Zwischen ihnen entsteht nun aber ein Moment von Konkurrenz, denn beide werben um Rosine.

In diese Szenerie von männlicher Kooperation und Konkurrenz wird nun eine Figur eingeführt, die sich seltsam altruistisch verhält, und es ist gerade die, von der man es am wenigsten erwarten würde: der sonderbare Tierarzt. Während der Erzähler in Bezug auf Kohl und Blech äußerst stark raffend verfährt, berichtet er detailliert, wie sich Rosine und ihr Nachbar in der Zwischenzeit anfreunden. Dabei entpuppt sich der scheinbare Menschenfeind als toleranter Nachbar und vom Volk hochverehrter Arzt, der sich nicht nur um Tiere gekümmert, sondern auch eine Art Armenpraxis geführt hat.

Im Verlauf gemeinsamer Spaziergänge und Gespräche zieht Schnarrwergk Rosine immer mehr ins Vertrauen, auch, was das Verhältnis zu seinem Patensohn Kohl anbetrifft. Der hätte nämlich eigentlich »von Rechts wegen« (330) sein Sohn sein sollen. Hier steht ebenfalls eine Konkurrenzsituation im Hintergrund: Schnarrwergk und sein Freund Kohl senior hatten beide um die spätere Frau Kohl geworben und sich deshalb sogar ein Duell geliefert. Der Verlierer Schnarrwergk wird Pate aufgrund des »Naturband[es] zwischen dem greulichen Bengel und mir. Ich hatte ihn, sozusagen idealisch, an Kindesstatt angenommen« (329).

Nun könnten diese Anspielungen auf eine uneheliche Vaterschaft Schnarrwergks schließen lassen und daher ein handfestes Motiv für seine Bemühungen um Kohl liefern. Allerdings wird diese Vermutung durch Schnarrwergks weitere Ausführungen eher widerlegt als bestärkt. Denn Schnarrwergks gute Taten an seinem Patensohn Kohl junior gründen in seiner eigenen Biographie. Auch er hat in seiner Jugend Hilfe erfahren, nämlich vom Vetter Hagenbeck – hier bleibt der Grad der Verwandtschaft ebenfalls unklar – einem Hufschmied. Bei dem ging er in die Lehre, nachdem ihn seine Eltern aus dem Haus geworfen hatten, und dieser hat ihm Schulbesuch und Studium ermöglicht. Hagenbeck gleich sucht Schnarrwergk nun »im Zeichen des Pithecus Satyrus nach einem jüngern Affen, an den ich seine Wohltat weitergeben kann. [...] Ich weiß nicht, wem *er* nachahmte; aber ich gehe in seinem Fußtapfen und sehe die Welt aus seinen Augen« (333 f.).

Mit seinem Engagement als Pate imitiert Schnarrwergk demnach seinen Wohltäter. Beide haben sich an Sohnesstelle junge Männer gewählt, denen sie im Leben weiterhelfen. Nicht zufällig bedient sich der Tierarzt hier ebenfalls wieder aus dem Motivbereich des Affen. Aus seiner Sicht sind die Menschen, ihn eingeschlossen, alle Primaten, sie stehen im Zeichen des Affen und ahmen einander nach, im Guten wie im Schlechten. Hagenbeck hilft Schnarrwergk, der dann wiederum Kohl junior unterstützt. So entsteht – mitten im *struggle for existence* – eine Kette uneigennütziger Hilfeleistungen.

Wo die Eltern versagen oder (wie im Fall Rosines) ganz ausfallen, etabliert der Text demnach alternative soziale Instanzen: Nachbarn, Paten oder Vettern, die bei der jüngeren Generation unterstützend einspringen. Insofern präsentiert der Roman vielfach Verhaltensweisen, die über die übliche gegenseitige Hilfe des *do ut des* hinausgehen und dennoch nicht durch enge verwandtschaftliche Beziehungen zu erklären sind. Sie können als altruistisch im engen Sinn bezeichnet werden, denn die Kosten, die die Männer dabei in Kauf nehmen, sind höher als der je zu erwartende Nutzen. Jenseits von Verwandtschaft entwirft dieser Text demnach ein Modell elternähnlicher sozialer Beziehungen, die auf Nachbar- und Patenschaft basieren.

Dieses Verhalten gegenüber der eigenen Spezies wird in gewisser Weise noch durch Schnarrwergks »Liebe zum Geschöpf außerhalb der Menschheit« (334) gesteigert. Nicht zufällig taucht in dem Gespräch über den Vetter Hagenbeck auch der Lar wieder auf. Der Affe ist eines jener Geschöpfe, für die Schnarrwergk sorgte. Aber nicht nur das: Der Tierarzt hat ihn nach seinem Tod ausgestopft und ihm Glasaugen eingesetzt, die denen Hagenbecks ähneln: »Menschenaugen« (334).

War der Lar bisher vor allem die Repräsentationsfigur der gemeinsamen Verwandtschaft, so erhält er nun selbst ein menschliches Attribut. Bekanntlich unterscheiden sich Menschenaugen von Tieraugen dadurch, dass bei ihnen das Weiß um die Iris nicht durch das Lid verborgen wird, sondern großflächig sichtbar ist. Die weiße Färbung ermöglicht es in hervorragender Weise, der Blickrichtung eines anderen zu folgen, seine Intentionen nachzuvollziehen und mit ihm zu kommunizieren. Diese evolutionäre Anpassung steht vermutlich im Dienst des besseren Verstehens und der Kooperation mit dem anderen. Als Organ der Wahrnehmung symbolisieren die Menschenaugen, die der Lar erhält, demnach die Humanität im eigentlichen, positiven Sinn: als Fähigkeit zum Altruismus.

So erscheint die hybride Figur des Affen mit den Glasaugen nun wirklich als ein »Hausgott« (334), der Schnarrwergks ›Glauben‹ an den hilfreichen Vetter und an die Abstammungslehre verkörpert.

Dieser Glaube, der sich in dem ›Totemtier‹ symbolisch ausdrückt, wird im Text anschließend auch explizit formuliert. Der Tierarzt erleidet nämlich am Weihnachtstag einen Schlaganfall. An seinem Krankenbett finden Kohl und Rosine sich ein und schließlich auch zusammen. Die Liebeshandlung unter den Augen des Lars kulminiert in einer langen Erzählung des Traums, den der erwachende Tierarzt erlebt. Zwischen Bewusstsein und Koma, Leben und Tod schwebend, erscheinen dem Tierarzt alle Menschen, denen er je begegnet ist, wie in einem ›Film‹ seines Lebens:

> *Eine lange, lange Reihe von Menschenvolk, mit dem der Schützling des Vetters Hagenbeck in den langen, langen Jahren seines Lebens in Verkehr oder gar in Verbindung getreten war, zog allmählich an ihm vorbei: Eltern, Verwandte, Schulmeister, Schulfreunde, Studiengenossen, Kriegsgenossen, Hausgenossen. Aber einerlei, ob sie ihn aus der Wiege oder aus dem Großvaterstuhl ansahen, Weiblein oder Männlein, der Pithecus mischte sich in jedes Gesicht, in jeden Gestus, der Lar gebrauchte jede Persönlichkeit als persona, als Maske, und grinste, den Augen des wackern Vetters Hagenbeck zum Trotz, aus ihr vor und grinste ihn an:* »Ja, wir sind es, du und ich und wir alle, die wir aus dem Chaos herauf- und bis zu dem heutigen Tage herangekommen sind. Ich bin du, und du bist ich, und eine schöne, eine saubere Gesellschaft sind wir und bleiben wir von Ewigkeit zu Ewigkeit.« *(371)*

Der Lar besitzt in diesem Traum ein universales Nachahmungs- und Verwandlungstalent, das es ihm ermöglicht, in alle Menschen hineinzuschlüpfen bzw. aus ihnen ›herauszugrinsen‹. Schließlich formuliert er selbst die Botschaft seines Treibens: »Ich bin du, und du bist ich«. Wir sind alle miteinander austauschbar, weil der Affe in uns allen steckt. Damit entwirft der Text ein Modell universaler Verwandtschaft, Affen- und Allverwandtschaft, in dem die Unterschiede zwischen den einzelnen Individuen verschwinden und die näheren und fernen Verwandtschaftsbeziehungen im gemeinsamen »Chaos«, aus dem alle kommen, zerfließen.

Neben die den Text bisher dominierende Abstammungstheorie Darwins tritt nun unvermerkt die Philosophie Schopenhauers. Raabe, ein eifriger Leser des Pudelfreundes aus Frankfurt, verarbeitet hier dessen Lehre vom Willen. Der einzelne Mensch, so Schopenhauer, geht als Individuation aus dem Willen hervor und mit seinem Tod wieder in ihn ein. Raabe hat in seinem Exemplar von Schopenhauers Hauptwerk »Die Welt als Wille und Vorstellung« eine Textstelle angestrichen, die sehr an die Rede des Lars im Traum des Tierarztes erinnert. In ihr erwähnt Schopenhauer die »Metempsychoselehre, ›Du wirst einst als Der, den du jetzt verletztest, wiedergeboren werden und die gleiche Verletzung erleiden«, die »identisch ist mit der oft erwähnten Brahmanenformel *Tat twam asi,* ›Dies bist Du«.[67] Der Philosoph findet demnach in der Idee der Wiedergeburt und im Hinduismus Überlegungen, die seinen eigenen entsprechen, nämlich die Vorstellung, dass es eine Identität von Ich und Nicht-Ich, Selbst und anderem, Subjekt und Welt gibt.

Diese Überlegungen legt Raabe wiederum dem Lar in den Mund. So wird der Evolutionstheorie, die unsere enge Verwandtschaft mit dem Affen postuliert, nun eine Philosophie beigesellt, die auf die fließenden Grenzen aller Individuen hinweist. Beide ebnen die Unterschiede zwischen den Menschen, aber auch zwischen ihnen und den anderen Lebewesen ein. Wir sind alle eins, sagt der Traum des Tierarztes. Vor dem Hintergrund dieser Allverwandtschaft, die sich auch auf das Tier ausdehnt, ist Altruismus – Mitleid wie Schopenhauer, uneigennützige Liebe wie Darwin sagen würde – möglich.

So entwickelt der Text ein Modell universeller Verwandtschaft, das allerdings nicht wie die christliche Brüderlichkeit die Differenz von Mensch und Geschöpf hochhalten und das Tier ausschließen muss, sondern geradezu auf der gemeinsamen Abstammung beruht. Nicht erst seit Adam und Eva, sondern bereits seitdem unsere Vorfahren durch den Wald sprangen, sind wir miteinander verwandt.

Daraus resultiert im Roman eine Wiederholungsstruktur, die den Bogen zur Anfangsszene der Taufe schlägt und damit den Kreis schließt. So wie Schnarrwergk bereits der Pate des jungen Kohl war, so wird er auch Pate des gemeinsamen Kindes von Kohl junior und Rosine. Dabei kehrt auch die Opposition von Vater- und Patenschaft wieder. Blech behauptet nämlich, der Täufling sei dem Tierarzt »wie aus dem Gesichte geschnitten«, was der Erzähler mit den Worten kommentiert, der Photograph könne »ebensogut behaupten, er sei dem Lar aus dem Gesicht geschnitten« (385 f.).

Auch hier tritt demnach an die Stelle der realen biologischen Herkunft die gemeinsame Abstammung – der Lar als Bindeglied schafft eine Beziehung zwischen Schnarrwergk und Kohl, die die Familienähnlichkeit zwischen dem Paten und seinem neuen Patenkind erklären kann. Zudem ermöglicht er auch, den in zahlreichen Andeutungen als homosexuell dargestellten »schönen Bogislaus« (385) in die neue Familie zu integrieren. Kohl verpflichtet ihn nämlich »unausgestopft und voll Stroh, als meinen Lar – unsern Lar« (393) und als zweiten Paten neben Schnarrwergk. Auf diese Weise wird die bürgerliche Kleinfamilie, die sich in der Erzählung mehrfach nicht bewährt hat, zur hybriden Abstammungsfamilie erweitert.

Raabes Erzählung ignoriert demnach keineswegs das dominierende Konkurrenzprinzip, sondern sie arbeitet es in ökonomischer und sozialer Hinsicht deutlich heraus. Die Figuren ringen um ihre Existenz und konkurrieren um Fortpflanzung. Aber zu diesem Egoismus des Überlebens existiert auch ein Gegengewicht: die Patenschaft, die uneigennütziges soziales Handeln ermöglicht. Damit hat Raabe in der Debatte, die das 19. Jahrhundert um den sozialen Charakter des Men-

schen führt, den Finger auf ein interessantes Phänomen gelegt: Patenschaft institutionalisiert gleichsam die Fürsorge
für fremde, nicht verwandte Kinder und etabliert damit eine
soziale Kooperationsnorm. Solche Normen sind, wie der Psy-
chologe Michael Tomasello sagen würde, typisch menschlich,
sie ermöglichen überhaupt erst Altruismus.[68]

So kommt Raabe im Zeichen des Affen, mit Darwin und
Schopenhauer, zu einem anderen Schluss als die Gegner Dar-
wins, aber auch als die Sozialdarwinisten: Weder muss die
Differenz zum Tier aufrechterhalten werden, noch herrscht
ein sozialdarwinistischer Kampf aller gegen alle unter seinen
Figuren. Vielmehr verbindet sie – im Sinne des Mottos: der
Mensch ist des Menschen Affe – das Band der gemeinsamen
Abstammung.

Fünftes Kapitel

Aggredior

Ein Anthropologe erzählte mir einmal von zwei Dorfältesten der Eipo-Papua auf Neuguinea, die zum ersten Mal in einem kleinen Flugzeug mitflogen. Sie hatten keine Angst einzusteigen, äußerten aber eine irritierende Bitte: sie wollten, daß die Tür offenblieb. Man warnte sie, oben am Himmel sei es kalt, und da sie nichts weiter trugen als ihr traditionelles Penisfutteral, würden sie frieren. Das machte den Männern nichts aus. Sie wollten ein paar schwere Steine mitnehmen, die sie dann, wenn der Pilot so freundlich wäre, über dem Nachbardorf zu kreisen, durch die offene Tür auf ihre Feinde werfen wollten.

Am Abend notierte der Anthropologe in seinem Tagebuch, er sei Zeuge geworden, wie eine jungsteinzeitliche Kultur die Bombe erfunden hätte.[69]

Wer sich für menschliche Aggression interessiert, wird an dieser Anekdote, die der Primatologe Frans de Waal wiedergibt, unwillkürlich hängen bleiben. Sie erzählt in geradezu archetypisch anmutender Weise von einem ›ersten Kontakt‹. Die beiden Dorfältesten, durch Nacktheit und Penisfutteral als Angehörige einer frühen Kultur gekennzeichnet, werden mit der modernen Technik in Gestalt des Flugzeugs konfrontiert. In dieser Situation würde man eine bestimmte Bandbreite von Reaktionen erwarten, etwa Angst und Ablehnung oder auch Neugierde und Entdeckerlust, aber wohl weniger die Aggressionsbereitschaft, die die beiden an den Tag legen. Sie erkennen sofort die Chance, ihren Feinden auf neue, überraschende Weise, nämlich aus der Luft, Schaden zuzufügen; sie ›erfinden die Bombe‹ und bestätigen damit einmal mehr Heraklits Wort vom Krieg als dem Vater aller Dinge. Zugleich verhalten sie sich dabei im Sinne der lateinischen Wurzel des Wortes aggressiv: Sie nähern sich – um anzugreifen.

Die Pointe der Anekdote aber besteht darin, dass sie den Unterschied zwischen den beiden Kulturen zunächst aufruft, um ihn sogleich zu überbrücken. Die beiden Steinzeitbewohner begeben sich quasi ruckzuck auf den Stand der modernen Technik. Darüber hinaus bietet der Text einen großen Interpretationsspielraum: Er lässt sich ebenso als Beleg für die Angriffslust der als kriegerisch bekannten Eipo lesen wie als Beweis für die universale Neigung unserer Spezies zur Aggression.

Dieses irritierende Changieren zwischen Relativität und Universalität führt in den Kern des Problems. Denn wie kaum ein anderes Thema ist die Frage nach der Eigenart der menschlichen Aggression von weltanschaulichen Positionen umstellt. Ob man Aggression für gut oder böse, angeboren oder erlernt, natürlich oder pathologisch, notwendig oder vermeidbar, angemessen oder verboten hält, ist eine mit hohem ideologischen Einsatz diskutierte Frage. Zugleich gibt es – abgesehen von der Sexualität – wohl kein anderes Thema, das eine derartige Faszinationskraft und Relevanz besitzt; das belegt schon ein Blick auf die populäre Literatur und Kultur, die sich wenn nicht mit *sex* dann mit *crime* beschäftigen.

Beim Versuch, der menschlichen Aggression nachzuforschen, hat man den Blick immer wieder auf andere Völker, Kulturen und Zeiten gerichtet. Zahlreiche Ursprungs-, Entwicklungs- oder Verfallserzählungen zeugen davon: Sei es, dass man einen paradiesischen Zustand oder ein goldenes Zeitalter annimmt, das durch Sündenfall oder Dekadenz zerstört wurde, sei es, dass man einen Prozess der Zivilisation postuliert, in dessen Verlauf die Gewalt eingedämmt wurde.

Nachdem im 20. Jahrhundert die Hoffnung auf den ›edlen Wilden‹ und damit einen ursprünglich guten Menschen endgültig aufgegeben wurde, hat sich der Blick zunehmend

von den Angehörigen anderer Kulturen auf die Stammesgeschichte verlagert. Von unseren nächsten Verwandten erhofft
man sich Aufschluss über unsere eigene Natur: Sind wir gute
oder böse Affen?

Genau hier setzt der Roman »Brazzaville Beach« (1990) des
schottischen Schriftstellers William Boyd an. Er beginnt mit
den Worten:

> *Mit Clovis bin ich nie so recht warm geworden, er war viel zu*
> *dumm, um richtige Zuneigung zu wecken, aber ein kleiner Win-*
> *kel in meinem Herzen stand ihm stets offen, vor allem – denke*
> *ich –, weil er sich immer ganz instinktiv und unbewußt die*
> *Hände über die Genitalien legte, wenn er unruhig oder nervös*
> *war. Das ist doch ein recht einnehmender Zug, dachte ich, und*
> *es zeigte eine natürliche Verletzlichkeit, die in krassem Gegen-*
> *satz zu seinen üblichen Launen stand: kesser Arroganz oder*
> *ausschließlicher, unbeirrter Beschäftigung mit sich selbst. In*
> *der Tat war er jetzt mit sich selbst beschäftigt, wie er da so groß-*
> *spurig herumlümmelte, die Stirn in Falten legte, immer wieder*
> *die Lippen schürzte – wobei er mir überhaupt keine Beachtung*
> *schenkte – und ab und zu geistesabwesend an seiner Zeigefin-*
> *gerspitze schnüffelte.*[70]

Mit der Schilderung des dummen, machohaften, aber doch
auch anrührenden Clovis führt Hope Clearwater, die Ich-Er-
zählerin und Protagonistin des Romans, ihre Leser zunächst
einmal gründlich in die Irre. Je nach Aufmerksamkeit und
Scharfsinn bedarf es bis zu anderthalb Seiten Lektüre, bis
man begreift, dass es sich bei Clovis nicht etwa um einen un-
sicheren und selbstbezogenen Mann handelt, der aus Nervosi-
tät an sich herumfummelt, sondern um einen Schimpansen.
Vom Überraschungseffekt einmal abgesehen, ist dieses an-
fängliche Verwirrspiel durchaus programmatisch zu verstehen. Clovis wird dadurch als ein Individuum eingeführt, das
einen Namen und bestimmte Charakterzüge besitzt. Durch
dieses Verfahren wird er als eine gleichberechtigte Figur der

Erzählung etabliert und nicht bloß als ein Tier, das von einer Wissenschaftlerin beobachtet wird. Das ist wegweisend für den gesamten Roman, der auf die Parallelen zwischen einer Gruppe freilebender Schimpansen und den Forschern abzielt, die sich ihnen widmen.

Hope Clearwater befindet sich nämlich im Dschungel Westafrikas, wo sie im Forschungscamp Grosso Arvore unter der Leitung von Eugene Mallabar an einem Langzeitprojekt zur Beobachtung einer Schimpansenpopulation teilnimmt. Mallabar ist durch Forschungen berühmt geworden, die das friedliche Miteinander der Schimpansen schildern. Er steht kurz davor, ein weiteres Buchprojekt abzuschließen, das den krönenden Abschluss seiner Karriere darstellen soll. Aber nicht nur deswegen ist seine Studie für ihn äußerst wichtig. In dem ungenannten afrikanischen Land herrscht inzwischen Bürgerkrieg; die Publikation soll die versiegenden Forschungsgelder erneut zum Sprudeln bringen und wieder Doktoranden in das Camp locken.

Die junge Biologin Hope, die erst seit kurzem in Grosso Arvore arbeitet, hat den Auftrag, einer kleinen Gruppe von Schimpansen zu folgen, die sich unerklärlicherweise von der Hauptgruppe abgesondert hat und in ein anderes Waldgebiet gezogen ist. Bei den Südländern, wie man sie im Camp nennt, macht Hope einige seltsame Entdeckungen. Nicht nur, dass sie Schimpansenfleisch im Kot von Clovis findet, sie bemerkt auch, dass ein Weibchen der Gruppe, Rita-Lu, sehr aggressiv mit dem Kadaver eines Schimpansenbabys umgeht.

Als sie Mallabar von ihren Funden berichtete, reagiert dieser äußerst skeptisch. Kurz danach bricht – wohl nicht zufällig – ein Feuer in ihrem Zelt aus, das ihre gesamten Arbeitsnotizen vernichtet. Bei ihrer nächsten Freilandbeobachtung wird Hope Zeugin einer grausigen Szene. Zwei Weibchen aus der Südgruppe, Rita-Lu und ihre Mutter Rita-Mae, machen gemeinsam Jagd auf eine junge Mutter, Lena, und ihr Baby Bobo. Rita-Lu schlägt und beißt Lena, was Rita-Mae nutzt, um ihr das Baby zu entreißen:

Bobo wand und krümmte sich in ihrem Griff, dann beugte Rita-Mae sich vor und biß ihn heftig in die Stirn. Ich hörte ein deutliches Knackgeräusch, als die zarte Hirnschale von ihren Zähnen zerschmettert wurde.

Bobo war sofort tot. Daraufhin brach Rita-Lu den Kampf mit Lena unverzüglich ab und zog sich weiter nach oben in den Feigenbaum zurück. Lena kam langsam auf die Erde herunter, erschöpft und aus den schlimmen Wunden an Hand und Hinterteil blutend. Der Lärm legte sich. (139)

Anschließend fressen die beiden Weibchen Lenas totes Baby auf. Ihr gesamtes Verhalten ist von abstoßender Grausamkeit geprägt, die durch die Art der Darstellung noch erhöht wird. Die Namensnennung, aber auch die Wortwahl insgesamt, die bewusst auf tierische Attribute verzichtet, lassen die Schimpansen als Tiere quasi verschwinden. Dadurch liest man den Text so, als ob es sich um Menschen handelte. Das kann man sich leicht über eine Gegenprobe vor Augen führen: Wäre hier von RL1 und RM3 die Rede, die LB1 töten, würde das beim Leser sicherlich auch Ablehnung hervorrufen. Das genuine Entsetzen aber über den ›Mord‹ an Bobo kommt nur durch die Verfahren der Anthropomorphisierung zustande. In gewisser Weise stellt diese Deutung allerdings einen Zirkelschluss dar: Sind die Tiere nicht wirklich derart menschlich, dass man sie genauso schildern muss – oder bringt bloß die Darstellung ihre Menschlichkeit hervor?

Mallabar ist wieder nicht bereit, Hopes Schilderung Glauben zu schenken. Er hält das Ganze für Phantasterei und verbietet ihr, mit den anderen Forschern darüber zu sprechen. Hope wiederum hat keine weiteren Beweise oder einen Zeugen dafür, dass sie sich das alles nicht nur ausgedacht hat, denn sie war an diesem Tag allein unterwegs. Trotzdem lässt sie sich von Mallabar nicht einschüchtern. Heimlich schreibt sie einen Aufsatz mit dem Titel »Kindermord und Kannibalismus bei den wilden Schimpansen des Projekts Grosso Arvore« (141), den sie an eine wissenschaftliche Zeitschrift schickt.

Das allein wäre schon der Entdeckung genug, aber Hopes Geschichte endet damit noch lange nicht. Auf weiteren Streifzügen beobachtet sie eine Gruppe von Nordländern, die an den Rändern des Territoriums der Südländer patrouillieren und nach und nach immer tiefer in deren Gebiet eindringen. Bei diesen Patrouillen verändern die Schimpansen ihr übliches Verhalten. Geräuschlos und vorsichtig schleichen sie durch die Gegend, offenbar auf der Suche. Schließlich erlebt Hope den Überfall auf ein männliches Mitglied der Südgruppe, von ihr Mr. Jeb genannt, mit. Er wird von den anderen umringt und angegriffen, geschlagen und gebissen. Sie bringen ihm, der doch noch vor kurzem zu ihrer eigenen Gruppe gehörte, schlimmste Verletzungen bei: Einer beißt in seinen Hodensack, ein anderer bricht ihm ein Bein und trennt ihm mehrere Zehen ab, zudem wird er minutenlang ins Gesicht geschlagen. Schließlich lassen sie ihn tödlich verletzt liegen. Hope, die den zwanzig Minuten dauernden Überfall fassungs- und hilflos beobachtet, kommt zu dem Schluss: »Diese Nordschimpansen waren hierhergekommen, um zu töten und, was am erschreckendsten war, um weh zu tun. Soviel ich wußte, war das ohne Beispiel.« (186)

Infantizid, Kannibalismus, Folter und vorsätzliche Tötung – schlimmer geht es wohl kaum. Vom Bild des friedlichen Primaten, das Mallabar in seinen Büchern gezeichnet hatte, bleibt nach Hopes Entdeckungen nicht mehr viel übrig. Die Schimpansen haben nicht nur keinerlei Tötungshemmung, in ihren Handlungen ist auch ein frappierender Überschuss an Grausamkeit erkennbar.

Wer sich je ein wenig mit Schimpansenforschung beschäftigt hat, dem wird Hopes Geschichte bekannt vorkommen. Tatsächlich verarbeitet Boyd in seinem Roman zahlreiche Entdeckungen der Primatologin Jane Goodall, die mit Dian Fossey und Biruté Galdikas das weibliche Dreiergestirn bildete, das in den sechziger und siebziger Jahren des 20. Jahrhunderts die Forschung über Menschenaffen revolutionierte. Auf Anregung des Paläoanthropologen Louis Leakey unternahmen die

Abb. 5 *Jane Goodall und Flint, ca. 1964*

drei Frauen jeweils Langzeitbeobachtungen an Schimpansen (Goodall), Gorillas (Fossey) und Orang-Utans (Galdikas). Goodall begann mit ihrer Feldforschung 1960 im Gombe National Park in Tansania, der damals noch ein Jagdreservat war. Sie arbeitete mit neuen Methoden, zu denen neben der Langzeitbeobachtung die Gewöhnung, Fütterung und Individualisierung der Tiere gehörte, die Namen erhielten.

Zunächst forschte Goodall allein, dann mit Unterstützung von Doktoranden und einheimischen Mitarbeitern. Die in Gombe gewonnenen Erkenntnisse korrigierten in vielerlei Hinsicht die Vorstellungen vom Schimpansen, die sich die Wissenschaft bisher nur unter Laborbedingungen gebildet hatte. So beobachtete Goodall unter anderem, dass die Tiere Werkzeug nicht nur benutzen – was man schon seit längerem wusste –, sondern auch selbst herstellen. Sie entdeckte auch, dass Schimpansen keine reinen Vegetarier sind, sondern sehr wohl jagen und Fleisch fressen. All das brachte sie dem Menschen nur noch näher.

Exemplarischen Ausdruck findet dieses enge Verhältnis in einer der ersten Publikationen Goodalls, die den Titel »My friends, The Wild Chimpanzees« (1967) trägt.[71] Auf den Fotos aus dieser Zeit sieht man immer wieder die Autorin selbst, eine junge Frau mit blondem Pferdeschwanz, die ihre Hand einem Schimpansen entgegenstreckt (Abb. 5). Diese Geste mutet seltsam ikonisch an, so als würde sie mit dem Tier ein Freundschaftsbündnis schließen wollen.

Tatsächlich hat Goodall in den ersten zehn Jahren ihrer Forschungen in Gombe wirklich geglaubt, dass »Schimpansen, so ähnlich sie uns in ihrem Verhalten sind, letztlich viel ›besser‹ sind«.[72] Dann allerdings wird auch sie aus dem »Paradies«[73] vertrieben, als das sie Gombe betrachtete. Einer ihrer Mitarbeiter beobachtete einen blutigen Angriff einer Gruppe von Schimpansenmännern auf ein Weibchen aus einer Nachbarhorde, die sich von der Hauptgruppe abgespalten hatte. Das Weibchen wurde dabei schwer verletzt, ihr Junges getötet und verzehrt. Goodall war zunächst geneigt, den Überfall für eine Ausnahme zu halten. Danach allerdings mehrten sich Übergriffe einer Gruppe aus dem Norden, der sogenannten Kasakela-Gruppe, auf die Mitglieder der Kahama-Gruppe im Süden, die nicht nur zum Tod von Jungtieren führten. Vielmehr entwickelte sich in den Jahren 1974 bis 1977 ein vierjähriger ›Schimpansenkrieg‹, der die Splittergruppe aus dem Süden komplett auslöschte. Nur drei junge Weibchen überlebten, die in die Hauptgruppe zurückgeholt wurden.[74]

Zudem blieb es nicht nur bei der Beobachtung gewalttätiger Aggressionen zwischen den beiden entfremdeten Gruppen: In Gombe wurde auch der weibliche Kannibalismus *innerhalb* einer Gruppe beobachtet, den Hope im Roman entdeckt. Zwei Weibchen, Passion und ihre Tochter Pom, töteten die Babys anderer Mütter aus ihrer Gruppe und fraßen sie auf. Das Erschreckende daran war, dass sie die Babys eindeutig als Beute betrachteten und auch so behandelten.[75] Für Goodall selbst ergab sich daraus der Schluss, dass die Schimpansen eben nicht, wie sie vorher geglaubt hatte, besser als die Menschen sind: »Wenn sie Schußwaffen und Messer hätten und wüßten, wie man damit umgeht, würden sie ohne Zweifel ebenso davon Gebrauch machen wie wir Menschen.«[76]

Die Entdeckungen in Gombe waren nicht nur für Goodalls Weltbild umstürzend, sie führten geradezu einen Paradigmenwechsel in der Forschung herbei. Die von ihr beobachteten Tiere besaßen keineswegs die vor allem von Konrad Lorenz propagierte Tötungshemmung gegenüber ihren Artgenossen, die sie vom Menschen unterscheiden und die im Dienst der Arterhaltung stehen sollte. In die geistige Landschaft der 1970er Jahre passten Goodalls Entdeckungen daher denkbar schlecht. Der friedliche Schimpanse war eine Lieblingsfigur des Zeitgeistes, insbesondere der Milieutheorie, weil er eine ursprünglich gute Natur versprach, an der sich der Mensch orientieren konnte.

Goodall selbst schildert in ihrer Autobiographie, wie schwer sich die Forschergemeinschaft tat, die innerartliche Aggression der Tiere zu akzeptieren.[77] Nach den Schrecken des Zweiten Weltkriegs und vor allem des Zivilisationsbruchs des Holocaust war der politische Einsatz hoch – schien hier doch die Waage in der Debatte *nature vs. nurture* nun eindeutig auf die Seite einer genetisch vorgegebenen ›bösen‹ Natur hin auszuschlagen. Unter dem ›Firnis der Zivilisation‹ drohte der alte Affe Adam. Das schien nicht nur konservative Denkweisen zu unterstützen, sondern sogar Entschuldungspotential zu bieten. Durch die Entdeckungen in Gombe, die durch Beobachtungen in anderen Schimpansenpopulationen bestätigt wurden, wurde die These vom Menschen als ›Killeraffen‹ unterstützt, von der dann eine Flut von Publikationen handelte.[78]

Nimmt man die weltanschauliche Emphase aus der Debatte, dann stellt sich die Situation differenzierter dar. Wie bei allen sozial lebenden Tieren kann Aggression auch bei den Schimpansen durchaus eine sinnvolle Fortpflanzungsstrategie darstellen, vorausgesetzt, sie bringt den Aggressor nicht selbst um. Wenn die Kosten-Nutzen-Relation stimmt, dann spricht, zumindest evolutionsbiologisch (und nicht moralisch) gesehen, wenig gegen sie. So erklärt die Forschung inzwischen auch die Gruppengewalt und insbesondere die Kindstötungen in Gombe als einen Versuch der Männchen, ihre Fortpflanzungsoptionen zu verbessern. Die aggressive Männergruppe tötete die abtrünnigen Männchen, Weibchen und deren Kinder und eroberte sich die jungen fortpflanzungsfähigen Weibchen zurück.[79] Bei Passion und Pom dagegen, den beiden ›Kindsmörderinnen‹, liegt der Fall anders. Da ein solches Verhalten bisher nicht wieder beobachtet wurde, werden die beiden inzwischen als pathologische Fälle angesehen.[80]

Im Zentrum des Romans steht demnach eine wissenschaftliche Entdeckung, die enorme weltanschauliche Sprengkraft besitzt und eng mit der Biographie einer Forscherin verbunden ist; hinzu kommt das attraktive Afrikathema, das den Hintergrund für spannende und pittoreske Szenen bietet. All das würde schon für einen zugkräftigen Romanstoff ausreichen. Nun erzählt William Boyd allerdings nicht einfach die Biographie Goodalls nach. Er übernimmt zahlreiche Elemente, darunter den unerhörten Schimpansenkrieg und damit den Erkenntniskonflikt, in den Goodall geriet. Aber er verändert die ›reale‹ Vorlage auch, und gerade diese Veränderungen machen den Roman überhaupt erst interessant: Zum einen, weil sie grundsätzlich etwas darüber aussagen, wie Wissen, Wissenserwerb und Wissenschaft überhaupt ›erzählbar‹ gemacht werden können; zum anderen, weil sie das Kernthema des Wissens, das Aggressionsverhalten der Schimpansen, in ein neues Licht tauchen.

Unter dem ersten Aspekt lassen sich all jene Verfahren zusammenfassen, durch die überhaupt erst ein ›Plot‹ geschaffen wird. Wie jeder Primatologe zu berichten weiß, sind Forschungen im Freiland anstrengend und langweilig. Das Leben der Tiere besteht aus Fressen, Schlafen, Sex und ein wenig Aggression. Die meiste Zeit verbringen Wissenschaftler daher mit schlichter Fleißarbeit – nämlich die Beobachtungen zu dokumentieren –, was denkbar ungeeignet für eine spannende Erzählung ist. Um also eine gute Story herzustellen, nutzt Boyd verschiedene Mittel der Zuspitzung und Konzentration. Er zieht den mehrere Jahre dauernden Schimpansenkrieg auf einen kurzen Zeitraum zusammen und erzeugt zudem Zeitdruck, indem er ihn mit dem aktuellen Buchprojekt Mallabars kollidieren lässt. Zugleich verlagert er den Erkenntniskonflikt, den Goodall – zumindest ihrer Darstellung nach – wesentlich in sich selbst ausgetragen hat, nach außen, indem er ihn auf zwei Figuren, die Protagonistin Hope und ihren Gegenspieler Mallabar, verteilt. Das ermöglicht eine Fülle dramatischer Auseinandersetzungen zwischen den beiden, die – hier sei vorgegriffen – schließlich in einem tätlichen Angriff Mallabars auf Hope kulminieren.

Außerdem konzentriert Boyd die Handlung auf seine Hauptfigur, indem er ihr Beobachtungen zuschreibt, die zumeist von Goodalls Assistenten gemacht wurden. Auch die Gestaltung ihres Charakters zielt auf ein Maximum an Dramatik. Goodall war fraglos eine Pionierin auf ihrem Gebiet, die zunächst von ihrer Mutter Vanne Goodall, dann von ihrem Ehemann Hugo van Lawick unterstützt wurde. Sie war aber sicherlich nicht wie Hope eine Einzelkämpferin, die sich gegen einen männlichen, etablierten Kollegen hätte durchsetzen müssen, hinter dem ein ganzes Forscherteam stand. Vielmehr wurde sie selbst im Laufe der Jahre zur Leiterin einer expandierenden Organisation – wie Mallabar im Roman. Boyd dagegen gestaltet die Forscherin Hope als eine Art Detektivin, die innerhalb einer feindlich eingestellten Institution heimlich in Sachen ›Affenmorde‹ ermittelt.

So führt der Autor nicht nur die Opposition zwischen jung und alt, neu und bewährt in die Handlung ein, sondern vor allem den Gegensatz der Geschlechter: Die furchtlose Hope, quasi ein Alpha-Weibchen, legt sich mit dem Patriarchen der Gruppe an. Sie verstößt dabei vielfach gegen traditionelle weibliche Rollenzuweisungen, wie sie andere Figuren im Roman verkörpern, etwa Mallabars Ehefrau und seine Assistentin, die dem Meister ehrfurchtsvoll zuarbeiten. Zugleich wird damit auch eine Parallele zu den Auseinandersetzungen der Schimpansen hergestellt. Hopes Kollege Ian vertritt nämlich die Position, dass das Verhalten des ranghöchsten Weibchens – und nicht des Männchens – für die Gruppenkohäsion entscheidend ist (59) und dass die Spaltung der beiden Gruppen aus dem Abwandern von Rita-Mae resultiert. Diese These entspricht tatsächlich Erkenntnissen der Soziobiologie, die in den achtziger Jahren die Rolle der Weibchen in verschiedener Hinsicht deutlich aufgewertet hat, unter anderem, indem sie auf die weibliche Aggression hinwies.[81]

In der Gestalt Hopes werden diese Erkenntnisse geradezu feministisch gewendet, denn die Figur übernimmt im Verlauf der Handlung immer deutlicher männliche Positionen. Das zeigt sich besonders, als Hope zusammen mit Ian in die Wirren des afrikanischen Bürgerkriegs gerät. Die beiden werden von der Rebellengruppe UNAMO, die gegen die Regierungstruppen kämpft, entführt. Im Zuge der Entführung werden die traditionellen Geschlechterrollen verkehrt: Ian ist nicht in der Lage, die herkömmliche Funktion des männlichen Beschützers zu übernehmen, vielmehr ist es Hope, die mit dem Anführer der Gruppe verhandelt. Boyd verarbeitet auch hier reales Material aus der Geschichte Gombes. Tatsächlich hatte das Forschungsprojekt unter dem Bürgerkrieg im Nachbarland Zaire (dem jetzigen Kongo) zu leiden. Vier Studenten wurden 1975 entführt und erst nach langen Verhandlungen und der Zahlung eines hohen Lösegelds wieder freigelassen. Aber es war gerade nicht Goodall selbst, die Opfer der Entführung wurde.[82] Auch an dieser Stelle ist demnach Boyds grundlegendes Verfahren der Zuspitzung und Konzentration auf die Hauptfigur erkennbar.

Zugleich wird hier der zweite Aspekt seiner Bearbeitung sichtbar, nämlich die Variation des Aggressionsthemas in der Welt der Menschen. Mit ihm löst sich Boyd zunehmend von der Biographie Goodalls und schafft durch neue, erfundene Handlungsteile eine komplexe, eigenständige Welt, die die Frage nach den Ähnlichkeiten und Unterschieden im tierischen und menschlichen Aggressionsverhalten spiegelt und potenziert. Hope, als Forscherin und als Entführte, erlebt in Personalunion, was Aggression und Krieg unter Affen und unter Menschen jeweils bedeuten.

Das geschieht in mehreren Schritten, durch die zunehmend Spannung geschaffen wird und die schließlich in einem Showdown kulminieren. Zunächst wird das Thema der unmittelbaren körperlichen Aggression weiterverfolgt, das schon die Auseinandersetzungen zwischen den Schimpansen prägt. Als Mallabar Hope in das Südterritorium begleitet, beobachten die beiden eine Attacke der Nordschimpansen auf die Südländer, bei der sowohl Rita-Mae als auch ihr Baby Lester mit Schlägen umgebracht werden. Mallabar ist fassungslos und entsetzt von dem Gesehenen und macht Hope dafür verantwortlich. Er greift sie an, schlägt sie mit der Faust zu Boden und beginnt dann, mit einem Stock auf sie einzuprügeln. Hope kann sich – wie die Mitglieder der Südgruppe – nur durch Flucht retten.

Die Gewalt der männlichen Aggressoren gegenüber der jeweiligen Frau ist in den beiden Szenen nahezu ununterscheidbar – die Mittel sind die gleichen, allerdings ist die Konstellation unterschiedlich: Im einen Fall handelt es sich um Gruppengewalt, im anderen um eine individuelle Attacke. Beide allerdings führen, so trivial diese Erkenntnis auch anmuten mag, deutlich vor Augen, dass physische Aggression ein Mittel des oder der Stärkeren ist – und den Schwächeren nur die Flucht bleibt. Quasi überdeutlich setzt der Roman hier den bekannten *Fight-or-flight*-Mechanismus um. Dieser basiert auf einer intuitiven Kosten-Nutzen-Abschätzung, die jeder aggressiven Handlung zugrunde liegt, so irrational sie von außen auch aussehen mag. Je nach Ausgang dieses Kalküls wird sich der Angegriffene für die eine (Kampf) oder andere (Flucht) Handlungsmöglichkeit entscheiden.

Die anschließende Entführung Hopes erscheint im Vergleich zu den unmittelbar vorangehenden brutalen Auseinandersetzungen fast harmlos. Sie nimmt das Thema der Gruppengewalt auf, allerdings zunächst ohne den Aspekt der körperlichen Aggression. Auf der Flucht vor Mallabar begegnet Hope nämlich Ian, der sich gerade auf die wöchentliche Einkaufstour in die Stadt macht. Die beiden werden an einer Straßensperre von einer Gruppe junger Männer angehalten. Schnell stellt sich heraus, dass es sich bei den Entführern nicht um gefährliche Kindersoldaten, sondern um die Mitglieder eines Volleyballteams handelt, das den Namen »Atomique Boom« trägt. Anders als Ian, der von Angst und Depression gelähmt ist, fühlt Hope sich zunächst sogar fast wohl, als sei sie »auf einer Märchenfahrt ins Ungewisse« (325). Erst als sie in das Gebiet der Rebellen kommen, wird die Bedrohung konkret. Ein Angriff auf das Dorf, in dem die Entführer untergekommen sind, wird auch für Ian und Hope lebensgefährlich. Die beiden fliehen vor den Schüssen in die Nacht, ohne eigentlich zu wissen, vor wem. Ian kann entkommen, er lässt Hope verletzt zurück, die eine Nacht in einer Plantage unter Blättern verbringt und schließlich von der Armee befreit wird.

So wird nun im Roman dem ›Schimpansenkrieg‹ der Krieg der Menschen entgegengestellt. Der große Unterschied zwischen beiden liegt im Gebrauch von Waffen: Kanonen, Kugeln, Minen. Sie ermöglichen es, dass Menschen, die sich nicht kennen, aus großer Distanz miteinander kämpfen können, ohne sich je zu sehen. Durch diese Waffen wird auch die Aggression vermittelt. Sie ist nicht zwingend persönlich motiviert und wird nicht direkt körperlich ausgetragen – und doch tötet sie, wie die zahlreichen Leichen beweisen, die Hope im Verlauf der Entführung erblickt.

Die Gemeinsamkeit der Kriege liegt demnach nicht in der Ausführung, sondern in den Motiven: Dominanz und Territorialität. Schließlich geht es auch bei den Menschen darum, wer die Herrschaft über ein bestimmtes Gebiet und dessen Ressourcen besitzt. Wenn die Schimpansen ihre Grenzen bewachen, im Grenzterritorium patrouillieren und Überfälle auf einzelne ›Feinde‹ ausführen, so kann man das als eine Vorform des Krieges ansehen. Ähnliche Vorformen begegnen auch bei Stammeskulturen. In der Forschung werden hier gerne die Yanomami angeführt, ein kriegerischer Stamm, der im Amazonasbecken lebt. Sie begehen ebenfalls Gruppenüberfälle auf einzelne Feinde, mit dem Ziel, Frauen und Nahrung zu erbeuten. Dennoch sind auch die Unterschiede zwischen derartigen Stammeskriegen und dem ›Schimpansenkrieg‹ sofort erkennbar. Sie beruhen auf der menschlichen Sprach- und Erinnerungsfähigkeit, die die Planung, aber auch die Traditionsbildung von Auseinandersetzungen (etwa in Gestalt der Blutrache) ermöglicht.[83]

Am Ende des Romans treffen nun die menschliche und die tierische Aggression direkt aufeinander. Bevor Hope Grosso Arvore endgültig verlässt, geht sie noch einmal in den Wald. Sie sucht Conrad, den letzten Überlebenden aus der Gruppe der Südländer, und findet ihn abgezehrt und von Wunden übersät. Aber nicht nur Hope ist auf der Suche nach ihm – auch die Nordländer. Sie tauchen plötzlich auf und umkreisen ihn blitzschnell. Dann beginnt eine weitere tödliche Attacke: »Ich konnte sehen, wie Darius mit beiden Fäusten erbarmungslos auf seinen Kopf einschlug, während Sebastian und Pulul ihn am Boden festhielten« (403 f.). Als Hope versucht, die Schimpansenmänner zu vertreiben, greifen sie sie ebenfalls an. Sie erschießt die beiden Hauptübeltäter Pulul und Darius, worauf die anderen fliehen. Anschließend sucht sie den schwer verletzten Conrad auf und gibt ihm den Gnadenschuss. Hopes letzte Worte im Roman lauten:

> Ich war froh, daß ich Darius und Pulul getötet hatte. Ich war froh, daß ich dort gewesen war, um Conrads Leiden ein Ende zu setzen. Ich hatte meine Energie und Ruhe rasch wiedergefunden. Ich wußte, daß ich nie Gewissensbisse haben würde, weil ich ausnahmsweise einmal richtig gehandelt hatte.
>
> Die Schimpansenkriege waren zu Ende. (406)

Hope verlässt in dieser Szene ihren bisherigen Standpunkt als Beobachterin und greift aktiv in den Schimpansenkrieg ein. Wie ein Sheriff beim Showdown handelt sie im Dschungel als Agentin der Gerechtigkeit. Dabei kämpft sie allerdings mit menschlichen Mitteln. Allein hätte sie gegen eine Horde von acht Schimpansen keine Chance, nur die Pistole rettet ihr das Leben. Wo bei den Tieren die physische Übermacht ausschlaggebend ist, macht bei den Menschen die Waffe den Unterschied aus. Standen bisher die Parallelen im Verhalten von Schimpansen und Menschen im Vordergrund, so werden die Tiere von Hope jetzt quasi als Menschen, nämlich moralisch behandelt. Auch hier wird demnach sowohl die Ähnlichkeit als auch die Differenz zwischen den beiden Primatenarten in Szene gesetzt: Erstere rechtfertigt das Eingreifen, Letztere ermöglicht das Überleben.

Zugleich verlässt der Text nun am deutlichsten seine Vorlage, indem er seine Protagonistin als Actionheldin agieren lässt. Hope übernimmt hier, wie so oft im Roman, eine männliche Position. Sie gehört damit in eine Reihe von Figuren, die uns in den späten 1980er und 1990er Jahren in Literatur und Film zuhauf begegnen: junge, aufmüpfige Frauen, die den Männern das Revier streitig machen. Diese Erstarkung der Frauen entspricht der neuen, postmodernen Geschlechterkonzeption, für die die Biologie kein Schicksal mehr und das soziale Geschlecht eine bloße Konstruktion ist: Eine Frau mit einer Waffe ist ein Mann. Das stellt natürlich eine besondere Pointe in einem Roman dar, der so stark mit der biologisch und stammesgeschichtlich begründeten Ähnlichkeit operiert.

Durch die Verfahren der Variation und Steigerung geht der Roman insgesamt über das Genre des gut gemachten Wissenschaftsthrillers hinaus. Dazu trägt auch ein zweiter, bisher vollkommen unerwähnter Handlungsstrang bei. Der Roman erzählt nicht nur von Afrika, sondern auch von Hopes Ehe mit dem Mathematiker John Clearwater und dessen Selbstmord. John entspricht dem Typ des in die Irre gehenden Genies, das an seinen eigenen Ansprüchen scheitert. Er begehrt Erkenntnis so sehr, dass er seinen Misserfolg nicht ertragen kann. Dieser zweite Handlungsstrang geht den Ereignissen in Afrika zeitlich voraus und motiviert sie zugleich, denn Hope hat sich nach Johns Tod aus England nach Grosso Arvore geflüchtet. Beide Handlungen werden im Roman jeweils abwechselnd dargestellt, allerdings von unterschiedlichen Positionen aus: Erzählt Hope uns in Afrika ihre eigene Geschichte, so werden die Ereignisse in England in der dritten Person geschildert.

Darüber hinaus werden vielfach Mittel der Kontrastierung genutzt: Das beginnt bei den verschiedenen Räumen, dem heißen Afrika und dem verregneten England, führt über die Figurenkonstellation (Gruppen- vs. Paarbeziehung) und endet bei der Gegenüberstellung von Primatologie und Mathematik. Wo Hope die Ähnlichkeiten im Aggressionsverhalten entdeckt, versteigt sich John im geistigen Universum der Zahlen. Animalische Gewalt und humanes Wissensbegehren werden so zu Gegenpolen in der Frage nach dem, was den Menschen ausmacht und vom Schimpansen unterscheidet. Hierbei kommt Johns Selbstmord eine besondere Rolle zu. Sein Tod wird parallel zu Hopes Showdown im Urwald als Höhe- und Endpunkt des zweiten Handlungsstrangs erzählt. Folgen die Schimpansenmänner mit ihrer Gruppenaggression der evolutionären Logik der Fortpflanzungsoptimierung, so stellt der Selbstmord »ein menschliches Privileg«[84] dar, das in seiner Irrationalität genau diese Logik sprengt. Auf diese Weise relativieren sich die beiden Handlungsstränge gegenseitig, indem sie gegensätzliche Möglichkeiten des Menschen austesten.

Schließlich spielt noch ein weiteres Element eine Rolle. Die Romankapitel tragen nämlich Überschriften wie »Der Scheinmensch«, »Das Nullsummenspiel« oder »Die Fermatsche letzte Vermutung«, auf die kurze, kursiv gedruckte Passagen folgen, die die hinter den Titeln stehenden wissenschaftlichen Fragen erläutern. So wechselt der Roman nicht nur zwischen den handlungsreichen Afrikakapiteln und den eher getragenen Englandteilen, sondern fordert vom Leser auch noch die Bereitschaft, sich auf abstrakte Reflexionen einzulassen. Beides, die Parallelhandlungen ebenso wie die eingeschobenen Wissenstexte, können ebenfalls der postmodernen Ausrichtung des Romans zugeschlagen werden. Sie erlauben eine doppelte Lektüre des Textes, die spannungs- und/oder wissensorientiert ausfallen kann. Zugleich entgeht der Roman mit der Gestaltung seiner komplexen Erzählwelt genau jener einseitigen Verabsolutierung, die das Aggressionsthema so ideologisch belastet. Er spielt die Parallelen im Aggressionsverhalten einerseits aus, inszeniert aber andererseits auch die Differenzen im Einsatz von Waffen und in der Möglichkeit der Selbsttötung. Damit erkennt er das stammesgeschichtliche Erbe und die biologische Disposition des Menschen an, vermeidet aber den naturalistischen Fehlschluss, der den Menschen allein auf den ›Killeraffen‹ reduziert. Sein und Sollen des Menschen sind nicht identisch, und vom einem lässt sich nicht umstandslos auf das andere schließen.

In jüngster Zeit wird zudem auch das Sein von primatologischer Seite her neu hinterfragt. Neben den aggressiven Schimpansen ist inzwischen der deutlich friedfertigere Bonobo getreten. Diese früher als Zwergschimpansen bezeichneten Affen leben in matriarchalen Herrschaftsstrukturen und lösen überdies Konflikte auch durch Sexualität und nicht durch Aggression, weswegen man sie als »die Hippies der Primatenwelt« bezeichnet hat.[85]

Auch wenn hier wieder die bekannten Gefahren der Idealisierung drohen, zeigt sich doch, dass es mit der Stammesgeschichte nicht so einfach ist. Was also die eingangs angesprochenen Fragen anbetrifft (gut/böse, angeboren/erlernt etc.), so wäre es sicherlich Unsinn, das evolutionäre Erbe der Aggression zu leugnen – allerdings kommt es eben auch hier darauf an, was man daraus macht. Insofern sollte man auch in der Frage der Aggression auf eine alte Therapeutenregel zurückgreifen: Sie schlägt vor, bei der Lösung von Problemen nicht mit der Entgegensetzung (entweder/oder), sondern mit dem Ineinander (sowohl/als auch) zu arbeiten. Demgemäß läge die Wahrheit über die menschliche Aggression ebenfalls nicht im Extrem, sondern irgendwo in der Mitte, zwischen den Schimpansen und den Bonobos.

Abb. 6 *Ratgeber für den Bürodschungel*

Sechstes Kapitel

Rangfragen

G runzen Sie Ihren Chef unterwürfig an« oder »Die Kollegen ruhig mal lausen«[86] – derartige Karrieretipps gehen davon aus, dass der Aufstieg in einer Firma mit dem in einer Affenhorde erfolgreichen Verhaltensrepertoire zu bewältigen ist, so wie es auch ein Ratgeber des Verhaltensforschers Gregor Fauma nahelegt (Abb. 6). Wer naiv glaubte, dass es vor allem auf Sachkompetenz oder Kreativität ankäme, wird durch solche Ratschläge eines Besseren belehrt. Ebenso wichtig, wenn nicht sogar ausschlaggebend, sind die Pflege von Beziehungen, die Bildung von Reputation, das Knüpfen von strategischen Bündnissen, aber auch Dominanz- oder Unterwerfungsgesten zur rechten Zeit. Egal, ob man sich dabei an den Pavianen, den Schimpansen oder den Bonobos orientiert, eines sollte man in jedem Fall beachten: Die Verhaltenstipps sind keinesfalls wörtlich gemeint. In einem Meeting aufzustehen, um dem tobenden Chef tatsächlich den Rücken zu kraulen, wäre keine gute Idee.

Genau das aber passiert in dem Roman »Die schöne Welt der Affen« (im Original »Great Apes«, 1997) des englischen Schriftstellers Will Self.[87] Self nimmt den Vergleich zwischen menschlichem und äffischem Dominanzverhalten buchstäblich und malt uns eine Welt aus, in der die Figuren nicht nur – wie es uns die Ratgeber empfehlen – im übertragenen Sinn affenähnlich agieren, sondern tatsächlich Affen sind. Das hat verblüffende und komische Effekte, die zeigen, wie weit die Analogien in der Hierarchiebildung gehen, aber auch wo sie enden.

Die Handlung des Romans spielt im London des Jahres 1994, die Protagonisten lesen den »Guardian«, sie verfolgen die Berichterstattung über den Gerichtsprozess von O. J. Simpson, sie fahren Auto und arbeiten in Kliniken. Allerdings steht dieser ganze realistisch gestaltete Kosmos unter einem Vorbehalt: Die evolutionär erfolgreiche Spezies, die sich in dieser Welt bewegt, besteht ausnahmslos aus Schimpansen und Bonobos, die den Menschen so gegenüberstehen wie wir den Affen. Es handelt sich demnach um eine Erzählung, die nach dem Modell der verkehrten Welt funktioniert. Sie erschafft einen für uns wiedererkennbaren Erzählkosmos, in dem allerdings die Ordnung an einer entscheidenden Stelle umgekehrt wird. So wird zugleich die Frage aufgeworfen: Was wäre, wenn wir alle Schimpansen wären?

Nun, dann würden wir vermutlich in einer Gruppe leben, die der von Dr. Zack Busner, einem renommierten klinischen Psychologen und Alpha in der heimischen Hierarchie, ähnelt. Wir begegnen ihm das erste Mal, als er dabei ist, sich die Reste seines Frühstücks aus dem Fell zu pulen. Angesichts der vielen Krümel entscheidet er sich, diese Mühe seinem Forschungsassistenten Gambol zu überlassen, der ihn überhaupt regelmäßig zu groomen, d. h. sein Fell zu pflegen hat. Als Busner anschließend die Küche betritt, erwartet ihn folgender Anblick:

Der erste Schimpanse, den Busner bemerkte, war Charlotte, das Busnersche Alpha-Weibchen, das auf der dreiteiligen Treppe kauerte, die den Eß- vom Kochbereich trennte, und von David, dem Gamma-Männchen, mit seiner charakteristischen extremen Nonchalance begattet wurde. David hatte sich nicht einmal die Mühe gemacht, zum Akt die Zeitung wegzulegen, und Busner sah, daß er sie aufgeschlagen auf Charlottes Rücken liegen hatte und im Stoßen die Leitartikelseite überflog. Eine Horde Kinder versuchte sich dazwischenzudrängen und sprang David auf Rücken und Schultern. Busner erkannte nur eins der Jungen, Alexander, seinen kleinsten Sohn. Aufgeweck-

tes Kind, dachte er, denn Alexander, obwohl erst zwei, hatte
es geschafft, sich an dem Beleuchtungskörper über den beiden
zitternden Körpern festzuklammern, und schwang jetzt, an
einem Arm hängend, seinen winzigen Körper hin und her und
trat David in die Schnauze. (54)

Der morgendliche Alltag im Hause Busner mutet den menschlichen Leser seltsam bis komisch an. Die beiden Schimpansen paaren sich ungerührt vor aller Augen, umlagert von der Kinderhorde. Die Routiniertheit der Paarung wird durch die Zeitungslektüre des Männchens noch hervorgehoben. Das Verhältnis der Sexualpartner wird zudem durch ihren Status in der Hierarchie (Alpha und Gamma) und gerade nicht durch eine intime Beziehung bestimmt.

Aus verhaltensbiologischer Sicht ist gegen diese Darstellung nichts einzuwenden, sie entspricht dem, was man von Schimpansen erwarten würde: öffentliche Paarungen innerhalb der Gruppe. Zugleich aber widerspricht sie in krasser Weise den menschlichen Vorstellungen von sexueller Intimität. Diese fordern eine herausgehobene Paarbeziehung, etwa in Gestalt eines Liebes- oder Ehepaars, und einen schamhaft geprägten Rückzugsraum – z. B. das Schlafzimmer – als Ort der sexuellen Handlung. Die Szene lebt daher vom Spiel aus Wiedererkennung und Abweichung. Die für uns befremdliche Kombination aus tierischer Paarung und ›menschlicher‹ Umgebung erscheint in Busners Augen vollkommen normal. Sein Auftreten bewirkt, dass die häusliche Dominanzhierarchie sichtbar wird:

»HoooH'Grah!« *keuchrief Busner und trommelte ein wenig auf den Türstock, wie es seinem Rang entsprach. Er fingerzeigte Paula, einer seiner jüngeren Töchter, daß sie ihm sein zweites Frühstück bereiten solle, und stolzierte dann mit halb gesträubtem Fell zu dem kopulierenden Paar hinüber.*

Bei seinem Erscheinen in der Tür hatten alle anderen erwachsenen Männchen der Busner-Gruppe mit Keuchrufen Da-

vid gewarnt, der nun dem Höhepunkt entgegenkreischte. Als
der Patriarch das Zimmer durchquerte, präsentierten alle Mit-
glieder der Gruppe, ob alt, jung, männlich oder weiblich, das
Hinterteil, und jeden bedachte er mit einer zärtlichen Berüh-
rung oder einem aufmunternden Gruß, hier ein Kuß, dort ein
Streicheln. (55)

Keuchrufe, Trommeln und Fellsträuben gehören zum üb-
lichen Imponierverhalten von Schimpansen. Sie demonstrieren die Stärke des Alphas und sollen die anderen Gruppen-
mitglieder einschüchtern. Das hat auch prompt Erfolg, wie
die Warnrufe der Männchen und das Präsentieren des Hinter-
teils belegen. Auf diese Unterwerfungsgesten antwortet Busner mit beschwichtigenden Berührungen, so dass die Domi-
nanzordnung neu besiegelt wird. Busner hat sich als Alpha
bewiesen, und die anderen haben ihn als solchen anerkannt.
Die Passage zeigt damit auch die Funktion derartiger Hierarchien. Sind sie geklärt, können Konflikte und Aggression ver-
mieden werden.

Zugleich ist die Passage natürlich komisch. Auch wenn
man Witze nie erklären sollte, ist dieser hier ein wenig kom-
plizierter, als es zunächst scheint. Offensichtlich arbeitet der
Text weiter mit der Verletzung unserer menschlichen Scham-
grenzen. Das Hinterteil und damit die Genitalien sind genau
das, was man unter Menschen eben nicht, oder wenn, dann in
beleidigender Absicht zeigt. Und das scheint genau die Pointe
zu sein: Unsere heutige Geste der Beleidigung wird hier in
ihrem stammesgeschichtlich alten Sinn als Demutsgeste ersichtlich. Wer den Hintern präsentiert, wirft sich buchstäblich zu Boden und offenbart seine verletzlichsten Teile dem
Angriff bzw. der Penetration. Reste davon finden sich auch in
den menschlichen Unterwerfungsgesten des Verbeugens, Nie-
derkniens etc. Allerdings gibt es bei den Schimpansen jene
Tabuisierung des Anal- und Genitalbereichs, die für uns Menschen typisch ist, nicht. Damit erhält unsere Rhetorik der Beleidigung, die sich um das Zeigen, Lecken, Treten des Hinter-

teils dreht, bei ihnen wieder ihren wörtlichen Sinn – womit wir wieder bei den Karriere-Ratgebern wären. Bei Self wird dem Chef wirklich unterwürfig der Hintern präsentiert.

Anschließend werden die Dominanzhierarchie und das Sexualverhalten miteinander verkoppelt:

> *Eine lockere Schlange Männchen zog sich vom Eßbereich herunter, mehr oder weniger der Dominanzordnung entsprechend, Henry hinter David, Paul hinter Henry. Busner wunderte sich, warum man David den Vortritt gelassen hatte, doch als er die Frühstücksecke am Absatz der kurzen Treppe umrundete, sah er, daß Dr. Kenzaburo Yamuta, das distale Zeta-Männchen, heftig mit seiner Tochter Cressida an der Geschirrspülmaschine kopulierte, während Colin Weeks und Gambol warteten, daß sie an die Reihe kamen.*
>
> *»Morgen, tschup-tschupp, Zack«, zeigte Kenzaburo und zog sich von Cressida zurück. »Lust auf eine Nummer hier?«*
> (55)

Spätestens jetzt dürften die Regeln der Schimpansenwelt klar geworden sein. Die Rangordnung regelt auch die Paarung; wer oben steht, darf als Erster. Kenzaburo zieht dementsprechend vor Busner buchstäblich den Schwanz ein. Wie Busner allerdings angesichts dieses Paarungsgeschehens über seine Verwandtschaftsverhältnisse Bescheid weiß, lässt Will Self im Dunkeln. Wer hier nachfragt, bemerkt, dass die Kombination der beiden Welten immer wieder Brüche aufweist. Der Sinn der Dominanzhierarchie liegt natürlich in der Maximierung des Fortpflanzungserfolgs, der unter den geschilderten Bedingungen allerdings kaum eintreten kann.

Nun bedarf es – wie in jedem Roman – einer Handlung, die in diesem Fall mit der Schimpansenwelt spielt und deren verblüffende und komische Effekte immer wieder neu in Szene setzt. Der Protagonist der Erzählung ist nämlich nicht Dr. Busner, sondern Simon Dykes, ein Künstler – und Mensch. Das behauptet zumindest der Beginn des Romans, in dem wir Simon und seine Sicht auf die Welt kennenlernen. Er besucht eine Vernissage, trinkt Wein und diskutiert mit seinem Galeristen über Fragen der Perspektive. Anschließend trifft er seine Freundin Sarah in einem Club, die beiden nehmen Drogen und haben Sex auf dem Parkdeck des Clubs. Das Künstlermilieu, die Clubatmosphäre, der Drogenkonsum – nichts, was für die 1990er Jahre überraschend wäre.

So weit, so gewöhnlich, so menschlich; wenn da nicht die Signale des Affenhaften wären, die sich nach und nach in den Text einschleichen. Simon nennt Sarah Äffchen, sie beschnuppert ihren Pelz, er groomt sie. Nach der Nacht voll Drogen und Sex wacht Simon am nächsten Morgen neben Sarah auf:

> *Simon schnupperte pongid. Eine Strähne langer Haare auf Sarahs Zitze steckte in seinem Nasenloch, mitten zwischen den Ablagerungen der Unmäßigkeit. Eine Strähne langer Haare, die – für Simon – undefinierbar nach Schimpanse roch. Schimpansische, warme, kuschelige Pelzigkeit. Schimpansischer postkoitaler Schweißgeruch, durch Fell gefiltert. Auf seine Art ein wunderbarer Geruch – und um so erotischer, weil er verflochten war mit Cacharel, dem Parfum, das Sarah immer trug. Eine Strähne langer Haare auf Sarahs Zitze? Simon hob den Kopf und sah voll in das offene, arglose, herzförmige Antlitz des Tiers, neben dem er lag.*
>
> *Und dann war er auf den Beinen, und vielleicht schrie er – er hätte es nicht sagen können, weil die ganze Welt um ihn herum jetzt brüllte. Brüllte, während er zurückwich vom Bett, auf dem das Tier lag, ausgestreckt auf dem Rücken, die anfangs viehischen, stumpfen Augen jetzt mit schrecklichem Interesse auf ihn gerichtet, das Weiße deutlich sichtbar um zutiefst grüne Pupillen mit pechschwarzen Irisschlitzen. (133)*

Sarah hat sich über Nacht in eine Schimpansin verwandelt. Und als wäre das Erwachen neben dem Biest nicht schon schlimm genug, stellt sich nach und nach heraus, dass alle anderen Menschen, die herbeieilenden Sanitäter, die Psychiater im Krankenhaus, das Pflegepersonal, nun ebenfalls Schimpansen sind, die behaupten, auch Simon sei einer von ihnen. Anders als in Kafkas »Verwandlung«, die hier sicherlich als Vorbild gedient hat, nimmt Simon seinen Gestaltwandel nicht wie Gregor Samsa klaglos hin. Er glaubt vielmehr, dass die Drogen eine psychotische Wahrnehmungsstörung hervorgerufen haben, die ihn überall Schimpansen sehen lässt. Diese wiederum gehen selbstverständlich davon aus, dass er unter einem Menschen-Wahn leidet. So wird die Frage nach der richtigen Perspektive auf die umgebende Welt zum eigentlichen Thema der Handlung. Die Leser werden dabei immer wieder hin- und hergerissen zwischen zwei Sichtweisen: der menschlichen, die allerdings von dem möglicherweise verrückten Simon vertreten wird, und der der Schimpansen, die der menschlichen zwar grotesk ähnelt, aber eben doch signifikant von ihr abweicht.[88]

Um dieses Perspektivenspiel glaubwürdig zu realisieren, kontrastiert der Text die Sichtweisen verschiedener Figuren miteinander, darunter finden sich Simon, Sarah und Dr. Busner. Wir lernen zunächst Simons und Sarahs jeweilige Sicht auf ihre menschliche Welt kennen. Simon leidet unter seiner Scheidung, besonders unter dem Verlust seiner Kinder, Sarah ist unglücklich, weil sie ihn mehr begehrt als er sie. Die prominente Stellung dieser Kapitel am Beginn des Romans, der *primacy effect,* sorgt dafür, dass die menschliche Sicht besonders stark etabliert wird und große Glaubwürdigkeit erhält. Erst im dritten Kapitel erscheint dann Dr. Busner und mit ihm seine Sicht auf die Schimpansenwelt. Anschließend werden beide Welten eine Zeitlang parallel nebeneinander erzählt: Simon und Sarah verbringen die Nacht miteinander, Dr. Busner fährt nach dem Frühstück ins Krankenhaus. Im siebten Kapitel kollidieren sie dann bei Simons verstörendem Aufwachen miteinander.

Ab diesem Kapitel erfolgt das, was man als eine Umschrift der bisherigen Erzählung bezeichnen könnte. Alles, was wir vorher aus der menschlichen Wahrnehmung Simons kennengelernt haben, wird nun aus Schimpansensicht neu erzählt und als abweichendes Verhalten, ja gar als krankhafte Störung ersichtlich. Diese zeigt sich am deutlichsten in Simons Dominanz- und Sexualverhalten. Um ihn zu heilen, versuchen die Psychiater, allen voran Dr. Busner, herauszufinden, wie es zu seinem Wahn kommen konnte. Sie ziehen Erkundigungen über Simon ein, wobei es zu einem aus menschlicher Sicht äußerst seltsamen Videophonat mit Simons Ex-Ehefrau bzw. seiner »Ex-Alpha« (149) kommt. Die offenbar strenggläubige Katholikin betet nämlich den Rosenkranz, während sie sich zugleich pflichterfüllt mit zwei Männchen paart: »Heilige Maria, Mutter Gottes, bitte für uns Sünder, h-h-h-h-hoooiieek …!‹ Die Paarung kam zu einem kreischenden Ende. ›Nun, das überrascht mich nicht, er ist vom rechten Weg abgekommen … Jetzt und in der Stunde unseres Todes –‹« (150).

Es stellt sich heraus, dass Simon tatsächlich vom Pfad der Tugend abgekommen ist, indem er sich von seiner Alpha und seiner Gruppe getrennt hat und mit Sarah eine monogame Beziehung eingegangen ist. Diese Beschränkung auf einen Sexualpartner weicht von der konventionellen schimpansischen Lebensweise ab und hat dort etwa den Status, den außereheliche Promiskuität bei uns Menschen besitzt. Zu dieser Abweichung vom traditionellen Lebensstil kommen drei weitere Faktoren hinzu: Simon hat nicht nur Drogen genommen, sondern unwissentlich als Testkandidat für ein neues, bewusstseinsveränderndes Medikament gedient. Außerdem hat er ein Menschenkind aus dem Zoo adoptiert, mit dem er sich möglicherweise überidentifiziert hat. Und schließlich weist sogar sein Hirn eine seltsame, nicht Schimpansen-gemäße Veränderung auf.

Auch für Sarahs Bereitschaft zur Monogamie werden biographische Hintergründe nachgetragen: Sie ist als Kind von ihren Eltern vernachlässigt und missbraucht worden. In der spiegelbildlichen Verkehrung der Schimpansenwelt bedeutet Kindesmisshandlung allerdings das Gegenteil dessen, was wir als Menschen darunter verstehen. Sarahs Mutter hat sie nicht genügend geschlagen, ihr Vater nicht oft genug mit ihr geschlafen. All das folgt der Lehre Freuds, »dem Gründeralpha der Psychoanalyse«, der verstanden hatte, »welch emotionale Zerstörung ein biologischer Alpha verursachte, wenn er nicht mit seiner Tochter kopulierte« (187). Man mag das witzig oder geschmacklos finden – vor allem machen derartige Passagen auf die in der jeweils anderen Welt gültigen Normen aufmerksam und relativieren sie durch die Verkehrung zugleich. Alles könnte auch ganz anders sein ...

Die markanten Unterschiede zwischen der Schimpansenwelt und der menschlichen beruhen auf der Körperlichkeit der Schimpansen, die sich in ihrer Sozialstruktur und vor allem der uneingeschränkt geltenden Dominanzhierarchie ausdrückt. Diese bestimmt, wer sich vor wem zu verbeugen, wer wessen Anus zu bewundern hat und wer sich zuerst mit wem paaren darf.

Bei den Männchen kommt es dabei auf die körperliche Kraft, bei den Weibchen auf die Attraktivität ihrer Sexualschwellung an. Um letztere wird derselbe Kult betrieben, der bei den Menschen den weiblichen Brüsten gilt. Eine ausgeprägte Schwellung verschafft der Trägerin hohes Ansehen und die Auswahl unter vielen Partnern. Ihrer Bedeutung entsprechend wird sie mit Reizwäsche, den sogenannten Schwellungsschützern, geschmückt und in Frauenzeitschriften viel diskutiert.

Die körperlichen und sozialen Unterschiede überwiegen demnach die geistigen bei weitem. Wie der Verweis auf Freud exemplarisch, aber auch die Struktur der Schimpansenwelt insgesamt belegen, imaginiert Self für die Affen keine grundsätzlich andere, eigene kulturelle Umwelt, sondern modifiziert bloß unsere bekannte. Das zeigt sich auch an dem Differenzkriterium schlechthin, der Sprache. Die Schimpansen kommunizieren über Sprachgesten, die von einigen wenigen Vokalisierungen begleitet werden. Dazu gehören der Begrüßungsruf »HooGraa«, die bestätigende Nachfrage »huu?« und der beruhigende Laut »tschup-tschupp«. Ihre Gebärdensprache ist aber genauso leistungsfähig wie unsere Lautsprache, und sie ermöglicht den Schimpansen die gleichen intellektuellen Hervorbringungen.

Ein Großteil der weiteren Handlung widmet sich der Darstellung der Schimpansenwelt und ihren Gesetzmäßigkeiten, die an immer neuen Beispielen und anhand von verschiedenen Figuren durchgespielt werden. So entwickelt zum Beispiel ein Handlungsstrang eine Intrige, die Busners Forschungsassistent Gambol spinnt, um seinen Chef zu stürzen und selbst Alpha zu werden. Ein zweiter variiert das Thema auf der Ebene der Kunst, indem die von Simon gemalten Bilder diskutiert werden. Sie zeigen deformierte Menschen- bzw. Schimpansenkörper und werden von den Figuren als Ausdruck der modernen Lebenswelt, aber auch seiner psychischen Erkrankung gedeutet. Damit es dabei nicht langweilig wird, dient Simons menschlicher Blick immer wieder dazu, die unweigerlich eintretende Gewöhnung an die neue Welt aufzubrechen. Als romaninterner Vertreter der Leser drückt Simon sein Befremden über die Schimpansenwelt aus und hält damit die Differenz der Wahrnehmungen aufrecht.

Anfangs treiben ihn die Affen in den Kitteln geradezu in den Wahnsinn: »Affen. Haarige Affen. Wie in dieser blöden Werbung für P.-G.-Tips-Tee. Parodien des Menschseins. Karikaturen« (147 f.), dann findet er sie zunehmend komisch, und schließlich verwandelt er sich im Verlauf seiner Heilung selbst in einen. Dieser Prozess vollzieht sich über verschiedene Etappen hinweg. Hierbei wird Simons Psychiater Dr. Busner zu seinem Mentor, der ihn nach seinem stationären Aufenthalt in seiner Familie aufnimmt. Dort wird er mit dem Gruppenleben vertraut gemacht. Zudem besuchen die beiden gemeinsam den Zoo und studieren die einschlägige Literatur über Menschen. Sie lesen nicht nur die berühmte Dissertation von Edward Tyson, sondern auch die Arbeiten von Robert Yerkes und Jane Goodall, sie sehen alle Teile des Films »Planet der Menschen« an und Ähnliches mehr. Auch Busner lernt dabei einiges über das Selbstverständnis der Schimpansen:

Er hätte sich nie vorgestellt, daß die Beziehung zwischen Schimpanse und Mensch so viele verschüttete Implikationen haben konnte. Es stimmte, die westliche Zivilisation hatte sich auf der Stufenleiter des Lebens nach oben, in Richtung Göttlichkeit projiziert. Und wie Disraeli wollte jeder auf der Seite der Engel stehen. Damit hellschnäuzige Schimpansen sich der Vollkommenheit nähern konnten, waren Buhaffen nötig, erbärmliche Versionen der anderen. Es war leicht zu verstehen, daß der Bonobo, mit seiner verwirrenden Anmut und seinem aufrechten Gang, wie geschaffen war für diese Rolle; doch jetzt erkannte Busner, daß im Schatten des Bonobos ein noch beunruhigenderer, noch bestialischerer »anderer« lauerte – der Mensch. (348)

Busner beschreibt hier genau jenen Mechanismus der Abgrenzung, über den sich die Schimpansen als göttlich imaginieren und von ihren nächsten Verwandten, den Bonobos, aber selbstverständlich auch von den Menschen, als überlegen distanzieren können. So wie Busner selbst über die »perfekte Symmetrie von Dykes' Wahn« (312) staunt, so wundern sich die Leser über das spiegelverkehrte Universum der philosophischen, literarischen und filmischen Referenzen. Es zeigt ihnen die eigene Position im Spiegel der anderen.

Im Romanverlauf führen Busners und Simons gemeinsame Studien schließlich dazu, dass Simon seine Schimpansenheit anerkennt. Er geht wieder auf den Knöcheln (und nicht mehr aufrecht), er nutzt Imponier- und Unterwerfungsgesten und gebraucht die Zeichensprache. Zuletzt führen ein Flug nach Afrika und der Besuch in einem Reservat für ausgewilderte Menschen zur endgültigen Klarheit über seinen Status. Am Ende verständigen sich Busner und Simon darauf, dass es sich, wie Busner vorschlägt, »bei Ihrer Überzeugung, daß Sie ein Mensch sind und der Mensch die evolutionär erfolgreichste Primatenspezies ist, eher um eine Art satirischen Tropus handelt, *huh?*« (507).

Die Deutung als Satire lässt sich natürlich nicht nur auf

Simons Erkrankung, sondern auf den Roman insgesamt beziehen. Dieser wiederholt unsere zeitgenössische Differenzdebatte mit umgekehrten Vorzeichen, indem er das Selbstverständnis des Menschen in Gestalt der Schimpansenwelt ausstellt und zugleich kritisiert. Dabei gilt der komisch-kritische Blick vor allem dem Dominanzverhalten und der Sexualität. Die Schimpansen erscheinen sowohl sex- als auch machtgetrieben, was auf die angemaßte Überlegenheit des Menschen zurückgespiegelt wird. Diese satirische Lesart kann sich auch auf ein »Vorwort des Autors« stützen. In ihm meldet sich ein Schimpansenautor zu Wort, der die Initialen des realen Autors, W. S. S., trägt. Seine erklärte Absicht ist es, mittels eines menschlichen Protagonisten den Schimpansen ihre eigenen Mängel satirisch vor Augen zu führen. Durch das Vorwort wird gleichsam eine Umkehrung in zweiter Potenz geschaffen – die verkehrte Welt wird nochmals verkehrt.

Dennoch lässt sich der Roman nicht bruchlos auf diese Lesart festlegen. Zum einen gibt es innerhalb des Textes zu viele Widersprüche, die verhindern, dass die unterschiedlichen Perspektiven sich eindeutig miteinander abgleichen ließen. Simons menschliche Sicht wird zu Beginn derart stark etabliert, dass sie sich kaum auf die psychotische Lesart seiner Schimpansen-Psychiater reduzieren lässt, vor allem, weil sie von Sarahs anfangs ebenfalls menschlicher Perspektive gestützt wird, für die die Schimpansenwelt anschließend keinerlei Erklärung liefert.

Zum anderen greift aber die Rahmung des Textes durch das »Vorwort des Autors« wiederum in die reale Welt aus. Nicht nur die Grenze zwischen Fiktion und Realität wird verwischt, auch die zwischen verschiedenen Texten des realen Autors Will Self selbst. Denn Zack Busner, der eminente Anti-Psychiater, ist im Roman an der Ausarbeitung einer »Quantitätstheorie des Irrsinns« (47 f.) beteiligt, die auf einen gleichnamigen Erzählband von Will Self verweist.[89] Man mag sich an derartigen Schleifen stören und rätseln, wie sich diese verschiedenen Perspektiven und Fiktionsebenen miteinander verbinden lassen. Sicher ist, dass es dem Roman eben nicht auf eine einzige Lesart ankommt, sondern auf die Störung der Wahrnehmung, die von Kapitel zu Kapitel immer wieder aufs Neue hervorgerufen wird, sich aber insgesamt nicht zur Synthese bringen lässt.

Selfs Freude an der Grenzüberschreitung ist dabei in jedem Moment spürbar. Die verkehrte Schimpansenwelt mit ihrer promisken Sexualität und unverstellten Aggression wird von ihm detailreich ausgemalt, das Spiel von Schock und Wiedererkennung begeistert inszeniert. Dabei ist sein Spaß am Gebrauch von Fäkal- und Analsprache unverkennbar. So rückt die Körperlichkeit der Schimpansen ihre Intellektualität in ein komisches Licht. Gerade die Dominanzhierarchie in ihrer wörtlichen Auslegung bei den Affen mutet immer wieder witzig an: Da wird demütig der Hintern gezeigt, ein Arschloch bewundert, zu Kreuze gekrochen etc.

Was der Text bei aller detailverliebten Verspieltheit allerdings gar nicht in den Blick nimmt, ist das menschliche Streben nach Egalität. In der Schimpansenwelt gibt es dafür keinen Platz. Wie der Fall von Gambol, dem rangniederen Epsilon, zeigt, geht es darum, sich in der Hierarchie nach oben zu arbeiten bzw. seinen Platz, wie der Alpha Busner, zu halten. Diese Hierarchie wird allein durch die Fähigkeit zur körperlichen Aggression abgesichert. Deswegen gefährdet Busners Arthritis auch seinen Alpha-Status. Sobald Busner sich nicht mehr schlagkräftig durchsetzen kann, wird er diesen verlieren.

Wie es um die Egalität beim Menschen tatsächlich bestellt ist, ist Gegenstand vielfacher, ideologisch befrachteter Diskussionen. Sicherlich kann man die beim Menschen überall zu beobachtende Tendenz, Rangordnungen zu formen, als Primatenerbe bezeichnen. Titel, Orden und Statussymbole aller Art belegen das zur Genüge, ganz abgesehen von den überall anzutreffenden despotischen oder nepotistischen Herrschaftsformen. Insofern wäre man zunächst geneigt, dem Primatologen Andreas Paul recht zu geben, der meint, dass die

Sozialbeziehungen der nichtmenschlichen Primaten »im Vergleich zu den meisten menschlichen Gesellschaften ohnehin ein Ausbund an Egalität darstellen«.[90]

Vor diesem Hintergrund erstaunt es, dass eine derart auf Dominanz abgestellte Spezies überhaupt nach Gleichheit in Gestalt von Emanzipation und Demokratie strebt. Der Kulturanthropologe Christopher Boehm erläutert diese egalitären Tendenzen mit einem einleuchtenden Beispiel. Er hat bei zeitgenössischen Jäger- und Sammlergesellschaften beobachtet, dass sich zumindest die Männer zu Gruppen zusammenschließen, um einzelne Aufsteiger daran zu hindern, sie zu dominieren. So entsteht das, was man als eine ›umgekehrte Dominanzhierarchie‹[91] bezeichnen könnte, bei der eine Koalition von mehreren Männern die potenziell Starken von der Alleinherrschaft abhält. Boehm zitiert hierfür die einleuchtende Feststellung seines Kollegen Harold Schneider: »All men seek to rule, but if they cannot rule, they prefer to be equal«.[92] Möglich wird das durch die Erfindung von Waffen, die auch den körperlich Unterlegenen Stärke verleihen. Boehm geht sogar davon aus, dass der Verlust des Körperhaars (und damit des Imponiergehabes) sowie die Verkleinerung der Eckzähne beim Menschen mit dem Waffengebrauch einhergehen.

Wie immer hängt es davon ab, ob man das Augenmerk eher auf die Gemeinsamkeiten oder auf die Differenzen zwischen den Primaten richtet. Will Self stellt ganz klar das gemeinsame Dominanzstreben in den Vordergrund, Egalität gibt es bei ihm nicht. Boehm dagegen weist auf die breite Skala zwischen Despotismus und Egalitarismus hin, auf der sich die Menschen bewegen können. Nietzsche wiederum würde das Demokratiestreben als Ressentiment der Schwachen verurteilen. Wenn man aber selbst zu den Schwachen gehört, dann besitzt es sicherlich einen gewissen Charme.

Siebtes Kapitel

Der Barbier von Paris

*I*m Jahr 1976 machten die Primatologen Yukimaru Sugiyama und Jeremy Koman mitten im Wald von Bossou, Guinea, eine erstaunliche Entdeckung. Fern jeglicher menschlicher Behausung fanden sie unter einer Ölpalme zwei Steine, einen größeren und einen kleineren, neben denen Hunderte von zerbrochenen Nussschalen lagen. Der größere der Steine wies Spuren auf, die darauf hindeuteten, dass er mit dem anderen bearbeitet worden war. Vermutlich hatte er als Unterlage gedient, um die Nüsse zu öffnen. Aber wer hatte sie geknackt?

Die beiden Wissenschaftler stießen noch auf zahlreiche derartige Funde. Schließlich gelang es ihnen, einen Schimpansen dabei zu beobachten, wie er eine Nuss auf den größeren Stein legte und den kleineren als eine Art Hammer benutzte, um die Schale zu zertrümmern und an den schmackhaften Kern zu gelangen. Der Schimpanse nutzte demnach die Steine als Werkzeug. Das allein wäre der Entdeckung genug, aber die Pointe kommt noch: Die Dorfbewohner in Bossou öffnen die Nüsse auf dieselbe Weise.[93] Wer hat hier also wen nachgeahmt? Die Menschen die Affen oder die Affen die Menschen? Oder haben hier zwei Primatenpopulationen unabhängig voneinander dieselbe Technik entwickelt, um die nahrhaften, aber harten Nüsse zu knacken?[94]

Man kann die Entdeckung der beiden Primatologen als eine modellhafte ›Erzählung‹ über das neue, zeitgenössische Verhältnis zum Affen lesen. In ihr kehrt der Topos des Nüsse fressenden Affen wieder, der noch im Lied »Wer hat die Kokosnuss geklaut?« aus den 1950er Jahren nachklingt – aber er wird neu gewendet. Die tobende und brüllende Affenbande, die auf der Suche nach der Kokosnuss durch den Wald rast, entspricht noch dem Bild des gierigen und triebhaften Tiers, von dem so viele antike und mittelalterliche Erzählungen zeugen. Dagegen präsentieren uns die Primatologen nun tierische und menschliche Primaten, die in unmittelbarer räumlicher Nähe dieselbe Technik des Werkzeuggebrauchs entwickelt haben.

Damit steht diese ›Geschichte‹ auch in diametralem Gegensatz zu einer jahrhundertealten Tradition, die das Verhältnis des Affen zum Menschen als eines der Nachahmung bestimmte. Sieht man vom alten Ägypten ab, in dem der Pavian als heiliges Tier des Mondgottes Thot verehrt wurde, so war zumindest seit der Antike klar: Der Affe ahmt den Menschen nach, genauer, er äfft ihn nach. Diese Verbindung von nachahmen und -äffen hallt in vielen europäischen Sprachen nach, wie die Verben *to ape* im Englischen oder *singer* im Französischen belegen. Mit ihr wird zugleich eine Hierarchie gesetzt: Es gibt den Ersten, den Menschen selbstverständlich, der etwas vormacht, und den Zweiten, den Affen, der das in ungeschickter, verständnisloser, manchmal auch komischer Weise nachmacht. Für das menschliche Selbstverständnis hat die Denkfigur des nachahmenden Affen eine große Bedeutung. Sie erlaubt es, die jedem Beobachter augenfällige Ähnlichkeit zwischen dem Tier und dem Menschen als ein hierarchisches Abhängigkeitsverhältnis zu interpretieren.

Es lohnt sich, der Geschichte dieser wirkmächtigen Denkfigur nachzugehen. Ihre Konturen finden sich schon in den frühesten Äußerungen zum Verhältnis von Mensch und Affe, nämlich in den Fragmenten des Vorsokratikers Heraklit. Bei diesem Philosophen des 5. Jahrhunderts v. Chr. stoßen wir auf zwei interessante Überlegungen. Einerseits heißt es da: »Der schönste Affe ist häßlich in Vergleich mit dem Menschen.« Und andererseits: »Der weiseste Mensch wird im Vergleich mit Gott wie ein Affe erscheinen, an Weisheit, Schönheit und allem andern.«[95] Im Spannungsfeld dieser beiden Äußerungen wird der Mensch demnach in einer Mittelstellung zwischen Affe und Gott platziert. Mit der Vergleichsform wird die jeweilige Ähnlichkeit zwar anerkannt – denn nur Ähnliches lässt sich sinnvoll vergleichen – zugleich aber die Differenz starkgemacht. Beide Male reicht der jeweilige Superlativ (der schönste Affe, der weiseste Mensch) nicht an den Vergleichspunkt (Mensch, Gott) heran.

Was Heraklit hier in Verhältnisgleichungen formuliert, wird im 4. Jahrhundert v. Chr. von dem Philosophen Aristoteles naturwissenschaftlich ausgearbeitet. Aristoteles entwirft in seinen zoologischen Schriften eine Ordnung der Natur, die in einer Stufenleiter von den Pflanzen über die Tiere zum Menschen aufsteigt, die sogenannte *scala naturae*.[96] Einerseits behandelt Aristoteles den Menschen gemeinsam mit den anderen Lebewesen, d. h. den Tieren, mit denen er verschiedene biologische und psychologische Eigenschaften teilt. Andererseits unterscheidet der Mensch sich aber von ihnen durch den Grad seiner Differenziertheit. Dies zeigt sich zum Beispiel an seinen Händen und dem aufrechten Gang, der daher rührt, dass er als einziger Teil am Göttlichen, nämlich am Denken bzw. an der Vernunft hat.[97]

In dieser Ordnung besitzt der Affe zwar ähnliche Eigenschaften wie der Mensch, darunter Gesicht und Hände, andere aber, wie die Vernunft, gehen ihm ab. Aristoteles denkt demnach das Verhältnis von Tier, Affe und Mensch in einem Modell von Analogien und Unterschieden, vertritt grundsätzlich aber eine Sonderstellung des Menschen, die sich aus der Nähe zum Göttlichen ergibt. Seine Stufenleiter der Natur ist bis weit ins 19. Jahrhundert hinein einflussreich geblieben und wurde erst durch Darwin grundsätzlich in Frage gestellt.

In antiken Tiergeschichten und Sagen wird dieses Verhältnis von Ähnlichkeit und Differenz zur Grundlage von Erzählungen über äffische Nachahmung. Zahllose Geschichten spielen genau damit, dass die Affen aufgrund der Ähnlichkeit etwas körperlich imitieren können, das sie – mangels

Vernunft – aber nicht verstehen. So erwähnt Plinius, ein römischer Gelehrter des 1. Jahrhunderts n. Chr., in seiner »Naturgeschichte« zwei Methoden der Affenjagd, die auf dem Nachahmungstrieb beruhen.[98] Bei der ersten nähern sich die Jäger mit einer Schale voll Wasser dem Baum, auf dem der Affe sitzt, und waschen sich demonstrativ die Augen. Der neugierige Affe beobachtet dieses Verhalten und steigt, sobald die Jäger sich zurückgezogen haben, vom Baum herunter und wiederholt es. Die listigen Jäger aber haben statt der mit Wasser gefüllten Schale ein Gefäß mit Leim hinterlassen, der ihm die Augenlider verklebt. So kann er bequem gefangen werden. Ganz ähnlich funktioniert die andere Methode, bei der die Jäger so tun, als würden sie sich Stiefel anziehen, die wahlweise mit Blei beschwert, mit Schlingen versehen oder auch innen mit Leim bestrichen sind. Der Affe wiederum steigt wirklich in die Stiefel und kann in ihnen nicht mehr entfliehen.

Gerade die Erzählung über die zweite Methode ist so wirkmächtig geworden, dass noch Wilhelm Buschs Affe Fipps durch solche Stiefel gefangen wird. In beiden Fällen wird den Tieren demnach ihre Möglichkeit, menschliches Verhalten nachzuahmen, zum Verhängnis. Wie verbreitet derartige Erzählungen auch heute noch sind, belegt der Schimpansenforscher Volker Sommer mit einem Beispiel aus dem Afrika der Gegenwart:

Dem Volksglauben entsprechend, muß der Jäger von Menschenaffen, um erfolgreich zu sein, zu einem Trick greifen; denn die Menschenaffen weichen Speeren und Pfeilen aus, um diese dann gegen die Jäger selbst zu richten. Als Gegenstrategie bietet es sich an, die natürliche Neigung der Menschenaffen zum Nachäffen auszunutzen. Der kluge Jäger wird also zunächst so tun, als würde er sich selbst mit dem Speer in den Bauch stechen. Wenn der Schimpanse dann die Lanze fängt, um sie zurückzuwerfen, wird er sich zuvor selbst damit tödlich aufspießen. In Wirklichkeit werden Schimpansen anders erlegt: Jä-

ger lauschen abends von einer Anhöhe, wenn die Menschenaf-
fen beim Nestbau rufen; vor Morgengrauen schleichen sie sich
an und schießen auf alles, was sich in den Schlafstätten regt.[99]

All diese Geschichten – und es gäbe deren viele mehr – nehmen einen blinden Nachahmungstrieb an, durch den sich der Affe über den Sinn von Handlungen täuschen lässt. In ihnen drückt sich deutlich das Bedürfnis des Menschen aus, sich vom ›bloß‹ nachahmenden Tier zu unterscheiden.

Dieses Bestreben steht auch am Ursprung der ersten Detektivgeschichte der Weltliteratur, nämlich Edgar Allan Poes Erzählung »Die Morde in der Rue Morgue« (1841). In ihr gehen C. Auguste Dupin und sein Freund, ein namenloser Ich-Erzähler, gemeinsam auf Verbrecherjagd. Die beiden bilden ein sonderbares Paar. Sie wohnen in einem abbruchreifen Haus in dem Pariser Viertel St. Germain und führen ein ausschließlich nächtliches Dasein. Auf ihren abendlichen Spaziergängen gehört es zu Dupins Lieblingsspäßen, seinen Freund zu verblüffen, indem er dessen Gedanken ›liest‹. Dank seiner außerordentlichen Beobachtungsgabe, die sich mit analytischem Scharfsinn paart, kann er dessen Assoziationsketten nachvollziehen, so als hätte der Freund ein »Fenster im Busen«.[100] Der geniale Analytiker und sein staunender Begleiter bilden ein erfolgreiches Ermittlerteam, das schnell in Serie geht. Poe selbst fasst noch zwei weitere Erzählungen um die beiden ab; zudem finden sie bald Nachahmer – man denke nur an Sherlock Holmes und Dr. Watson – und begründen auf diese Weise ein ganzes literarisches Genre.

Von ihrem ersten ›Fall‹ erfahren sie aus der Zeitung. In einem Haus in der Rue Morgue wurden zwei Frauen ermordet, Madame L'Espanaye und ihre Tochter Camille. Die Tat weist viele rätselhafte Züge auf. Beide Frauen sind auf grauenvolle Weise getötet und verstümmelt worden. Die Tochter wurde erwürgt und mit ungeheurer Kraft in den Kamin hinaufgeschoben, der Mutter wurde die Kehle durchgeschnitten. Hier diente wohl ein blutiges Barbiermesser als Tatwaffe, das in der Wohnung entdeckt wurde. Ein Motiv für die Tat ist hingegen nicht erkennbar. Die Frauen lebten äußerst zurückgezogen; eine Beziehungstat gilt von daher als unwahrscheinlich. Auch gibt es keine Hinweise auf einen Raubmord, denn eine größere Summe Geldes befindet sich noch in der Wohnung. Erhöht wird die Rätselhaftigkeit noch durch das ›Geheimnis des verschlossenen Raums‹, das Poe mit dieser Erzählung geradezu genrebildend entwirft. Es ist nicht ersichtlich, wie der oder die Täter die Wohnung, deren Türen verschlossen, deren Fenster verriegelt waren und deren Kamin zu eng für einen Menschen ist, hätten betreten können.

Eine weitere Merkwürdigkeit stellen schließlich die streitenden Stimmen dar, die die Nachbarn im Zusammenhang der Tat hörten. Bei der Befragung der Zeugen ergibt sich ein diffuses Bild. Eine der Stimmen wird von allen übereinstimmend einem französisch sprechenden Mann zugeordnet, der unter anderem Flüche wie »sacré« und »diable« (258) ausstieß; die andere dagegen bleibt undefinierbar. Sie wird als schrill, rau und vor allem als fremdartig beschrieben. Jeder der befragten Zeugen ordnet sie vom Tonfall her einer Sprache zu, die er nicht beherrscht, sei es Französisch, Spanisch, Italienisch, Deutsch, Russisch oder Englisch.

Zur Klärung des Falls sind also mindestens drei Fragen zu beantworten. Erstens: Wie kamen und verließen der oder die Täter die Wohnung? Zweitens: Welches Motiv hatten sie? Drittens: Was haben die Stimmen mit der Tat zu tun? Die Polizei steht angesichts dieser Fülle von außergewöhnlichen, überraschenden Fakten vor einem Rätsel und verhaftet mangels besserer Kandidaten den Geldboten, der drei Tage vor der Tat 4000 Franken an die Frauen übergab – was angesichts der Tatsache, dass sich das Geld noch in der Wohnung befindet, nicht besonders überzeugend anmutet.

An dieser Stelle schaltet sich nun C. Auguste Dupin in die Ermittlungen ein. Er besichtigt den Tatort und untersucht die Leichen der Ermordeten. Noch am Abend besucht er das Büro einer Tageszeitung. Am nächsten Tag wendet er sich dann an den Erzähler und teilt ihm das Ergebnis seiner Überlegungen mit. Er beginnt mit einer systematischen Feststellung. Gerade der außergewöhnliche, ja überspannte Charakter der Tat, an dem die Polizei so kläglich scheiterte, mache die Lösung so einfach. Denn es gehe hier nicht um die Frage: »Was hat sich ereignet?«, sondern »Was ist dabei geschehen, das sich noch nie zuvor ereignete?« (266). Die Polizei verfolgt demnach eine falsche Fragestellung, weil sie mit dem Außergewöhnlichen nicht umgehen kann.

Dupin dagegen kann folgende Schlüsse ziehen. Erstens: Was den ›verschlossenen Raum‹ anbetrifft, so demonstriert er durch eine genaue Untersuchung der verriegelten Fenster, dass eines von ihnen über einen versteckten Federmechanismus zu öffnen war. Ein Fensterladen und ein Blitzableiter im Hinterhof ermöglichen es zudem, das Schlafzimmer über das Fenster zu betreten und zu verlassen; allerdings wäre dies nur einer ungewöhnlich kräftigen Person möglich, die sich mittels des Fensterladens in das Zimmer schwingen müsste. Für einen außerordentlich starken Täter spricht auch die Kraft, mit der die Leiche von Mademoiselle L'Espanaye in den Kamin geschoben wurde, ebenso wie die ausgerissenen Haarsträhnen der Mutter, die sich am Tatort fanden. Zweitens: Ein Motiv aber kann auch Dupin nicht feststellen – er geht daher von einer motivlosen Tat aus. Drittens: Hinsichtlich der Stimmen fällt ihm auf, dass alle Zeugen die Fremdheit der Sprache betonen, keiner aber Silben unterscheiden konnte. Schließlich fasst Dupin seine Ergebnisse zusammen:

erstaunliche Gewandtheit, übermenschliche Stärke, brutale Wildheit, eine Metzelei ohne Motiv, eine grotesquerie *in einer Greueltat, der aber auch alles Menschliche fremd ist, und eine Stimme, deren Tonfall die Ohren von Menschen vieler Nationen fremdländisch anmutete und die aller bestimmten oder faßlichen Silbenbildung entbehrte. (279)*

Mit den Stichworten übermenschlich, brutal, motivlos, dem Menschlichen fremd und fremdländisch benennt Dupin jene Abweichung vom Humanen, die die Tat derart außergewöhnlich erscheinen lässt. Aus ihr lässt sich umgekehrt eine Norm des Menschlichen rekonstruieren, die in einem durchschnittlichen, motivierten und letztlich bekannten, eben nicht fremden Verhalten besteht. Entsprechend verfällt der Ich-Erzähler auf einen Wahnsinnigen als Täter. Nur Dupin allerdings ist in der Lage sich vorzustellen, wie weit der Unterschied, allen Ähnlichkeiten zum Trotz, reicht: Beim ›Mörder‹ handelt es sich nämlich um einen Affen, genauer: einen Orang-Utan!

Dies belegt Dupin mit einem Haar- bzw. Fellbüschel, das Madame L'Espanaye umklammert hielt, und anhand der Würgemale, die sich am Hals der Tochter finden und die unmöglich von einer menschlichen Hand stammen können. Die gemeinsame Lektüre einer Passage aus dem bekannten anatomischen Lehrbuch »Le Règne animal« des französischen Naturforschers Georges Cuvier beseitigt schließlich auch beim Ich-Erzähler alle Zweifel:

> *Es handelte sich um einen sehr genauen anatomischen und allgemein beschreibenden Bericht über den großen, lohfarbenen Orang-Utan der Ostindischen Inseln. Die riesige Statur, die übel gewaltige Stärke und Gewandtheit, die wilde Grausamkeit und die nachahmenden Neigungen dieser Säugetiere sind hinreichend allgemein bekannt. Mit einem Mal begriff ich voll die Greuel dieser Mordtat. (280 f.)*

Das Lehrbuch bietet demnach einen letzten, objektiven Beweis für Dupins Hypothese und zugleich für seine überragenden analytischen Fähigkeiten. Er ist bereit, das »noch nie zuvor« Geschehene überhaupt wahrzunehmen; er liest unvoreingenommen die Spuren und lässt sich nicht vom Anschein täuschen. Und schließlich wagt er es, das bisher Undenkbare zu denken und den tierischen Täter zu imaginieren. Auf diese Weise bringt er durch seine Schlussfolgerungen neues Wis-

Abb. 7 *Tethard Philipp Christian Haag: Orang-Utan, Erdbeeren fressend, 1776*

sen hervor. Poe selbst hat diese Fähigkeit »ratiocination«[101] genannt, und damit die Aktivität der *ratio,* der Vernunft, bei derartigen Denkoperationen hervorgehoben.

Unabhängig von Dupins schlüssiger Beweisführung handelt es sich hier allerdings um eine für Poe typische Vermischung von Wissenschaft und Fiktion. Bei Cuvier ist von der Wildheit des Tieres keineswegs die Rede, vielmehr heißt es bei ihm über den Orang-Utan: »Jung, und so wie man ihn in Europa gesehen hat, ist er ein ziemlich sanftes Tier, das sich ohne weiteres zähmen lässt und Zuneigung fasst, und dem es durch seinen Körperbau gelingt, zahlreiche unserer Handlungen nachzuahmen«.[102] Cuviers Schilderung erinnert eher an ein Gemälde von Tethard Philipp Christian Haag, auf dem ein junger Orang-Utan zierlich mit einer Gabel Erdbeeren verzehrt (Abb. 7), als an Poes wilde Bestie.

Man muss Poes Umdeutung von Sanftheit in Aggression als eine bewusste Stilisierung verstehen, die Dupins Beweisführung wissenschaftlich untermauern soll. Wie Poes Biograph Jeffrey Meyers berichtet, hatte der Schriftsteller im Juli 1839 in Philadelphia einen Orang-Utan gesehen, der große Menschenmassen anzog.[103] Das starke Interesse am Tier macht der Autor anschließend literarisch fruchtbar, indem er den Affen als brutalen Mörder darstellt. Mit dieser Art von scheinbarer Faktizität war Poe übrigens zeitweise so erfolgreich, dass er es in die »Encyclopedia Britannica« schaffte, die erfundene Partien seiner Erzählung über den Mahlstrom als Fakten zitierte.[104]

In der Detektivgeschichte fehlt nun, nach der theoretischen Schlussfolgerung, noch der praktische Beweis für die Gültigkeit von Dupins Hypothesen. Dieser steht prompt vor der Tür, in Gestalt eines Matrosen, der sich auf eine von Dupin geschaltete Suchanzeige nach dem Besitzer eines angeblich gefundenen Orang-Utans meldet. Der Seemann bestätigt nicht nur Dupins Vermutungen, sondern klärt die Anwesenden auch über den Tathergang auf. Am Ursprung der ›Morde‹ steht auch ihm zufolge die bereits bei Cuvier erwähnte Fähigkeit des Affen zur Nachahmung. Der Matrose hatte das Tier nämlich kurz vor der Tat bei folgendem Treiben ertappt: »Ein Barbiermesser in der Hand, und völlig eingeseift, saß es vor einem Spiegel und versuchte sich in der Tätigkeit des Rasierens, bei welcher es ohne Zweifel früher schon seinen Herrn durch das Schlüsselloch der Kammer beobachtet hatte« (287).

Als der Seemann den Orang-Utan daraufhin mit einer Peitsche zur Räson bringen wollte, entsprang dieser mit dem Rasiermesser in der Hand, flüchtete durch die Stadt und stieg schließlich mittels Blitzableiter und Fensterladen – wie von Dupin vermutet – ins Schlafzimmer der Frauen ein. Und hier kam es zu einer fatalen Wiederholung:

*Als der Matrose hineinblickte, hatte das riesige Tier Madame
L'Espanaye beim Haar ergriffen (welches aufgelöst war, da sie
beschäftigt gewesen, es zu kämmen) und schwang das Barbiermesser über ihrem Gesicht, in Nachahmung der Bewegungen
eines Barbiers. Die Tochter lag bewegungslos hingestreckt; sie
war ohnmächtig geworden. Das Schreien und Sträuben der alten Dame (während dessen ihr das Haar vom Kopfe gerissen
wurde) hatte die Wirkung, die mutmaßlich friedlichen Absich-
ten des Orang-Utan in solche wilden Grimms zu verwandeln.
Mit einem entschiedenen Schwunge seines muskulösen Arms
trennte er ihr den Kopf fast vom Rumpfe. (289)*

Der Affe erscheint als verhinderter Barbier, der angesichts der
Gegenwehr der alten Dame in Raserei gerät. Wir haben es
demnach mit zwei Nachahmungsversuchen zu tun: Beim ersten imitiert der Orang-Utan den Seemann direkt. Dabei gelingt es ihm, den komplexen Akt des Rasierens in weiten Teilen zu reproduzieren. Nicht nur, dass er sich bereits eingeseift
hat; er betrachtet sich offenbar selbst auch im Spiegel und gebraucht das Messer als Werkzeug. So gesehen, müsste der Affe
in der Lage sein, sich in den Seemann hineinzuversetzen, den
Sinn des Rasierens zu erkennen und auf sich selbst zu beziehen – was eine erstaunliche Leistung für ein Tier wäre.

Betrachtet man darüber hinaus den eigentlichen Inhalt
seiner Handlung, das Rasieren, wird es noch interessanter.
Denn der Bart beim Mann zeugt zum einen von der evolutionär überwundenen Vollbehaarung, zum anderen von der
sexuellen Reife. Die Rasur wiederum dient dazu, jenen Rest
eines früheren Naturzustandes in Kultur zu überführen, und
kann auf eine lange Tradition zurückblicken.[105] Wenn der
Affe sich nun ebenfalls rasieren will, so wirkt das wie ein Versuch, sein Fell, und damit das Merkmal der Differenz, zu be-
seitigen und es dem Mann gleichzutun – im Grunde also den
Schritt zur Menschwerdung hin zu vollziehen.

In der Logik der Erzählung betritt er damit gefährliches
Terrain. Das zeigt sich nicht nur in der Reaktion des Matrosen,

der zur Peitsche greift, sondern auch in der Art, wie das Tier an dieses Wissen gelangt ist. Sein Blick durch das Schlüsselloch stellt eine Grenzüberschreitung dar, ein Begehren nach den Früchten verbotener Erkenntnis. Der Affe will wie ein Mensch werden, wofür er sogleich bestraft werden soll. Hier klingt sicherlich nicht zufällig der Sündenfall an, durch den Adam und Eva ›wie Gott‹ werden wollten.

Die zweite Nachahmungstat beweist dann sogleich, dass der Orang-Utan diese Erkenntnis eben nicht gewonnen hat. Er hat zwar beobachtet, dass der Seemann sich rasiert, weiß aber – um im Bild des Sündenfalls zu bleiben – nichts von der Nacktheit und damit der Geschlechterdifferenz, die Adam und Eva nach dem Verzehr des Apfels erkennen. Nur deshalb unternimmt er den »mutmaßlich friedlichen« Versuch, eine Frau zu rasieren.

Daher laufen auch die sexuellen Assoziationen, auf die das gesamte Szenario hin angelegt ist, ins Leere. Zwar findet die Tat nachts im Schlafzimmer der Frauen statt, die bereits ihr Haar gelöst haben, was in der symbolischen Ordnung des 19. Jahrhunderts einen deutlichen Hinweis auf erotisches Geschehen darstellt. Aber die Erwartung, die der Schauplatz des Verbrechens weckt, wird eben gerade nicht erfüllt, sondern verschoben. An die Stelle der Sexualität, auch der erzwungenen, tritt die verständnislose Aggression.

Im Grunde nimmt die Erzählung in der Wiederholung der Nachahmungstat den Vorschuss, den der Affe zunächst erhalten hatte, komplett zurück. Was sie im ersten Schritt andeutet, nämlich dass das Rasieren ein Ausdruck der Selbsterkenntnis und der Distanzierung vom Tier sein könnte, wird im zweiten in einen Akt sinnloser Brutalität gewendet. So nutzt der Text die vorhandene körperliche Ähnlichkeit zwischen Mensch und Affe, um über sie die mentale Differenz umso heller zum Leuchten zu bringen. Aus Gründen der Anatomie kann ein Affe eine Tat ausführen, die sich mit menschlichem Handeln verwechseln lässt. Aber, so lautet die Botschaft der Erzählung: Auch wenn er ein Rasiermesser in den

Händen halten kann, sinnvoll agieren kann er damit nicht – heraus kommen bloß Mord und Totschlag, nicht etwa Kultur. Am Einsatz der Schneide entscheidet sich eben auch die Differenz zwischen Affe und Mensch.

Im Kontrast zum Tier, das nicht versteht, sondern fatal nachahmt, erscheint Dupins Meisterschaft des Verstehens umso bewundernswerter. Dupin kann aus einem sinnlos erscheinenden Szenario einen sinnvollen Tathergang konstruieren. Der menschliche Intellekt wird auf diese Weise gegenüber dem brutalen (tierischen, unvernünftigen, aber auch triebhaften) Verhalten gleichsam doppelt hervorgehoben: zum einen durch die Tat selbst, die Leib und Kopf des Opfers trennt und damit auch symbolisch auf die Differenz zwischen bloßem Handeln und Verstehen aufmerksam macht; zum anderen durch ihre Aufklärung. Diese Entgegensetzung von Brutalität und Intellektualität bildet das Prinzip der Detektiverzählung überhaupt, das in den Figuren des äffischen Barbiers und des genialen Ermittlers ebenso eindringlich wie folgenreich gestaltet wird.

Vor diesem Hintergrund erscheint es nur konsequent, dass die Gattung der Detektivgeschichte ihren Anfang in einem Text nimmt, dessen Täter sich als Tier entpuppt. Die Jagd stellt, wie der Historiker Carlo Ginzburg gezeigt hat, geradezu die Grundform der Detektion dar, zugleich sind die Jäger als die ersten Detektive der Menschheit anzusehen. Sie schließen aus den Spuren, die sie vorfinden, auf das Tier, das sie erjagen wollen, sie folgen seiner Fährte und müssen seine Bewegungen berechnen.[106] Dafür benötigen sie genau jene Kombination aus Analysefähigkeit, Hartnäckigkeit und Phantasie, die auch Dupin auszeichnet. Gleichzeitig sind die Jäger, wie Ginzburg ebenfalls bemerkt, vermutlich die ersten Geschichtenerzähler der Menschheit, denn sie müssen die zusammenhanglosen Spuren in eine kausale Abfolge von Ereignissen bringen – und nichts anderes heißt ja Erzählen.[107] Insofern ist es auch nur schlüssig, dass Dupin, der Jäger des Affen, mit seinen langen Ausführungen die Funktion eines zweiten und klügeren Erzählers übernimmt – denn nur er kann aufgrund seiner Spurenanalyse die Ereignisse als zusammenhängende Geschichte erzählen.

Nun könnte man die Grundopposition Brutalität vs. Intellektualität durch weitere Facetten ergänzen. So ist Dupins Blick nicht nur ein männlicher, der sich auf tote Frauenleiber richtet, sondern auch ein weißer; wohingegen die Brutalität des Affen mit Konnotationen des Fremden, anderen und Schwarzen versehen wird, Konnotationen, die im amerikanischen Kontext der Zeit vor dem Sezessionskrieg durchaus rassistische Implikationen besitzen können.[108] Hier soll das Augenmerk aber weiter auf dem Affen als Tier liegen, auch, weil der Text in besonderem Maße die naturkundlichen Aspekte der Ähnlichkeit bei gleichzeitiger Differenz betont. Lässt man den Affen Affe sein, so zeigt sich die Begründungslogik des Textes und des Genres der Detektiverzählung insgesamt: einer Gattung nämlich, die die mentale Überlegenheit des Ermittlers immer wieder neu inszeniert und dabei den Lesenden die Möglichkeit eröffnet, sich selbst angesichts des Verbrechens auf die Seite der Rationalität, d. h. der Aufklärung zu stellen, zugleich aber den Blick auf das Verbotene zu genießen.

In der Geschichte der Gattung wird im Folgenden an die Stelle des Affen der menschliche Verbrecher treten, mit dem sich der Ermittler misst. Ein Echo findet die kriminelle Karriere des Affen allerdings noch in einer Erzählung von Patricia Highsmith, einer zeitgenössischen Autorin von Kriminalromanen. »Eddie und die eigenartigen Einbrüche« (1975) dreht sich um das Kapuzineräffchen Eddie – sein Name ist sicherlich nicht zufällig eine Abkürzung des Vornamens Edgar –, das von seiner diebischen Besitzerin Jane darauf dressiert wurde, die Türen fremder Häuser zu öffnen. Weil Jane Eddie schlecht behandelt, geraten die beiden in eine Auseinandersetzung, in deren Verlauf das Äffchen die Frau tötet. Sowohl bei Eddies Ausbildung als Einbrecher als auch bei Janes Tötung spielt die äffische Nachahmung eine wichtige Rolle. Denn Eddie benutzt bei dem Gefecht nicht nur seine Zähne, sondern auch einen Aschenbecher, eine Muschelschale und ein Messer, Letzteres »so, wie er es bei Menschen beobachtet hatte«.[109] Anders als bei Poe erhalten wir bei Highsmith Einblick in Eddies Wahrnehmungen und Empfindungen. So heißt es, als Eddie Jane schließlich mit Hilfe einer großen Muschel erschlägt:

> *Eddie rutschte aus und machte einen Purzelbaum, aber er hielt die Muschel fest und schlug abermals zu. Das Knacken klang in seinen Ohren befriedigend. Knack! Knack! Von dem Haufen kam ein jämmerliches Stöhnen.*
>
> *Und so grundlos, wie er das Messer hatte fallen lassen, ließ Eddie die Muschelschale auf den Teppich fallen und verpaßte ihr einen nervösen Tritt. (202)*

Zweierlei ist an der Darstellung Eddies besonders aufschlussreich. Einerseits werden uns seine Empfindungen durch die Innenperspektive nachvollziehbar dargestellt. Jane hatte in den vorangehenden Passagen mehrfach angedroht, ihn zu töten, insofern ist die Befriedung, die er empfindet, als er auf Jane mit der Muschel einschlägt, durchaus verständlich und motiviert. Andererseits bleibt auf der Ebene der Darstellung eine Restdifferenz, die sich in seinem unbegründeten Fallenlassen der Muschel ausdrückt. Sie wird von Highsmith mit der Formulierung »grundlos« (im englischen Original: »for no reason«[110]) markiert, in der sich neben der mangelnden Motivation auch die Abwesenheit von Vernunft verbirgt. Eddies Verhalten ist demnach zugleich verständlich und fremd, nachvollziehbar und unbegründet.

Der Kontrast zu Poes Erzählung dürfte deutlich sein. Poes Orang-Utan agiert verständnislos nachahmend mit dem Rasiermesser und demonstriert dabei nur die Differenz zwischen tierischer Brutalität und menschlicher Analysefähigkeit. Eddie dagegen handelt quasi menschlich. Für einen Text aus den 1970er Jahren ist das keine so überraschende Darstellung – womit wir wieder beim Anfang dieses Kapitels wären, an dem die Nachahmungshierarchie durch die Nüsse knackenden Schimpansen in Frage gestellt wurde.

Auch in der Primatologie lässt sich eine Entwicklung oder Verschiebung hinsichtlich des Verständnisses äffischer Nachahmung erkennen. Schon Wolfgang Köhler, einer der Pioniere der Primatologie, hat 1917 bemerkt, dass es »bei Tieren mit dem anscheinend so leichten Nachahmen im allgemeinen recht schlecht bestellt ist«,[111] und damit die landläufige Vorstellung des schlichten Nachäffens hinterfragt. Wenn Nachahmen bedeutet, dass der Nachahmende in der Lage sein muss, den ›Vormacher‹ zu beobachten, den Sinn seiner Handlung zu verstehen und zu reproduzieren, dann ist es gar nicht so simpel. In Bezug auf das tierische Nachahmen scheiden sich die Geister insbesondere an der Frage, welche Bedeutung man genau dieser Einsicht in den Sinn von Handlungen zuzuweisen hat.

Die Forschung diskutiert in diesem Zusammenhang einige Verhaltensweisen von Affen, die inzwischen den Charakter von ›Klassikern‹ angenommen haben. An erster Stelle wird immer wieder das Waschen von Süßkartoffeln durch die Makaken der Insel Koshima zitiert. Im Jahr 1953 beobachteten japanische Forscher, dass ein Weibchen namens Imo eine der Süßkartoffeln, die von den Wissenschaftlern an die Affen ausgeteilt wurden, in einem Bach wusch, um sie vom Sand zu reinigen. Imos Beispiel machte Schule und verbreitete sich sukzessive in der Gruppe. Einige Jahre später reinigten zahlreiche Mitglieder der Gruppe ihre Kartoffeln, wobei sie sie inzwischen auch zum Meer trugen, wohl um sie dadurch zu salzen. Dieses Verhalten hat sich bis in die Gegenwart erhalten.

Sicher ist, dass Imo als Vormacherin anzusehen ist, denn das Waschen von Nahrung ist vorher bei den Affen nicht aufgetreten. Die Frage bleibt aber, ob die anderen sie tatsächlich mit Einsicht imitiert haben. Oder haben sie vielleicht nur interessiert beobachtet, was Imo macht, mussten den Sinn ihres Verhaltens aber erst selbst durch Versuch und Irrtum jeweils individuell erlernen?[112] Man mag solche Fragen für Haarspalterei halten – gerade in der Debatte um die Kultur von Tieren bekommen sie enorme Bedeutung. Denn mit ihnen wird immer auch diskutiert, ob es grundsätzliche oder nur graduelle Unterschiede zwischen den Primaten gibt.

Nun hat man die tierische Imitation nicht nur von Seiten des Nachahmenden, sondern auch von Seiten des Vormachenden untersucht. Denn die Frage der Einsicht lässt sich ja auch auf den Lehrenden projizieren. Gibt es Belege dafür, dass nichtmenschliche Primaten Informationen mit Einsicht in das Kenntnisdefizit des Gegenübers weitergeben? Auch hier existiert ein prominentes Beispiel, nämlich das der Schimpansenmütter im Taï-Nationalpark an der Elfenbeinküste, die ihren Kindern das Nüsseknacken vormachen. Aus den Beschreibungen ihres Verhaltens geht hervor, dass die Mütter dabei besonders vorgehen. Sie arbeiten langsamer als üblich und versichern sich, dass ihr Kind aufpasst.[113] Dennoch benötigen die Jungen vergleichsweise lange, sprich: mehrere Jahre, um die Technik zu erlernen, so dass der Verhaltensbiologe Andreas Paul zu dem Schluss kommt: »Beides Mal mangelt es an Einsicht: Der Zuschauer hat Mühe, den Sinn im Tun des anderen zu begreifen, und der ›Lehrer‹ weiß nicht, daß er selbst mehr weiß als der ›Schüler‹.«[114]

Um das menschliche Lernen durch Imitation von dem der Affen zu unterscheiden, wird in der neueren Forschung mit dem Begriff der Kooperation gearbeitet. Imitationsverhalten ist zunächst einmal egoistisch motiviert. Soziale Tiere beobachten einander und ahmen andere nach, weil sie sich davon Vorteile erwarten. Nicht zufällig drehen sich alle genannten Beispiele um die Nahrungsaufnahme, bei der die Werkzeuge behilflich sind.

Dagegen lässt sich die aktive Vermittlung von Wissen beim Menschen als altruistisches Verhalten interpretieren, zumindest wenn man dem Anthropologen Michael Tomasello folgt. Was gelehrt wird, so argumentiert er, bleibt der Gruppe als Wissen erhalten und kann als Basis für Neuerungen dienen. Diese für Menschen typische Weitergabe von Wissen führt zu der besonderen Komplexität ihrer Kultur. Durch sie entsteht das, was Tomasello als »kulturellen Wagenhebereffekt«[115] bezeichnet. So wie der Wagenheber es dem Einzelnen erlaubt, ein Gewicht zu heben, das er allein nie bewegen könnte, schraubt der kulturelle Wissenstransfer das jeweilige Individuum in Höhen, die es allein nie erreichen könnte. Wir müssen das Rad eben nicht immer wieder neu erfinden.

Achtes Kapitel

Kopfnüsse

*I*m Jahr 1957 machte der malende Schimpanse Congo nicht nur in der Kunstwelt Furore. Seine Bilder mit ihren typischen Fächermustern ähnelten denen der zeitgenössischen abstrakten Malerei auf verblüffende Weise (Abb. 8). Sie erzielten beträchtliche Preise und wurden in mehreren Ausstellungen präsentiert: mal gemeinsam mit den Bildern einer Schimpansin, mal zusammen mit Kinderbildern und Werken der Action-Painting-Malerei. Hinter Congo stand der Zoologe Desmond Morris, selbst im Nebenberuf Maler, der den Schimpansen allerdings nach eigener Aussage »weder angeleitet noch in anderer Weise beeinflußt, sondern lediglich mit dem Mal- und Zeichenmaterial ausgerüstet und mit der Handhabung vertraut gemacht«[116] hatte. Zu Congos Berühmtheit trug sicherlich auch bei, dass er dem Publikum bereits als Fernsehkomparse aus einer wöchentlichen Tiersendung, die Morris moderierte, bekannt war. Seine Künstlerlaufbahn währte allerdings nur kurz. Mit der Pubertät verlor er das Interesse am Malen.[117]

Man könnte meinen, dass Morris mit seinem äffischen Malschüler Congo eine uralte Vorstellung quasi wörtlich genommen hat. Schon seit der Antike wird der Künstler nämlich mit dem Affen verglichen. Denn so wie die Affen die Menschen nachahmen, imitieren die Künstler die Natur – was im Altertum auf die Formel »ars simia naturae«,[118] die Kunst ist der Affe der Natur, gebracht wurde. Dass dieser Vergleich für die Künstler nur bedingt schmeichelhaft ist, dürfte klar sein.

Abb. 8 *Ein typisches Fächerbild von Congo, ca. 1957*

Er überträgt jene Hierarchie, in der der Affe als der unfähige Nachahmer des Menschen gilt, auf die künstlerischen Hervorbringungen, die gegenüber dem Original, der Natur, ebenfalls als sekundär und damit minderwertig eingeschätzt werden. Congo könnte zum einen als der lebende Beweis dieser Vorstellung dienen, zum anderen – und das stellt eine besondere Pointe dar – gelangte er selbst nie zum Stadium gegenständlicher Malerei, zu dem Kleinkinder im Lauf ihrer Entwicklung übergehen.[119]

Die kunstkritische Tradition des Affenvergleichs geht letztlich auf die Philosophie Platons zurück. Von ihm gibt es das berühmte Diktum, dass die Dichter lügen.[120] Für Platon ist die Dichtung, ebenso wie die Kunst insgesamt, nur eine schlechte Kopie der Wirklichkeit, der Phänomene, die ihrerseits wiederum nur Abbilder der Ideen sind. In der Hierarchie der platonischen Ideenlehre sind die Produkte der Kunst demnach Abbildungen von Abbildungen – und müssen daher die Ideen noch weiter verfälschen, als es die Welt der Erscheinungen ohnehin schon tut. Als schlechte Kopien erregen sie die Menschen, nähren das Unvernünftige in ihnen und untergraben die mühsame Arbeit der Affektkontrolle, weswegen Platon sie aus seinem idealen Staat verbannt.

In Platons Ideenlehre lässt sich demnach genaue jene Logik des Ersten erkennen, das Primat im Sinne des Wortes, auf die wir auch schon bei der Bewertung des nachahmenden Affen gestoßen sind. Von daher ist es auch kein Wunder, dass in der seiner Philosophie folgenden Tradition Affe und Künstler zusammengedacht werden: Nachahmer sind sie beide, und sie erreichen in ihren Nachahmungen niemals das Vorbild. Insofern stehen die Künstler seit der Antike unter einem ziemlich starken Rechtfertigungsdruck.

Wie gut, dass es Platons Schüler Aristoteles gibt, der sich von seinem Lehrer in vielerlei Hinsicht emanzipiert hat, auch in der Bewertung von Kunst. Denn für Aristoteles steht der Mensch auf der *scala naturae* nicht nur an der Spitze der Lebewesen, er ist auch ihr oberster Nachahmer:

> *Denn sowohl das Nachahmen selbst ist den Menschen angeboren – es zeigt sich von Kindheit an, und der Mensch unterscheidet sich dadurch von den übrigen Lebewesen, daß er in besonderem Maße zur Nachahmung befähigt ist und seine ersten Kenntnisse durch Nachahmung erwirbt – als auch die Freude, die jedermann an Nachahmungen hat. Als Beweis hierfür kann eine Erfahrungstatsache dienen. Denn von Dingen, die wir in der Wirklichkeit nur ungern erblicken, sehen wir mit Freude möglichst getreue Abbildungen, z. B. Darstellungen von äußerst unansehnlichen Tieren und von Leichen.*[121]

Nach Aristoteles ist der Mensch geradezu durch das angeborene Nachahmen definiert, das der Philosoph äußerst positiv einschätzt, denn es ist mit Lernen und Freude verbunden. Seine Überlegungen über das besondere Maß menschlicher Nachahmungsfähigkeit wird jeder nachvollziehen können, der einmal ein Kleinkind beim Spielen beobachtet hat. Aber die Freude an Nachahmungen endet eben nicht mit der Kindheit, sondern erstreckt sich auch auf den Bereich der Kunst. Vieles, das wir in der Realität schauderhaft finden würden, betrachten wir gerne, sobald es auf Bildern in erträgliche und ungefährliche Entfernung gerückt wird. Aristoteles entwickelt hier quasi eine erste Theorie des Vergnügens am Schrecklichen.

Seine Bemerkungen finden sich in der »Poetik«, dem Text, in dem er seine Überlegungen zur Dichtkunst formuliert. Das ist kein Zufall, denn die Definition des Menschen als nachahmendes Lebewesen steht in unmittelbarem Zusammenhang mit der Aufwertung der Kunst, die Aristoteles in diesem Text unternimmt. Auch Dichtung ist laut Aristoteles nämlich Nachahmung, *mímesis,* wie der altgriechische Ausdruck dafür lautet, und sie geht aus den genannten beiden Ursachen, dem angeborenen Nachahmen und der Freude daran, hervor. Deswegen kann Aristoteles die Dichtung auch als sinn- und wertvoll einschätzen – anders als sein Lehrer Platon. Das gilt ebenso für die Emotionen, die z. B. in der Tragödie oder Komödie erregt werden. Sie ermöglichen die Entladung und damit Entlastung *(kátharsis)* von Affekten und tragen auf diese Weise zum inneren Gleichgewicht des Menschen bei. Denkt man an unsere gegenwärtigen Debatten über die Wirkung von Gewaltdarstellungen oder Computerspielen, so kann man in den antiken Philosophen geradezu idealtypisch die Ahnherren der heute noch vertretenen Positionen erkennen: Platon warnt vor Nachahmungstätern, Aristoteles betont die spielerische Gefühlsabfuhr.

Vor dem antiken Hintergrund wird sichtbar, in welchem enormen Spannungsfeld sich die Bewertung von künstlerischer Nachahmung bewegt. Einerseits kann sie als defizitär verstanden werden, wenn sie an einem ihr vorgängigen Nachgeahmten (seien es die Ideen, die Natur, die göttliche Schöpfung) gemessen und dieses als uneinholbares Vorbild gesetzt wird. Andererseits beruht sie auf einem anthropologischen

Faktum, das dem Menschen das Lernen ermöglicht, und besitzt zugleich eine Vergnügungs- und Entlastungsfunktion.

Gerade im 18. Jahrhundert kocht diese Debatte in besonderer Weise hoch. Hintergrund ist die zunehmende Bekanntheit von Menschenaffen, die lebend nach Europa gebracht und dort als Attraktionen präsentiert werden. So wird aus dem London des Jahres 1738 von einer »Madame Chimpanzee« berichtet, die sich durch gute Manieren und Bescheidenheit auszeichnete. Bei Besuchen durch die Ladies der Society nahm sich das Tier einen Stuhl und »saß wie selbstverständlich darauf, wie ein menschliches Geschöpf, während es Tee trank«.[122] Derartige Tiere provozieren im aufgeklärten Zeitalter die Frage, ob es sich bei ihnen nicht vielleicht doch um ›Naturmenschen‹ handele, die man durch Ausbildung und Erziehung verbessern könne.

Quasi im Gegenzug zur Entdeckung der begabten Tiere entwickelt sich im letzten Drittel des 18. Jahrhunderts in Deutschland eine künstlerische Bewegung, nämlich der Sturm und Drang, die sich von allem, was Nachahmung ist, absetzen will, sei es nun die der Natur oder die besonders vorbildlicher Autoren. Diese jungen Männer, unter ihnen Goethe und Schiller, wollen machen, was ihnen passt, und erklären sich der Einfachheit halber gleich zu Genies. Sie selbst sind die Originale, und originell soll auch ihre Kunst sein, nicht aus dem »Affentalent gemeiner Nachahmung«[123] geboren, wie Schiller abschätzig bemerkt.

In diese Kerbe schlägt dann auch noch der romantische Schriftsteller E. T. A. Hoffmann, dem man sicherlich eine besondere Affinität zu Tieren unterstellen kann. Sein literarischer Kosmos wird von Tierfiguren bevölkert, die bekannteste unter ihnen ist sicherlich der Kater Murr, für den Hoffmanns eigener Kater gleichen Namens Pate stand. Daneben gibt es den Hund Berganza, den Meister Floh und nicht zuletzt den Affen Milo. Er tritt in dem kurzen Text »Nachricht von einem gebildeten jungen Mann« (1819) auf, in dem er einen Brief an seine Freundin Pipi in Nord-Amerika schreibt und ihr von seinem Schicksal berichtet. Milo, der »gebildete Affe«,[124] berichtet darin, welche hervorragenden Fortschritte er inzwischen in der menschlichen Kultur gemacht habe. Er, der sich in seiner Jugend von Baum zu Baum schwang, hat es nämlich zum gefeierten Musikvirtuosen gebracht. Nur mit Schrecken schafft er es, an die

> armen Verwandten zu denken, die noch in den weiten, unkultivierten Wäldern auf den Bäumen herumhüpfen, sich von rohen, nicht erst durch Kunst schmackhaft gewordenen Früchten nähren, und vorzüglich Abends gewisse Hymnen anstimmen, in denen kein Ton richtig, und an irgend einen Takt, sei es auch der neuerfundne ⅞tel oder ¹³⁄₄tel Takt, gar nicht zu denken ist. (420)

Rohe Früchte und taktlose Naturlaute – Milo kann seine Gefangennahme durch einen Jäger nur als Befreiung verstehen, durch die er in den Genuss der menschlichen Kultur kam. Der Affe argumentiert hier als ein Vertreter der Aufklärung und zugleich als Gegner des Philosophen Jean-Jacques Rousseau. Dieser hatte Mitte des 18. Jahrhunderts die Rückkehr zur Natur gefordert und das Bild eines Naturzustands entworfen, in dem die Menschen frei und ungebunden von gesellschaftlichen Zwängen glücklich in den Wäldern gelebt hätten. Das brachte ihm von Voltaire, einem der Hauptverfechter der Aufklärung, den spöttischen Kommentar ein, man bekäme bei der Lektüre seiner Schrift Lust, auf allen vieren zu gehen.[125] Voltaire und nicht Rousseau, Vervollkommnung durch Kultur und nicht zurück zur Natur, das ist Milos Devise.

Die Art und Weise seiner Gefangennahme wird uns bekannt vorkommen. Er tappt in die Falle der von den antiken Autoren erwähnten, mit Leim präparierten Stiefel, in die er entgegen den Warnungen eines misstrauischen Onkels schlüpft. Ein typischer Fall von äffischer Nachahmung, die Milo selbst folgendermaßen erklärt:

*Ich sah noch in der Entfernung den Jäger gehen, dem die, den
zurückgelassenen ganz ähnlichen Klappstiefeln herrlich standen. Der ganze Mann erhielt eben nur durch die wohlgewichsten Stiefeln für mich so etwas Grandioses und Imposantes –
Nein, ich konnte nicht widerstehen; der Gedanke, eben so stolz,
wie jener, in neuen Stiefeln einher zu gehen, bemächtigte sich
meines ganzes Wesens [...]. (420)*

Milo begehrt nicht nur den aufrechten Gang des Jägers, sondern den Überschuss an Ansehen, das »Grandiose«, »Impo-
sante«, das ihm die »wohlgewichsten Stiefel« verleihen. Nur
Menschen gehen aufrecht, und nur sie tragen überhaupt
Schuhwerk, um ihre Füße zu schützen – die Stiefel potenzie-
ren beides. Wie der gestiefelte Kater im Märchen erhofft sich
auch Milo eine Steigerung seines Ansehens durch die Imitation des Jägers. Hoffmann entwickelt hier eine Logik der sozialen Nachahmung, die auch in der zeitgenössischen Philosophie des 18. Jahrhunderts, z. B. von Christian Garve formuliert
wurde: »Viele bemühn sich, Einem, den sie für vortrefflich
halten, ähnlich zu werden, weil sie dadurch ihren eignen
Wert zu erhöhen hoffen«.[126]

Das ist ganz im Sinne der Evolutionstheorie gedacht, die
von der *imitation of the fittest*[127] spricht, wenn erfolgreiche Verhaltensweisen zur Verbesserung der eigenen Chancen übernommen werden. Milos erster Nachahmungsakt steht demnach im Dienst seines Strebens nach sozialer Geltung. Dieses
Streben wird zum Prinzip seines gesamten weiteren Verhaltens und seiner künstlerischen Laufbahn.

Damit diese Laufbahn in Gang kommt, bedarf es allerdings noch eines weiteren Anstoßes, und zwar im Wortsinn:
Während Milo vom Jäger fortgeschleppt wird, versucht der
Onkel ihn zu verteidigen, indem er mit Nüssen, genauer: Ko-
kosnüssen, wirft. Eine von ihnen trifft Milo am Hinterkopf
und bringt dort mit der Beule auch »herrliche, neue Organe
zur Reife« (421). Milo drückt sich hier in der Terminologie
von Franz Joseph Gall aus, dem Begründer der sogenannten

Schädellehre. Sie versucht aus der äußeren Form des Schädels Rückschlüsse auf die »Organe« zu schließen, Hirnregionen nämlich, in denen bestimmte Eigenschaften oder Fähigkeiten verortet werden. Die Größe und Ausprägung dieser »Organe« sollen Gall zufolge den Charakter des Menschen bestimmen. Milos Umkehrschluss, dass auch aus Beulen Organe entstehen können, ist aber sicherlich nicht in Galls Sinne.[128] Das gibt schon einen ersten Hinweis darauf, dass die Aussagen des Affen nicht allzu ernst genommen werden sollten. Der Treffer mit der Kokosnuss stellt vielmehr eine Art »Kopfnuss« dar, die ja bekanntlich das Denkvermögen erhöhen soll.

Die Kombination von angeborenem Nachahmungstrieb und Kokosnuss führt zu Milos brillanter Karriere. Er ahmt zunächst die Mienen und Gebärden der Menschen nach, lernt dann Sprechen, Klavierspielen und schließlich auch Singen. Dabei ist er immer getrieben vom Wunsch nach Anerkennung und Beifall und entwickelt beachtliche rhetorische Fähigkeiten, um sein Nachahmen als eigentliche Begabung darzustellen:

> Es verfertigt irgend Jemand etwas, sei es ein Kunstwerk oder sonst; alles ruft: das ist vortrefflich: gleich macht der Weise, von innerm Beruf beseelt, es nach. Zwar wird etwas anders daraus; aber er sagt: So ist es eigentlich recht, und jenes Werk, das ihr für vortrefflich hieltet, gab mir nur den Sporn, das wahrhaft Vortreffliche an's Tageslicht zu fördern, das ich längst in mir trug. (422)

Dabei betreibt Milo – in den Worten Nietzsches – eine Umwertung aller Werte. Er verkehrt die Prioritäten, indem er das dem Original Nachgeahmte, die Kopie also, als das eigentliche, bessere Werk ausgibt. Denkt man an Platons Argumentation zurück, die eine abfallende Linie von Urbild über Abbild hin zur Nachbildung vorsah, so wird deutlich, wie fundamental die Umkehrung der kulturellen Logik ist, die der Affe formuliert. Milo selbst bezeichnet sich nämlich in seinem Nachahmen mehrfach als Genie, etwa wenn er, dessen Hände zwei Oktaven greifen können, von einem Klavierbauer fordert, er solle ihm ein Instrument mit neun bis zehn Oktaven bauen, »denn kann sich wohl das Genie beschränken auf den elenden Umfang von erbärmlichen sieben Oktaven?« (424 f.)

Damit greift er auf genau jenen Kampfbegriff zurück, mit dem sich die jungen Männer des Sturm und Drang in den 1770er Jahren von der Tradition der künstlerischen Nachahmung abgewandt hatten. Das Genie orientiert sich weder an vorbildlichen Autoren noch an einer außer ihm selbst liegenden Natur, sondern es schöpft ganz aus sich selbst. Es kann sich daher als alleiniger Urheber seines Werks betrachten, was dazu führt, – dies nur als Pointe nebenbei – dass genau in der Blütezeit der Genie-Auffassung das Urheberrecht kodifiziert wurde. Auch unsere gegenwärtigen Debatten um das Schicksal des geistigen Eigentums im digitalen Zeitalter atmen noch den Geist jenes Genie-Begriffs, der für den einen, genialen, originalen Urheber auch das alleinige Verwertungsrecht an seinen Werken fordert.

Das Genie betrachtet sich demnach als gottgleichen Schöpfer eigenen Ranges. Dies ist eine spezifisch moderne Vorstellung, die mit der platonischen Logik allerdings nur in der Hinsicht gebrochen hat, dass sich der Künstler an die Stelle der göttlichen Instanz setzt; er bringt eben nicht Ab- oder Nachbilder, sondern Originale hervor. Wenn der vom »Nachahmungstrieb« (422) beseelte Milo sich nun selbst als Genie bezeichnet, dann verkehrt er nicht nur die kulturelle Logik der Priorität, wie wir sie von Platon her kennen, sondern auch die der Ästhetik seiner Zeit. Ein nachahmendes Genie ist hier gerade nicht denkbar, es ist ein Widerspruch in sich. Aber genau als dieses geriert sich Milo immer wieder: Das Nachahmen, der Nachahmungstrieb sei sein ›innerer Beruf‹, seine natürliche Begabung, sein eigentlicher Drang.

Wie oberflächlich und fragwürdig diese Nachahmung ist, zeigt sich dabei an jeder Stelle. Milos Klavierspiel zeichnet sich vor allem durch die virtuosen Sprünge aus, die ihm die

Spannbreite seiner Hände ermöglicht – und die nicht zufällig an sein früheres Herumhüpfen auf den Bäumen erinnern. Sein Gesang ist deswegen so famos, weil er von Natur aus eine Falsettstimme besitzt. Zugleich beherrscht er genau drei musikalische Verzierungen, die er »statt der von dem Komponisten intendierten Melodie« (426) singt. Und bei seinen Kompositionen schert er sich nicht um die anderen Instrumente und all das, was »die Partitur anfüllt«: »[F]ür ein Genie, für einen Virtuosen, ist das alles viel zu abgeschmackt und langweilig«. Auch hier geht es ihm, wie schon beim Begehren der Stiefel, nur um eines: »gelten; das ist genug« (426).

Den Leser mag inzwischen ein gewisses Misstrauen gegenüber Milos Aussagen beschlichen haben. Zu Recht. Nicht nur mit Blick auf die zeitgenössische ästhetische Diskussion werden die Signale, dass hier ironisch gesprochen wird, also das Gegenteil des Gesagten gemeint ist, langsam unübersehbar. Zugleich werfen die Äußerungen des parasitären Kopisten auch ein eigenartiges Licht auf sein menschliches Publikum, das seinem Treiben ja offenbar Beifall spendet und den virtuosen Affen hofiert, ja ihm sogar verzeiht, wenn er beim Anblick eines Nussbaums in seine tierische Natur zurückfällt und flink hinaufklettert, um die Nüsse zu ernten.[129]

Beides, die ironische Problematisierung von Milos Aussagen und die Kritik an seinem Publikum, verstärken sich noch, wenn man die Rahmung betrachtet, in der Milos Brief zu stehen kommt. Er befindet sich in den »Kreisleriana«, einem Ensemble von Texten, die Hoffmann um den von ihm erfundenen Kapellmeister Johannes Kreisler gruppiert hat. Hoffmann hat den Namen Kreisler zunächst selbst als Pseudonym für eigene Texte und Rezensionen genutzt und dann einige von ihnen als Schriften Kreislers, »Kreisleriana« eben, herausgegeben. Die biographisch grundierte Figur Kreisler stellt für Hoffmann den romantischen Künstler par excellence dar. Er ist von seiner Kunst derart beseelt und überwältigt, dass er in den Wahnsinn zu gleiten droht. Im Kontrast zu ihm erscheint Milo als Vertreter einer älteren Ästhetik, die sich in Nachahmen erschöpft, aber genau nicht individuell ist – anders als Kreisler, der seine Seele in seinen musikalischen Phantasien ausspricht und ein Reich des Unerhörten eröffnet.

Hoffmann nutzt die Figur des Affen demnach, um ironisch mit einer in seinen Augen falschen und veralteten Musikästhetik und mit einem leichtgläubigen, durch bloße Effekte zu begeisternden Publikum abzurechnen. Im Grunde entwirft er damit eine Satire auf den bürgerlichen Musikbetrieb seiner Zeit, in dem ein sich als Genie gebärdender Affe von einem musikalisch ignoranten Publikum gefeiert wird. Der Autor bedient sich dabei einer Technik, die er sich bei dem Kupferstecher Jacques Callot abgeschaut hat, nämlich »aus Tier und Mensch geschaffne groteske Gestalten«[130] zu entwerfen. Der Affe Milo ist eine solche groteske Tier-Mensch-Gestalt, deren prahlerische Aussagen mit subtilen Ironiesignalen versehen werden.

Weil der Affe hier also in der bekannten Tradition das bloße Nachäffen verkörpert und quasi eine Allegorie darstellt, muss sich Hoffmann auch nicht mit dem Problem des Übergangs zwischen Mensch und Tier beschäftigen. Im Gegenteil, der Text macht die Spekulationen über eine mögliche Vervollkommnungsfähigkeit der Affen, die noch die Aufklärung anstellen konnte, durch den Wurf der Kokosnuss und Milos ›selbstgestrickte‹ Beulentheorie lächerlich.

Man könnte den Text allerdings auch gegen Hoffmanns eigene Intentionen lesen, also gleichsam ›gegen den Strich‹, und unter dem Fell des Affen die nackte Haut des Menschen entdecken. Wenn man das gedankenexperimentell ausprobiert, so zeigt sich zweierlei: Zum einen wird deutlich, wie elitär und exklusiv das vom Text vertretene Künstlermodell ist; es ist eben nicht jedem Affen zugänglich, sondern verlangt ein Originalgenie. Zum anderen aber nimmt die äffische Kunst Milos bereits die spezifisch postmoderne Ästhetik des Zitierens und Kopierens vorweg. Milo nutzt, was ihm und dem Publikum gefällt, und er arrangiert diese Fragmente, um größtmögliche Effekte und Beifall zu erzielen. Das alles bleibt auf der bloßen Oberfläche, hinter der sich eben kein genialer Geist verbirgt.

Mit dieser Ästhetik des Kopierens aber wird genau jenes Primat von Vor- und Nachbild außer Kraft gesetzt, das auch die Differenz zwischen Mensch und Affen regiert. Erlaubt ist, was gefällt, auch wenn es von einem Affen stammt. Das führt uns zum Anfang zurück: Sobald Menschen die Bilder des Schimpansen Congo als Kunst erwerben, sind sie das auch. Das ist sicherlich nicht Hoffmanns Position, aber dennoch bringt sein Text die Hierarchie zwischen Mensch und Tier ins Wanken: Wenn das menschliche Publikum sich von dem äffischen Treiben begeistern lässt – wo bleibt dann der Unterschied?

Neuntes Kapitel

Bequemes Loch,
auf Wiedersehen

*Eine kleine Affenmutter mag ihr totes Junges noch eine Zeit-
lang mit sich tragen, bis sie es irgendwo am Wege fallen läßt
und verliert. Sie weiß nichts vom Sterben, weder von dem ihres
Kindes noch von dem eigenen. Menschen wissen dies, und darum wird für sie der Tod zum Problem.*[131]

M it diesen entschiedenen Worten verneint der Soziologe
Norbert Elias die Möglichkeit eines Todesbewusstseins
bei den höheren Primaten. Während der Maler Gabriel von
Max noch um 1900 einen Affen darstellt, der beim Anblick
eines Skeletts über den Tod zu sinnieren scheint (Abb. 9), geht
Elias von einem kategorialen Unterschied zwischen Mensch
und Tier aus. Er kann sich dabei auf Berichte über Äffinnen
stützen, die ihr totes Baby zunächst noch zu säugen versuchen und sein Fell pflegen. Erst nach Tagen, wenn der Leichnam bereits verwest, lassen sie von ihm ab und geben den
mumifizierten Körper irgendwann ganz auf.[132] In diesem Verhalten erkennt man zum einen die starke Bindung der Mutter an das Kind, das sie zunächst im Wortsinn nicht loslassen
kann. Gerade aber die Tatsache, dass die Mutter ihr verstorbe-
nes Kind wie ein lebendiges behandelt, belegt zum anderen,
dass sie keine Vorstellung von seinem Tod besitzt.

Möglicherweise unterscheiden sich Schimpansen auch hierin von den anderen Affen; Forscher jedenfalls haben bei den
sonst so lärmenden Tieren Schweigen und Stille angesichts
von toten Gefährten beobachtet.[133] Das könnte auf ein rudi-

Abb. 9 *Gabriel von Max: Affe vor Skelett, um 1900*

mentäres Konzept vom Tod hinweisen. Das Wissen um die eigene Sterblichkeit aber, das Elias so nachdrücklich für den Menschen reklamiert, lässt sich daran aber wohl kaum ablesen.

In der Debatte um das Todesbewusstsein der nichtmenschlichen Primaten wird gern ein Gespräch zitiert, das die Gorilladame Koko mit einem ihrer Lehrer in der Gebärdensprache ASL geführt hat:

Lehrer	*Wann sterben Gorillas?*
Koko	*Beschwerden, alt.*
Lehrer	*Wohin gehen Gorillas, wenn sie sterben?*
Koko	*Bequemes Loch, auf Wiedersehen.*
Lehrer	*Was fühlen Gorillas, wenn sie sterben: Glück, Trauer oder Angst?*
Koko	*Schlafen.*[134]

Auch wenn man Kommunikations- und Übersetzungsprobleme zwischen dem menschlichen Lehrer und der tierischen Schülerin in Anschlag bringt, so sagen Kokos Zeichen eben gerade nichts über ihr Wissen um den Tod aus. Vielmehr formuliert sie in ihnen Analogien, die uns allen wohlbekannt sind, wenn wir euphemistisch vom Sterben als Abschied oder Schlaf sprechen. Vom Tod selbst ist zumindest bei Koko gerade nicht die Rede, auch wenn ihr Lehrer das mit seinen Fragen (Glück, Trauer, Angst) suggerieren mag.

Die ungeheure kulturelle Produktivität, die die Menschen um den Tod herum entfaltet haben, ist tatsächlich singulär: Davon zeugen nicht nur die zahlreichen Bestattungsrituale, sondern vor allem die Religionen, deren Funktion u. a. in der Bewältigung der Todesangst besteht. Die Furcht vor dem, was kommen mag, wenn wir unseren sterblichen Teil abgelegt haben, kann sich offenbar nicht mit der Aussicht auf ein »bequemes Loch« zufriedengeben. Für unsere Definition dessen, was menschlich ist, spielt das Ritual der Beisetzung eine entscheidende Rolle. Dies belegt im Umkehrschluss auch die Klassifikation der sensationellen Knochenfunde, die 2013 in der Rising-Star-Höhle in Südafrika entdeckt wurden. Die Fossilien ähneln zwar teils noch denen von Menschenaffen, sind aber wie in einer Art Gruft bestattet worden. Deswegen wurde die neue Art *Homo naledi* benannt und unserer Gattung zugerechnet.[135]

Auch in einem Roman aus dem frühen 18. Jahrhundert, Johann Gottfried Schnabels »Insel Felsenburg« (1731–1743), dient der Umgang mit Tod und Trauer dazu, die Eigenart des Menschen herauszuarbeiten. Bei dem Text handelt es sich um eines dieser Bücher mit Schicksal: Erst hochberühmt und viel gelesen, dann zum Kinderbuch erklärt und schließlich ganz vergessen.

Seine Handlung spielt auf einer utopischen Insel, die Schnabel als Schauplatz eines besseren Lebens entwirft und dem verkommenen Europa entgegensetzt. Wie Robinson Crusoe finden sich die Protagonisten Albertus und Concordia nach einem Schiffbruch auf einem einsamen, paradiesischen Eiland wieder. Und wie ein neuer Adam und eine neue Eva könnten sie nun ein neues Geschlecht gründen. Aber anders als bei den ersten Menschen steht etwas zwischen ihnen, nämlich ihre Vorgeschichte. Concordia trauert um ihren Ehemann, den Kapitän des Schiffs, der kurz nach dem Schiffbruch von dem Bösewicht Lemelie ermordet wurde. Albertus wiederum hat Lemelie getötet, als dieser Concordia vergewaltigen wollte. Die beiden sind bis auf Concordias inzwischen geborene Tochter ganz allein. Aus dieser bevölkerungspolitisch eher ungünstigen Situation gibt es nur einen Ausweg: Sie müssen trotz Concordias Trauer zusammenkommen, zugleich aber muss dies auf eine Weise geschehen, die den Ansprüchen der christlich ausgerichteten Utopie des Autors Schnabel gerecht wird. Es stehen demnach die Forderungen des Lebens gegen die der Pietät.

An dieser Stelle kommen die Affen ins Spiel, die die Insel bevölkern. Zunächst sind die Beziehungen zwischen den Menschen und ihnen feindlich. Die Tiere nehmen es den Menschen übel, dass sie die Trauben der Insel verzehren und verwerten; sie lassen sich aber mit der Flinte in Schach halten. Als die mitleidige Concordia einen verletzten Affen in ihr Haus aufnimmt und pflegt, ändern sich die Verhältnisse. Zu dem Kranken gesellen sich seine Eltern und später auch noch zwei Jungtiere hinzu. Diese Fünfergruppe sondert sich schließlich ganz von ihren Artgenossen ab und lebt als domestiziertes »Hauß-Gesinde«[136] bei den Menschen. Die Tiere erweisen sich als äußerst gelehrig – »alles was wir thaten, afften sie nach« (218) – und helfen in vielerlei Hinsicht. Sie tragen Früchte, Holz und Wasser, wiegen das Kind in den Schlaf und sind auch bei der Verteidigung gegen wilde Affen behilflich. Als »Hauß- und Zucht-Affen« (243) betragen sie sich wie Hunde: Sie geben die Pfote, lecken Hände, tragen Halsbänder und verteidigen Haus und Besitz.[137]

In der Funktion der Affen zeigt sich die Kehrseite der Utopie. Die grundsätzlich auf Gleichheit ausgerichtete Gemeinschaft der Insel Felsenburg benötigt jemanden, der die Position des anderen einnimmt. Von ihm unterscheiden sich die ›Gleichen‹, gegen ihn grenzen sie ihre Identität ab. Prinzipiell kann diese Systemstelle mit verschiedenen Gruppen besetzt werden, häufig sind es Frauen, Fremde oder auch Barbaren. Hier wird sie – mangels anderer Menschen – von den Affen eingenommen. Sie fungieren als »Bediente« (219) und Haustiere, die den Menschen untergeordnet sind. Dadurch bieten sie zugleich eine hervorragende Projektionsfolie, auf der sich kontrastiv die Eigenart des Menschlichen abbilden lässt.

Besonders eindrücklich geschieht dies anlässlich eines Zusammenstoßes mit fremden Affen, die in den heimischen Feldern wüten. Bei diesem Kampf stirbt das ältere Weibchen an einer tödlichen Kopfwunde. Der tierische Trauerfall wird uns folgendermaßen erzählt:

Es war das Weiblein von den 2. Ältesten, und ich kan nicht sagen, wie sehr der Wittber und die vermuthlichen Kinder sich über diesen Todes-Fall betrübt bezeugten. Ich ging nach unse-

rer Behausung, erzehlete der Concordia, was vorgegangen war,
und diese ergriff nebst mir ein Werckzeug, um ein Loch zu ma-
chen, worein wir die auf dem Helden-Bette verstorbene Äffin
begraben wolten; allein, wir traffen bey unserer Dahinkunfft
niemand an, sondern erblickten von ferne, daß die Leiche von
den 4. Leidtragenden in den West-Fluß geworffen wurde, keh-
reten derowegen zurück, und sahen bald hernach unsere noch
übrigen 4. Bedienten gantz betrübt in ihren Stall gehen, worin-
nen sie bey nahe zweymahl 24. Stunden ohne Essen und Trin-
cken stille liegen blieben, nachhero aber gantz freudig wieder
heraus kamen, und nachdem sie tapffer gefressen und gesoffen,
ihre vorige Arbeit verrichteten. (223 f.)

Die Affen, in Sonderheit der ›Witwer‹, trauern um die Tote,
und zwar so sehr, dass sie zwei Tage auf Nahrung verzichten.
Aber im Unterschied zu den Menschen, die den Leichnam begraben wollen, werfen sie die Verstorbene in den Fluss, der
sie hinwegträgt. Gilt für sie nun die Regel »Bestattung finden
wir nur beim Menschen«,[138] die der Verhaltensforscher Irenäus Eibl-Eibesfeldt formuliert hat? Der Text selbst sagt darüber nichts – es ist nicht zu erkennen, ob die Tiere rituell handeln oder nicht.

Wichtig scheinen vielmehr die unterschiedlichen Reak-
tionsweisen auf den Tod zu sein. Anders als die Affen planen
Albertus und Concordia ein Begräbnis für die heldenhafte Äffin. Im Textverlauf wäre das nicht die erste Bestattung. Die
beiden haben vorher bereits den Kapitän und sogar den bösen Lemelie beerdigt. Aber nicht nur das: Eine Gedächtnis-
und eine Schandsäule erinnern auf den Gräbern an die Toten
und ihre Taten; außerdem gibt es »Fest- Bet- und Fast-Tage«
(221), einen auch zu Ehren des Kapitäns. In diesen verschiedenen Formen des Totengedächtnisses drückt sich auch das Bewusstsein der eigenen Sterblichkeit aus. Sowohl die Fähigkeit,
sich zu erinnern, als auch das Wissen um den Tod erfordern
Konzepte von Zeit, Kausalität und Endlichkeit, die offenbar in
diesem Ausmaß nur Menschen besitzen. Das Wissen um die

Vergänglichkeit ist in den christlichen Begräbnisritualen, die die beiden auch in der neuen Welt praktizieren, im doppelten Sinn aufgehoben: in der Erinnerung an den Tod, aber auch in der Hoffnung auf ein Weiterleben nach ihm.

Derartige Trauerriten dienen, in welcher spezifischen Ausprägung auch immer, der Bewältigung der Todesangst. Denn das Sterben der anderen aktualisiert ja das Wissen um die eigene Endlichkeit. Rituale überführen diese bedrohliche Situation in geregeltes Handeln und helfen dadurch, wieder Ordnung und Übersichtlichkeit herzustellen. Das scheint auch grundsätzlich die Funktion von Religionen zu sein: Nichtwissen in Glauben, also Annahmen, zu überführen. Die verschiedenen Jenseitsvorstellungen mit ihren Straf- und Belohnungsszenarien ermöglichen es, den unausweichlichen Tod in ein sinnvolles Ganzes zu integrieren. Vor dem Hintergrund der Religion macht das Sterben, die ultimative Bedrohung überhaupt, Sinn. Und ›Sinn machen‹ ist evolutionär gesehen eine lebensfördernde Maßnahme, weil es Angst und Stress reduziert.[139]

Für die Affen der Insel Felsenburg dagegen existieren diese Probleme nicht. Der Fluss trägt mit dem Leichnam auch die Erinnerung an ihn und den Tod davon. Die Trauerdepression ist im Verlauf von zwei Tagen überstanden, danach sind die Tiere offenbar ganz wiederhergestellt, »freudig«, wie es im Text heißt. Dieser Eindruck wird im Folgenden noch verstärkt. Der Witwer verschwindet nämlich nach einigen Tagen und kehrt mit einem wilden Affenweibchen zurück:

[W]iewohl der alte Wittber sich in wenig Tagen verlohr, doch aber nebst einer jungen Gemahlin nach 6. Wochen wiederum bey uns einkehrete, und den lächerlichsten Fleiß anwandte, biß er dieselbe nach und nach in unsere Haußhaltung ordentlich gewöhnete, so, daß wir sie mit der Zeit so aufrichtig als die verstorbene erkandten, und ihr, das besondere Gnaden-Zeichen eines rothen Halß-Bandes umzulegen, kein Bedencken trugen. (224)

Nicht nur die Schnelligkeit der erneuten Partnerwahl fällt auf. Auch ersetzt die »junge Gemahlin« die Tote derart, dass sie von den Menschen als »die verstorbene« anerkannt und mit dem roten Halsband der Zugehörigkeit ausgestattet wird. Die Tiere werden demnach vom Text auf der Oberfläche anthropomorphisiert, das belegt die Rede vom Witwer und seiner Gemahlin. Dennoch fehlt ihnen die entscheidende Verbindung untereinander, das Ehe-Band nämlich, an dessen Stelle das domestizierende Halsband tritt. Auf der christlichen Insel Felsenburg herrscht unter den Haus-Affen zwar die monogame Paarbindung. Sie wird allerdings durch die Menschen – und nicht göttlich – legitimiert. Für den äffischen Witwer und seine Gemahlin existiert die Verpflichtung gegenüber Gott und der Religion, die Concordia an ihren toten Gatten bindet, nicht. Es sind vielmehr die Menschen, die ihre Verbindung mittels Halsband absegnen.

Natürlich wird diese Episode nicht zufällig erzählt. Sie bildet vielmehr den Hintergrund, vor dem sich die anstehende Paarbildung zwischen Albertus und Concordia entfalten kann. Denn die beiden stehen ja vor einem ähnlichen Problem. Concordia ist Witwe und trauert um den getöteten Mann. In der besonderen Situation der einsamen Insel müssen die beiden natürlich zusammenkommen, das erfordert die Logik der Erzählung zwingend. Nur: Wie kann das auf angemessen menschliche Weise geschehen?

Zwei Faktoren spielen hier eine Rolle: Verzeitlichung und Kultur. Das menschliche Verhalten unterscheidet sich vom tierischen durch zahlreiche Formen des Aufschubs. Dies zeigt sich zunächst im Trauerjahr, das von den Figuren und vom Handlungsverlauf her eingehalten wird. Erst nach dessen Ablauf werden die Gefühle von Albertus für Concordia derart stark, dass er melancholisch wird. Weil er ihr aber anfangs versprochen hat, dass er sie – anders als der Bösewicht Lemelie – nie bedrängen wird, vertraut er sein Unglück der Musik an. Auf der Zitter spielend, singt er sich seine Trauer vom Herzen: »Ich liebe was und sag' es nicht, / Denn Eid und Tugend heist mich schweigen« (231). Die Musik dient der Vermittlung seines Begehrens, das nicht erfüllt, sondern in Worte und Töne gefasst wird.

Wie es der Zufall will, hört Concordia diese Klage – und erhört sie. Sie wählt nun ebenfalls einen Umweg, nämlich die Abfassung eines Briefes, um Albertus die Ehe vorzuschlagen. Ihren Antrag beginnt sie mit der Erinnerung an den Toten und ihre Trauer: »Meinem seel. Mann habe ich die geschworne Treu redlich gehalten, dessen GOTT und mein Gewissen Zeugniß giebt. Ich habe seinen jämmerlichen Tod nunmehro ein Jahr und zwey Monath aus auffrichtigen Hertzen beweint und beklagt« (236). Anschließend kommt sie zu ihrem Anliegen und spricht ihre Gewissheit aus, »daß ihr mir dergleichen selbst eigenen Antrag meiner Person vor keine leichtfertige Geilheit und ärgerliche Brunst auslegen werdet« (237). Geilheit und Brunst wären tierische Verhaltensweisen, das Humane dagegen besteht in der Beherrschung der Triebhaftigkeit. So können die Forderungen des Lebens und damit der Fortpflanzung mit denen der Trauer und des Totengedächtnisses vereinbart werden. Das zeigt sich dann aufs Schönste in der Hochzeitsnacht: Die beiden beten zunächst drei Nächte lang, ehe sie in der vierten (!) die Ehe vollziehen.

Um die erneute Heirat zu rechtfertigen, muss demnach ein enormer kultureller Aufwand betrieben werden. Dem sexuellen Begehren darf nicht einfach stattgegeben werden, vielmehr müssen die verschiedensten Vermittlungsleistungen erbracht werden, um es zu sublimieren und damit im gleichen Zuge zu legitimieren: Vom Trauerjahr über die Musik bis hin zur Schrift. Damit entwirft der Text ein Gegenmodell zum vorher erzählten äffischen Verhalten, das zwar ebenfalls die Trauer um den vertrauten Partner kennt, dem aber die Erinnerung an den Verstorbenen in Gestalt des Grabes und die Kultur der Vermittlung bei der erneuten Werbung abgeht. Die Utopie, die uns eine bessere Welt vor Augen stellen will, fordert vom Menschen in jeder Hinsicht Verzeitlichung – und zieht darin die Grenze zum Affen.

Umgekehrt bewegt sich derjenige, der nicht warten und seine Triebe zähmen kann, nicht mehr in der Welt des Humanen – was entsprechend geächtet wird. Dies belegt eine weitere Erzählung des Buchs, die der »Lebens-Beschreibung des Don Cyrillo de Valaro« entstammt. Bei Don Cyrillo handelt es sich um einen früheren Bewohner der Insel, dessen Autobiographie von Albertus gefunden und im Anhang an den Roman veröffentlicht wird. Auch er ist auf der Insel gestrandet, allerdings in Gesellschaft von Männern. Drei von ihnen gehen sodomitische Beziehungen mit Äffinnen ein, »mit welchen sie sehr öffters, so wohl bey Tage als Nacht eine solche schändliche Wollust zu treiben pflegten« (523). Don Cyrillo nimmt sich »die 3. Sodomiten ernstlich vor« (ebd.), jagt sie unter Strafandrohung davon und lässt »die drey verfluchten Affen-Huren« (524) erwürgen.

Damit ist die Geschichte aber nicht zu Ende. Einer der drei Verjagten kehrt zurück, berichtet, er habe seine Kameraden bei einem Streit um ein Affenweibchen ermordet und wünscht sich von Don Cyrillo als Strafe den Tod. Als dieser sich weigert, legt der Übeltäter selbst Hand an sich. Sein »Aaß« wird daraufhin in einem »Loch« verscharrt. Ähnlich ergeht es auch den beiden anderen Toten. Don Cyrillo sucht sie, erschießt »das teufflische Affen-Weib«, das sich nicht von den Leichnamen trennen will, und begräbt die »beyden Viehisch-Menschlichen Cörper« der Männer; die Äffin aber wird bloß in eine Kluft geworfen.[140]

Als Negativbeispiel wird uns hier der Verlust an die tierische Natur der Sexualität vorgeführt, der unmittelbare Folgen für die Begräbnispraxis hat. Mit der Überschreitung der Mensch-Tier-Grenze durch die von der Bibel verbotene Sodomie verlieren die drei Männer ihr Anrecht auf ein christliches Begräbnis und die entsprechenden Trauerrituale. Lasterhafte Personen, so heißt es im Text, sind der Tränen nicht wert (526). Umgekehrt aber kann die »auf dem Helden-Bette verstorbene Äffin« zumindest für eine Bestattung in Frage kommen, weil sie als Haustier an der Grenze zum Menschlichen steht.

Die Affen bieten demnach eine ideale Folie, um zum einen das vorbildliche Verhalten der beiden Protagonisten zu illustrieren und zum anderen die Verwerflichkeit der Bestialität zu demonstrieren. Albertus und Concordia gleichen ihre individuellen Lebens- und Fortpflanzungsoptionen mit der Trauer und der Verpflichtung zum Gedächtnis des Toten ab. Trauern heißt nämlich, Zeit verstreichen zu lassen, des Todes und der Toten zu gedenken und das eigene Leben entsprechend zu beschränken. Indem die beiden derart umständlich verfahren, erweisen sie sich als menschlich und christlich; anders als die Männer, die die Abkürzung über das Tier nehmen und dabei selbst zu Tieren werden.

Zehntes Kapitel
Oa und Ürülek

S prechen Sie Schimpansisch?«, fragt Georg Schwidetzky seine Leser im Jahr 1931.[141] Die Frage ist natürlich eine bewusste Provokation. Gilt doch die Sprachfähigkeit seit jeher
als das hervorragende Privileg des Menschen, das ihn von allen anderen Lebewesen unterscheidet. Eine Sprache namens
»Schimpansisch« – in Analogie zu Italienisch, Französisch etc. –
ist vor diesem Hintergrund undenkbar. Tiere, auch Schimpansen, sprechen eben gerade nicht.

Zugleich besitzt die Frage einen Doppelsinn, der die Provokation noch verstärkt. Sie suggeriert, der Leser, der selbstverständlich kein Schimpansisch erlernt hat, könnte es dennoch
sprechen: nämlich in Gestalt seiner eigenen Sprache, die ein
Abkömmling der Tiersprache ist. Tatsächlich argumentiert
Schwidetzky in seinem Büchlein, das er »Einführung in die
Tier- und Ursprachenlehre« untertitelt, genau in diese Richtung. Das Schimpansische gilt ihm als eine Ursprache, deren
Wörter in die heutigen Sprachen eingegangen seien. So finde
sich die Lautgruppe *ngak ngak,* mit der junge Schimpansen rufen, im deutschen »knacken« wieder.[142]

Das klingt natürlich ziemlich abwegig, aber dennoch ist
es interessant. Denn wie in der Echternacher Springprozes-
sion geht Schwidetzky damit zugleich zwei Schritte voran
und einen zurück. Er führt einerseits die Suche nach dem Ursprung der Sprache weiter, die lange Zeit die nach einer Ursprache war. Man denke nur an das berühmte Experiment
Friedrich II., das so schrecklich scheiterte: Die auf seinen

Wunsch hin isoliert und ohne jegliche Ansprache aufgezogenen Babys äußerten sich nicht plötzlich in Hebräisch, Griechisch oder Latein, sondern verstarben kläglich. Andererseits aber nimmt Schwidetzky Darwins Devise auf, der zufolge jedes menschliche Merkmal eine evolutionäre Vergangenheit besitzt. Wenn er also hofft, seine ›Ursprache‹ bei den nächsten Verwandten des Menschen zu finden, argumentiert er letztlich evolutionsgeschichtlich.

Die Sprachwissenschaft des späteren 20. Jahrhunderts ist dem Autodidakten Schwidetzky nicht gefolgt – zu veraltet war sein Ansatz bereits in den dreißiger Jahren. Aber sie hat die evolutionäre Perspektive auf die Sprache und damit das Interesse am Affen beibehalten. Zahlreiche Experimente mit Großen Menschenaffen zeugen davon. Bereits in den 1950er Jahren versuchte das Ehepaar Keith und Catherine Hayes der Schimpansin Viki menschliche Wörter beizubringen, mit wenig Erfolg. Viki erlernte insgesamt nur vier, nämlich »mama«, »papa«, »cup« und »up«, die aber für Außenstehende kaum zu unterscheiden waren.[143]

Tatsächlich, so stellte sich später heraus, sind Affen aus anatomischen Gründen nicht in der Lage, Worte zu artikulieren. Deswegen hat man in der Folge auf Zeichensprachen, vor allem die Gebärdensprache American Sign Language (ASL) bzw. auf visuelle Symbole (Lexigramme) zurückgegriffen, um ihr Sprachvermögen zu testen. Kanzi, Koko, Lucy, Washoe und wie sie alle heißen haben gelernt, mit Menschen über Gesten oder Symbole zu kommunizieren. Der Bonobo Kanzi kann seinen Wunsch nach Marshmallows ausdrücken, die Gorilladame Koko auf Fragen antworten. Aber können sie deshalb auch sprechen? Das ist nämlich der Knackpunkt – *gnak, gnak,* um Schwidetzky noch einmal aufzunehmen – in der ganzen Geschichte. Was unterscheidet Kommunikation von Sprache?

Dass alle sozialen Tiere in der einen oder anderen Weise miteinander kommunizieren, ist unbestritten. Wer zusammenlebt, muss sich verständigen, über Futter- und Wasserstellen, Freunde und Feinde, gemeinsame Wege und nicht zuletzt zum Zwecke der Paarung. Das kann auf verschiedene Weisen geschehen, mittels Gerüchen, Gesten oder Lauten. Kommunikation heißt dabei, dass eine Information von einem Ort zu einem anderen transportiert wird. Die menschliche Sprache aber, zumindest so, wie die Sprachwissenschaft sie definiert, geht über derartige Kommunikation hinaus. Einschlägige Stichwörter der Debatte um ihre Eigenart sind Kreativität, Unendlichkeit, Abstraktion[144] und, seit neuestem, Rekursion.

Die Kreativität zeigt sich darin, dass Menschen aus den vorhandenen Sprachzeichen immer neue Sätze bilden können, und zwar unendlich viele. Wilhelm von Humboldt hat deswegen in einer berühmten Formulierung davon gesprochen, die Sprache mache von »endlichen Mitteln einen unendlichen Gebrauch«.[145] Tatsächlich wird diese Unendlichkeit immer wieder gegen die festgelegten Signale der Tierwelt in Anschlag gebracht. Nun gibt es zum Beispiel bei den Campbell-Affen zwei Alarmrufe, einen, der vor Leoparden, und einen, der vor Adlern warnt; schließlich einen dritten, der, kombiniert mit den beiden anderen, unspezifische Störungen markiert. Darin könnte man Ansätze einfacher syntaktischer Regeln erkennen.[146] Bei den Menschenaffen wurden sogar Beispiele kreativer Kombination beobachtet. So wird etwa von der Schimpansin Lucy, die ASL erlernt hat, berichtet, dass sie ein Zeichen für Wassermelone erfunden hat, bevor ihr die eigentliche Geste dafür beigebracht wurde.[147] Allerdings sieht man deutlich, dass der Kreativität Grenzen gesetzt sind.

Ähnliches gilt für die begriffliche Abstraktion. Hier geht es darum, dass Menschen über Gegenstände sprechen können, die nicht anwesend sind, sondern die sie sich nur vorstellen bzw. die eventuell sogar nur als vorgestellte, eben als Abstrakta, existieren. Auch hier gibt es Belege dafür, dass Schimpansen in der Lage sind, sich nach einem längeren Training auch auf Abwesende(s) zu beziehen. Bonobos wiederum gelingt dies auch spontan. Kleinkinder allerdings, die in solchen Fällen immer als Vergleich hinzugezogen werden, tun dies nicht nur spontan, sondern auch deutlich schneller.[148]

Schließlich wird von der Komplexität der jeweiligen Sätze her argumentiert. Auch hier sind die Bonobos deutlich begabter als die Schimpansen. Dem Bonobo Kanzi gelingt es einigermaßen, Sätze des Typs »Mann beißt Hund« den richtigen Akteuren zuzuordnen.[149] Allerdings liegt er mit seinen Treffern kaum über der Zufallsquote, wie Skeptiker einwenden.[150] Alles aber, was über derartige Dreiwortsätze hinausgeht, übersteigt offenbar die syntaktische Kompetenz der Tiere. Wieder dienen Kinder als Gegenbeispiele. Sie meistern komplexere Satzstrukturen des Typs: »Der Mann, der Susanne geheiratet hat, beißt den Hund« bereits früh in ihrer Entwicklung und sind damit der Rekursion, wie das Fachwort für derartige Rückbezüge lautet, fähig.

Nun sind diese Experimente mit Affen und ihre Ergebnisse alles andere als unumstritten. Kritiker sehen im Verhalten der Menschenaffen kaum anderes als Imitation – ein bekanntes Argument. Sie betonen, dass sich deren ›Gespräche‹ um wenig mehr als Futter und Spiele drehen. Zudem seien die sinnvollen Sätze mühsam aus einem ›Rauschen‹ von sich wiederholenden, unvollständigen oder sogar chaotischen Zeichenfolgen extrahiert. Andere wiederum stellen sich auf Seiten der Tiere und damit zugleich die Versuchsbedingungen grundsätzlich in Frage: Warum sollten sich die Tiere ›menschlich‹ verhalten, wenn man sie nicht wie Menschen behandelt?

Tatsächlich scheinen die Ergebnisse sehr von einzelnen Tieren abzuhängen, die mal mehr, mal weniger begabt sind, die aber im Vergleich zu den überlegenen Kindern sowohl die Sprache anders erlernen als auch anders behandelt werden. Nicht zufällig hat Kanzi, der sprachlich herausragende Bonobo, die Symbolsprache Yerkish von seiner Mutter gelernt, die er am Computer beobachten konnte. Versucht man, zwischen den Positionen der Gegner und denen der Befürworter der ›Affensprache‹ zu vermitteln, so bietet es sich an, von einer Sprachfähigkeit im engeren und im weiteren Sinn auszugehen. Im engeren Sinn sind damit die komplexe menschliche Sprache und ihre Fähigkeit zur Rekursion, im weiteren

Sinn deren Vorformen bei den Tieren gemeint.[151] Das mutet nur logisch an, denn es wäre unwahrscheinlich, dass ein evolviertes Merkmal wie die Sprache keinerlei Vorläufer haben sollte.

Wendet man den Blick nun der Literatur zu, so liegt die Sache dort bekanntlich anders. Im Märchen, aber auch in Erzählungen von E. T. A. Hoffmann oder Franz Kafka, ergreifen Tiere ohne größere Schwierigkeiten das Wort. Sie sprechen und schreiben wie wir. Diese Texte überspringen die Sprachproblematik gleichsam und sind daher für unseren Kontext wenig aufschlussreich. Der zeitgenössische kanadische Autor Colin McAdam dagegen hat die Frage nach der Schimpansensprache in seinem Roman »Eine schöne Wahrheit« (2013) zum eigentlichen Thema gemacht.[152]

McAdam kennt die Geschichte der Sprachforschung an und mit Menschenaffen gut. Das belegt schon seine Danksagung, in der er nicht nur die einschlägigen Größen der Forschung erwähnt, sondern auch zahlreiche Schimpansen aus der kanadischen Fauna Foundation nennt, die er bei der Recherche für sein Buch kennengelernt hat. Der Roman selbst aber geht über eine bloße Nacherzählung der Forschungsgeschichte hinaus. McAdam versucht, die Perspektive derjenigen einzunehmen, die ihre Objekte waren: die der Schimpansen. Dabei gelingt es ihm, uns ihre potentielle Sicht zu vergegenwärtigen und noch mehr, zu versprachlichen. Er versucht also – und zwar mit beachtlichem Erfolg – ein Ding der Unmöglichkeit: nämlich in unserer Sprache den Tieren eine eigene zu verleihen.

Dabei erzählt er zwei Geschichten, die sich nach und nach ineinander verschlingen. Die erste handelt von Looee, einem Schimpansenbaby, das von dem kinderlosen Ehepaar Judy und Walt ›adoptiert‹ und zu Hause aufgezogen wird. Im Zentrum der zweiten steht eine Gruppe von Schimpansen, die in dem fiktiven Girdish Institute leben und von denen einige an Sprachexperimenten teilnehmen.

Beginnen wir mit Looee, Judy und Walt. Ein Zeitschriftenartikel bringt Walt auf die Idee, für Judy, die unter ihrer Kinderlosigkeit leidet, ein Schimpansenbaby zu besorgen. Unter der Überschrift »Gespräche mit einem Schimpansen« wird dort über verschiedene Tiere berichtet, die gelernt haben, über die Zeichensprache ASL mit Menschen zu kommunizieren. Walt ist besonders von dem Foto eines Schimpansenbabys angetan, das in Windel und Jäckchen auf dem Schoß einer Frau sitzt und auf ein Fläschchen blickt. Warum sollte Judy nicht auch ein solches Baby haben?

Als der Kleine im Haus ist, ergeht es den beiden wie allen frischgebackenen Eltern. Das neue Wesen erfordert ihre volle Aufmerksamkeit und macht jeden Tag zum Abenteuer. Judy ist gänzlich damit beschäftigt, Looee zu füttern, zu wickeln und warm zu halten. Natürlich stellt sich die Frage nach dem Unterschied, aber der scheint zunächst gering zu sein. Für beide ist Looee »mehr als ein haariges Vieh« (20), auch wenn er beginnt, sich sehr eigenständig und teils fremdartig zu entwickeln. Judy, heißt es,

> war sich selbst nicht sicher, was Looee war, und natürlich schaute sie manchmal zu ihm runter und dachte beim Anblick dieses kleinen haarigen Wesens, ist das mein Baby oder ein Tier. Er reichte ihr Blüten und lächelte dabei. Sie konnte ihm sagen, er sollte seine Spielsachen vom Treppenabsatz oben holen, und er machte es. Aber er ging auf allen vieren, grunzte immer, bevor er aß, steckte sich einfach so den Finger in den Anus und roch dann daran, leckte ihn manchmal ab, obwohl er manchmal auf Judy hörte, wenn sie sagte, schmutziger Looee, lass das. (46)

Die Kommunikation mit Looee, das zeigt diese Passage genau, gelingt, aber sie hat Grenzen. Looee überreicht Judy Gaben, er hört teils auf ihre Worte, aber er kann nicht sprechen und lernt es auch nicht. Zwar will Walt ihm die Zeichensprache, von der er gelesen hat, beibringen, aber er weiß nicht wie. So entwickelt sich zwischen dem Schimpansen und seinen Adoptiveltern eine Kommunikation über Gesten. Looee lernt zum Beispiel, Entschuldigung zu sagen, indem er sich selbst umarmt, und er lernt zu lügen, wenn er etwas angestellt hat, indem er auf jemand anderen zeigt, etwa Walt oder den Hund.

Looees Leben bei seinen Adoptiveltern wird uns insgesamt wie der Bildungsroman eines Schimpansen dargestellt: Wir sehen ihn aufwachsen, beobachten seine Fortschritte und lernen seine Begrenzungen kennen. Er isst mit Messer und Gabel und malt Bilder, aber er lernt nicht aufrecht zu gehen. Er besucht nachts das Nachbarhaus, plündert dort den Kühlschrank, freundet sich dann aber mit den Nachbarn an. Er kommt in die Pubertät, beginnt über Magazinen zu masturbieren und belästigt Judys Freundin Susan, indem er sie in den Busen kneift. Aber er wird kein Mensch:

Er hatte alle Emotionen, Leidenschaften und Eifersüchte eines Kindes, die kurze Aufmerksamkeitsspanne, den Wunsch nach Anerkennung, das Bedürfnis, sich zu beweisen und gleichzeitig weitgehend hilflos zu sein. Und diese Emotionen trug er in einem Körper, der zweihundert Kilo heben und so kräftig wie ein Panther zubeißen konnte. (141 f.)

Und so passiert, was passieren muss. Der halbstarke Looee beginnt, sich für seine Umgebung unverständlich zu verhalten. Er wird gereizt und frustriert. Eines Abends, ohne dass Judy und Larry, ein Freund von Walt, es kommen sehen, läuft die Situation aus dem Ruder. Looee schreit, zeigt Imponierverhalten und randaliert in seinem ›Haus‹, einem abschließbaren Raum. Larry öffnet die Tür, bringt ihm ein Bier, versucht ihn zu beruhigen und erzählt ihm, dass Gäste kommen. Looee, der Susans Namen hört, denkt, dass sie auch unter ihnen sein wird.

Was dann folgt, weiß selbst der Erzähler nicht zu berichten. Wir erfahren zwar noch, dass Looee Larry am Arm greift, als dieser gehen will. Das anschließende Geschehen aber verschwindet in einer Leerzeile. Die Erzählung setzt erst wieder ein, als Walt nach Hause kommt und folgenden Anblick vorfindet:

> *Mitten in Looees Haus lag Larry mit dem Gesicht nach unten. Sein rechter Arm lag in einem unmöglichen Winkel über seinem Hinterkopf. Eine seiner Hinterbacken fehlte, sie lag in der Nähe unter einem blutigen Hosenskalp.*
>
> *Walt fand Judy hinterm Sofa im Wohnzimmer. Ihr fehlte eine Hand, und ihr Gesicht war von der Schläfe bis zum Kiefer aufgerissen. Ein ganz einsames Stöhnen kam von ihr. (176 f.)*

Looee muss Larry und Judy angegriffen und verstümmelt haben. Was aber genau geschehen ist, welche Motive Looee hatte, eben die ganze »verquere Geschichte« (177) des Tieres, entzieht sich nicht nur den Figuren, sondern auch der Erzählinstanz. Auf einmal zeigen sich die Grenzen der Kommunikation zwischen Mensch und Tier, die im Verhältnis zu Looee fast aufgehoben schienen, wieder deutlich. Weder Larry noch Looee haben verstanden, was in dem jeweils anderen vorging.

Das gegenseitige Verstehen scheitert aber nicht nur auf der Ebene der Figuren. Der gesamte Hergang des Geschehens bleibt so im Dunkeln, dass er nicht dargestellt werden kann. Looee zeigt danach zwar gestisch an, dass er einen Fehler gemacht hat, indem er sich selbst umarmt, aber erklären lässt sich das Ganze nicht.

Mit dieser Geste endet Looees Zeit bei seinen Adoptiveltern. Er wird in das Girdish Institut gebracht, wo er – was Judy und Walt allerdings nicht erfahren – Opfer der dort betriebenen Tierversuche wird. Hier, und das ist das Tragische der Geschichte, setzen sich die Kommunikationsprobleme fort. Denn Looee kann sich weder mit den Menschen, in Gestalt seiner Pfleger, noch mit den anderen Affen verständigen, die er nur als »Hundewesen« (188) wahrnimmt. Er hofft, dass er bald wieder abgeholt wird, zeigt immer wieder die Geste der Entschuldigung, wünscht sich Kleidung, Messer und Gabel so-

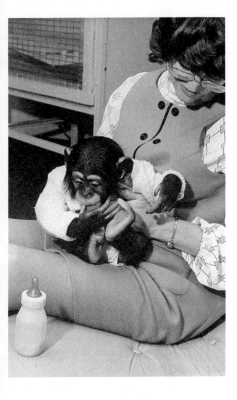

Abb. 10 *Salome als Baby, 1970*

wie Menschennahrung. So bleibt er rettungslos in seiner Zwischenwelt gefangen. Trotz aller teils gelingenden Kommunikation gestaltet der Roman damit doch die Erfahrung einer unreduzierbaren Grenze der Sprache.

Looees tiefer Fall vom geliebten Baby und Sohn zum Versuchstier ist dabei auch eine exemplarische Erzählung über all jene realen Affen, die Menschen von Hand aufgezogen haben und die spätestens mit der Pubertät ihr angestammtes Zuhause verloren. Das reale Vorbild für Looee ist mit Sicherheit die Schimpansin Lucy, die von dem Psychologen Maurice Temerlin zu Hause betreut und von Roger Fouts in ASL unterrichtet wurde. Von ihr handelt auch der Artikel in der Zeitschrift »Life« aus dem Februar 1972,[153] den Walt im Roman liest und der quasi das Bindeglied zwischen der Realität und der Fiktion darstellt. In ihm findet sich auch das Foto des Schimpansenbabys Salome (Abb. 10), das Walt so anspricht.

Temerlin selbst hat in einem Buch geschildert, wie Lucy bei seiner Familie aufwuchs.[154] Es endet mit der Frage, was mit der inzwischen zehnjährigen Schimpansin geschehen soll, wobei Temerlin seine Adresse angibt und ernsthaft um Vorschläge bittet. Lucy kommt tatsächlich – anders als die Romanfigur Looee – in Freiheit, allerdings denkt sie nicht daran, diese Freiheit auch wahrzunehmen. Stattdessen will sie weiterhin ihre Zähne putzen und verlangt nach dem mitgebrachten Proviant sowie Tee. Blätter und Ameisen aus dem Urwald dagegen lehnt sie ab. Ihre Betreuerin Janis Carter, die Lucy eigentlich nur drei Wochen in ein Naturreservat in Gambia eingewöhnen wollte, bleibt stattdessen acht Jahre bei ihr. Es ist ein langer Weg in die Selbstständigkeit, und er nimmt teils die Züge eines Kampfes an, der auch mittels Gebärdensprache geführt wird. Irgendwann verschwindet Lucy dann tatsächlich im Wald.[155]

Im Vergleich mit Looees Roman-Schicksal findet Lucys reale Geschichte damit fast ein Happy End, das sie sicherlich auch ihrer sprachlichen Kompetenz und der damit einhergehenden Prominenz zu verdanken hatte. Andere ›Hausaffen‹ sind tatsächlich in medizinischen Einrichtungen gelandet, wenn ihre Menschen mit ihnen nicht mehr klar kamen.[156]

McAdams Roman erzählt aber nicht nur vom Scheitern der speziesübergreifenden Kommunikation. Der zweite Handlungsstrang, der in dem fiktiven Forschungszentrum spielt, widmet sich vielmehr der Sprache der Schimpansen. Wir lernen ihre Sicht auf die Dinge ganz unvermittelt kennen, nämlich im zweiten Kapitel, das mit den programmatischen Sätzen beginnt: »Die Welt braucht Frucht. Die Welt braucht Schlaf. Die Welt braucht Kontakt und die schnelle rosa Lust« (18).

Dieser Eingang mutet geradezu lyrisch an. In dreifacher,

rhythmischer Wiederholung wird eine Weltsicht beschworen, die sich um vier Dinge, Frucht, Schlaf, Kontakt und Lust, dreht. Der ahnungslose Leser steht nun vor einem Deutungsproblem. Hatte ihn das erste Kapitel in traditioneller Erzählweise mit den menschlichen Figuren Walt und Judy und ihrem unerfüllten Kinderwunsch bekannt gemacht, so muss er sich jetzt fragen: Wer sieht und spricht hier eigentlich? Was die Eingangssätze bereits andeuteten, wird nach und nach zur Gewissheit. Das Kapitel kann nicht aus einer menschlichen Perspektive erzählt sein, sondern es muss sich um die von Tieren, vermutlich Schimpansen, handeln. Anders lassen sich Passagen wie diese nicht verstehen:

> *Magda klapst Bootie.*
> *Bootie mag Burke und schlägt gern Magda, seine Mutter.*
> *Podo sticht Magda, beide wollen es eigentlich nicht.*
> *Bootie und das Neue springen auf Magda und Podo herum.*
> *Bootie klapst Podo aufs Bein.*
> *Podo ist beschäftigt, cleverer Podo.*
> *Bootie und das Neue wollen es verstehen.*
> *Sie wollen, dass es aufhört, weitergeht.*
> *Das Neue betrachtet Magdas Rosé und wie Podo es sti sti sticht, und Bootie überlegt, ob er Podos schlenkernde Eier klapsen oder beißen soll.*
> *Podo denkt einen Gedanken, den er schmecken kann, und die Welt schwillt heiß und dunkel.*
> *Er ist fertig.*
> *Magda geht weg, ohne sich umzusehen.*
> *Bootie und das Neue sind verwirrt.*
> *Podo fühlt das Oa, dankbarer Podo. Magda fühlt sich sicher.*
> *(19)*

Am auffälligsten sind sicherlich die kurzen Sätze, die sich auf Handlungen beziehen, so wie sie ein Beobachter notieren könnte, der vor dem Gehege steht: Wer gerade wen klapst oder schlägt. Diese Sätze eröffnen zumindest ab und zu aber auch eine Sicht ins Innere der Handelnden, nämlich wenn es darum geht, wer wen mag oder unwillentlich ›sticht‹. Mit ›Stechen‹ wird nun eine Metapher genutzt, die in Kombination mit der »schnellen rosa Lust« des Beginns und »Magdas Rosé« (vermutlich die schimpansentypische, rosafarbene Sexualschwellung) sowie »Podos schlenkernden Eiern« als der Ausdruck erkennbar wird, den die Schimpansen für die Paarung gebrauchen. Um sie dreht sich die Aufmerksamkeit der ganzen Gruppe: Magda und Podo handeln instinktiv; die Jungen beobachten und stören das Geschehen. Zudem wird die Aktivität des Stechens poetisch anmutend in die Wortfolge »sti sti sticht« aufgelöst, die uns den Rhythmus der Bewegung vor Augen führt.

Der sprachliche Verfremdungseffekt ermöglicht es, das andersartige Innere der Figuren darzustellen. So zeigt sich die tierische Wahrnehmung der Welt auch in einer uns fremden, synästhetischen Sinnlichkeit des Denkens, nämlich im »Gedanken, den er schmecken kann«. Ähnliches gilt für das heiße, dunkle Schwellen der Welt, das vermutlich für Podos Ejakulation steht. Ihren Abschluss findet die Schilderung schließlich im Wort »Oa«, das Podo empfindet. Aus dem Kontext und durch die lautmalerische Kombination der Ausrufe »oh« und »ah« lässt es sich als Ausdruck für Entspannung, Wohlsein, wenn nicht gar Glück deuten.

Derartige Worte einer uns unbekannten Sprache begegnen noch vielfach im Roman. Da ist von »Ürülek« (82) die Rede, wenn es um Kot geht, von »Ikel« (127), wenn ein Fremder in die Gruppe kommt, oder von »Pokol-Angst« (130), die die Schimpansen dem Wasser gegenüber empfinden.[157] Die Fremdwörter und Neologismen werden derart mit Bekanntem kombiniert, dass sie für die Lesenden gerade noch zu entschlüsseln sind, zugleich aber die Andersartigkeit der schimpansischen Wahrnehmung zum Ausdruck bringen.

Auf diese Weise setzt der Autor die linguistische Debatte kreativ um. Die kurzen Sätze nehmen die Diskussion über die Syntax von Tiersprachen auf; die Konzentration der Tiere auf Körperliches und Soziales stellt einen Kontrast zur besonderen Abstraktionsfähigkeit der menschlichen Sprache dar; die Fremdwörter schließlich markieren die nicht überschreitbare Grenze des anderen. Auf diese Weise erlernen wir nach und nach die Sprache der Schimpansen, verfolgen ihr soziales Leben, sehen, wie sich ihre Beziehungen entwickeln und welche Auseinandersetzungen sie führen. Dies geschieht in Parallelkapiteln zu Looees ›Bildungsroman‹, so dass sich die beiden Erzählstränge gegenseitig kommentieren und ergänzen. Der eine zeigt Looees Vermenschlichung, der andere die Tiere in ihren realen Bedürfnissen.

Unter den Schimpansen des Girdish Instituts findet sich einer, der Looees Zwischenstellung teilt. Mr. Ghoul hat in seiner Jugend an Sprachexperimenten teilgenommen und dabei von Dave, einem Forscher des Instituts, gelernt, mittels einer Maschine Fragen zu beantworten und Sätze zu bauen. Das geschieht, indem beide auf Lexigramme, d. h. Symbole zeigen, aus denen dann die Sätze zusammengesetzt werden. Sobald Mr. Ghoul richtig antwortet, wird er mit kleinen Snacks belohnt. Typische Sätze von Mr. Ghoul lauten: »Bitte Maschine gib Apfel« (24) oder »Dave Ghoul kitzeln« (25). Bei ihnen handelt es sich demnach um eher schlichte Drei-Wort-Sätze, die aus Subjekt, Prädikat und Objekt bestehen, inhaltlich zu einer vergnüglichen Handlung auffordern und zugleich Belohnungen mit sich bringen, etwa Rosinen, Apfelstücke, Cola, Kaffee, alles, was Mr. Ghoul gerne mag.

Der Schimpanse und sein Lehrer stellen eine direkte Verbindung zur Sprachforschung an Affen im 20. Jahrhundert her. Nicht nur Mr. Ghoul denkt an die Experimente zurück, auch Dave reflektiert, welche Hoffnungen er mit ihnen verband. Es ging ihm um nichts weniger, als »Noam Chomskys Behauptung zu widerlegen, die Menschen seien einzigartig, weil sie mit Sprache, mit einem Sinn für Grammatik geboren würden« (166). David bezieht sich hier auf die von dem berühmten Linguisten postulierte Universalgrammatik, die die Sprachfähigkeit des Menschen begründe und ihn vom Tier unterscheide.

Ein ganzes Kapitel des Romans widmet sich aus Davids

Perspektive dem Für und Wider seiner Forschungsergebnisse und der Geschichte seiner Forschung. Dave steht dabei für die oben genannten Sprachexperimente ein und begegnet dem schon mehrfach aufgerufenen Argument: Es handele sich beim Verhalten der Tiere um bloße Nachahmung. Als die Mittel deshalb schließlich versiegen, muss Dave die Versuche aufgeben und sich auf die bloße Beobachtung der Interaktion der Tiere untereinander beschränken.

So reflektiert der Roman auf drei verschiedenen Ebenen die Frage nach der Sprache der Schimpansen. Looees Geschichte hat die Gestalt eines biographischen Experiments, das die Grenzen des Verstehens aufzeigt. Die Kapitel über die Schimpansengruppe wiederum sollen die reale Kommunikation der Tiere untereinander, ihre Syntax und ihr Vokabular, verdeutlichen. Mr. Ghoul und Dave präsentieren die Wissenschaft und ihre Entwicklung. Alle drei Ebenen finden schließlich zusammen, als Looee aus dem Labor entlassen wird, weil sich – auch hier ist der Text historisch adäquat – herausstellt, dass die Forschungen zum HIV-Virus an Affen nichts bringen, und zugleich die Tierschutzgesetze verstärkt werden.

Looee wird nun in die Schimpansengruppe eingewöhnt und lernt ganz langsam, mit den »Hundewesen« zu kommunizieren. Am Ende hat er sich mit Mr. Ghoul, dem anderen Außenseiter der Gruppe, angefreundet, aber er sucht immer noch den Kontakt zu seiner alten Familie: »Freunde zu weit weg, um ihn zu hören« (282) lautet der letzte Satz des Romans, der als halb versöhnliches, halb trauriges Fazit dieser Geschichte gelten kann. Wie anders wäre Looees Geschichte verlaufen, wenn er hätte erzählen können, was ihn bewegte und warum er an dem fatalen Abend derart schlecht gelaunt war.

Sprache macht vieles leichter, das bestätigt auch der Primatologe Christopher Boehm, der folgenden Vorfall bei den Schimpansen in Gombe beschreibt:

Das Alphamännchen Goblin kehrt nach einer Abwesenheit zu einer kleinen Gruppe seiner Gemeinschaft zurück. Ein erwachsenes Weibchen, das vor kurzem von einem Männchen belästigt wurde, beginnt zu schreien, zu gestikulieren und zu posieren in einer Weise, die beredt um die Hilfe des Alphas bittet und durch die Richtung, in die sie blickt, klar ihren Gegner anzeigt. Mit aggressiven Gesten und feindlichen Lauten (Vokalisierungen) teilt sie ihre Aufmerksamkeit zwischen Goblin und dem männlichen Schimpansen, und es ist nicht übertrieben nahezulegen, dass Goblin den Kontext gut genug versteht, um zu wissen, dass es irgendeine Art von vorangehendem Grund zur Klage gab. Offensichtlich wäre eine solche Kommunikation effektiver, wenn die genaue Natur des vorangehenden Vergehens vermittelt werden könnte – und noch effektiver, wenn sie durch einen glaubwürdigen Dritten wörtlich bestätigt werden könnte.[158]

Boehms Beobachtung ist in vielerlei Hinsicht interessant. Zum einen verdeutlicht sie, dass die menschliche Sprache nicht aus dem Nichts kommt, sondern auf Vorläufern im Tierreich aufliegt. Die Schimpansin versucht, dem Alpha zu erläutern, was in dessen Abwesenheit geschehen ist. Zum anderen zeigt sie zugleich die Grenzen der Tierkommunikation auf. Denn die Schimpansin kann zwar rudimentär den Beziehungsaspekt (im Verweis auf das Männchen) und den Sachaspekt (dessen Aggression) kommunizieren. Was aber tatsächlich geschehen ist, kann sie mangels eines Vokabulars für Abstraktes und Abwesendes nicht darstellen. Entsprechend kann auch die Sanktion für das Verhalten des Männchens nur direkt erfolgen. Regeln und Verhaltensweisen für die Zukunft lassen sich so gerade nicht formulieren. Das von Boehm gebrauchte Adjektiv »effektiver« verdeutlicht, welche Vorteile die menschliche Sprache bietet. Sie kann Informationen speichern, präsent halten und damit den Aufbau komplexer Regelsysteme, wie etwa der Gerichtsbarkeit, ermöglichen. Dazu muss man aber eben erzählen können, was los war.

Elftes Kapitel

Narbenschrift

W er hätte nicht gern einmal ein Tier befragt, wie es ist, ein Tier zu sein? Das Szenario, das Franz Kafka in seiner Erzählung »Ein Bericht für eine Akademie« (1917) entwirft, leuchtet daher unmittelbar ein. Dort fordern nämlich die »hohen Herren von der Akademie« den Affen Rotpeter auf, ihnen über sein »äffisches Vorleben« zu berichten.[159] Sicherlich sind die Akademiemitglieder, allesamt Wissenschaftler, bei ihrer Anfrage auch von einem evolutionstheoretischen Erkenntnisinteresse geleitet. Schließlich könnte das Vorleben des Affen zugleich über die Vorgeschichte des Menschen Auskunft geben.

Rotpeter allerdings muss dieses Ansinnen abschlägig bescheiden. Die Pointe seiner Antwort besteht darin, dass er auf seine tierische Vergangenheit überhaupt keinen Zugriff mehr besitzt, weil er sich an sie schlichtweg nicht mehr erinnern kann. Um das Wesen zu werden, das die Akademie befragen kann, musste er auf sein »Affentum« (234) komplett verzichten und alle Erinnerung daran fahrenlassen. Jetzt steht es ihm ebenso fern, wie den Herren von der Akademie das ihrige, falls sie »etwas Derartiges hinter sich haben« (235). Rotpeter ist nun »ein gewesener Affe« (235).

Wie unmöglich sich die Erinnerung an seinen Ursprung ausnimmt, drückt Rotpeter in einem einprägsamen Bild aus: Das zunächst weit offene Tor in die Vergangenheit verschloss sich im Verlauf seiner Entwicklung immer mehr; inzwischen ist es derart eng geworden, dass er sich, »wenn überhaupt die Kräfte und der Wille hinreichen würden, um bis dorthin zurückzulaufen, das Fell vom Leib [...] schinden müßte, um durchzukommen« (235). Diese Vorstellung ist ebenso paradox wie gewaltsam. Um wieder Affe zu werden, müsste sich Rotpeter das spezifische Zeichen des Tieres, nämlich sein Fell, brutal herunterreißen. Eine Rückkehr zum Ursprung wäre demnach nur um den Preis der Selbstaufgabe zu erreichen – und damit sinnlos.

Bericht erstatten kann Rotpeter daher nur darüber, wie er wurde, wer er ist. Im Grunde verfasst der ›gewesene‹ Affe damit seine Autobiographie. Er notiert im Rückblick, aus der Position der Nachträglichkeit, welche Ereignisse zu seiner gegenwärtigen Existenz führten. Das setzt nicht nur ein Konzept von sich selbst voraus, sondern vor allem etwas, das die Wissenschaft allein dem Menschen zuschreibt: ein autobiographisches Gedächtnis. Hans J. Markowitsch und Harald Welzer, Autoren einer einschlägigen Publikation, stellen dazu fest:

> *Das Gedächtnis ist es, was den menschlichen Geist von dem anderer Primaten und anderer Säugetiere überhaupt unterscheidet. Genauer muss man sagen: Es ist das autobiographische Gedächtnis, was den Menschen zum Menschen macht, also das Vermögen, »Ich« sagen zu können und damit eine einzigartige Person zu meinen, die eine besondere Lebensgeschichte, eine bewußte Gegenwart und eine erwartbare Zukunft hat.*[160]

Die beiden bringen damit eine weitere Kategorie ins Spiel, die unsere besondere Stellung unter den anderen Tieren erklären soll. Was sich zunächst wie die bekannte menschliche Rhetorik der Selbstüberhöhung anhört, lässt sich allerdings hirnphysiologisch und entwicklungspsychologisch recht gut beschreiben. Das autobiographische Gedächtnis des Menschen bildet sich im Zuge der Entwicklung des Kleinkindes langsam heraus. Zwei wichtige Etappen dieses komplexen Prozesses stellen die sogenannte »Neun-Monats-Revolution«[161] und der Spracherwerb dar. Mit acht oder neun Monaten beginnt das Baby, sich durch Blickkontakt davon zu überzeugen, dass eine weitere Person sich demselben Gegenstand zuwendet. Die gemeinsame Aufmerksamkeit, die es nun einfordert, ist eine wichtige Voraussetzung für die Fähigkeit, sich selbst als soziales, von anderen unterschiedenes Wesen wahrzunehmen – und interessanterweise gehen die nichtmenschlichen Primaten diesen Schritt nicht.

Die zweite Etappe bildet der Spracherwerb, für den das Gehirn eine bestimmte Reife erreicht haben muss. Etwa im Alter von einem Jahr geben Kinder die ersten Worte von sich – vorher befinden sie sich in der »Babbelphase«.[162] Im weiteren Verlauf des Spracherwerbs lernen die Kinder mittels »Memory talk«[163] über die Vergangenheit zu sprechen. Sie unterhalten sich dann mit ihren Bezugspersonen über vorangehende Ereignisse und können diese auf sich selbst beziehen. Das wird auch dadurch ermöglicht, dass sie sich mit ungefähr zweieinhalb Jahren im Spiegel erkennen und Ich sagen können.

Beides, die Herausbildung des Zeitbegriffs und des Selbstkonzepts, führt dazu, dass das Kind sich selbst in der Zeit wahrnehmen kann, was die Voraussetzung für ein autobiographisches Gedächtnis darstellt. Im Alter von drei bis dreieinhalb Jahren zeigen sich die ersten Ansätze davon. Kinder in diesem Alter können mit Hilfe über Vergangenes erzählen. Umgekehrt lassen sich auf das Alter von drei bis fünf Jahren die frühesten Erinnerungen von Erwachsenen datieren. Alles davor ist der Erinnerung entzogen, was man als kindliche Amnesie bezeichnet. Zwischen drei und vier Jahren entwickeln Kinder dann auch die Fähigkeit, sich in andere und deren Gedanken hineinzuversetzen, die sogenannte »Theory of Mind«.[164] Sie können dann z. B. ihr Wissen über den Verbleib eines Gegenstandes von dem Wissensstand eines anderen Menschen unterscheiden.

Im Verlauf der nächsten Jahre vervollkommnen die Kinder sowohl ihre erzählerischen Fähigkeiten als auch ihr autobiographisches Gedächtnis derart, dass sie in der Lage sind, ihr Selbst und ihre Geschichte im Kontext verschiedener Umwelten (Familie, Schule, Freunde) zu verorten, aufrechtzuerhalten, aber auch anzupassen. Genau das ist auch nach Markowitsch und Welzer die Funktion des autobiographischen Gedächtnisses. Es ermöglicht dem Menschen, sich auch unter wechselnden Umständen als denselben zu begreifen. Damit leistet es Erstaunliches, denn es bietet uns innerhalb des Wandels unseres Lebens die Möglichkeit, uns als Kontinuum zu verstehen.[165]

Aus erkenntniskritischer Sicht könnte man einwenden – und das hat man auch getan –, dass dieses Ich nicht mehr als eine Fiktion ist. Schließlich ähneln wir dem blonden Kind, dem pickligen Mädchen oder dem jungen Elternteil, das wir einmal waren, viel weniger als anderen Menschen unserer Altersstufe oder Berufsgruppe. Was bindet mich denn noch an jene vergangenen Stadien meines Lebens? Nur das autobiographische Gedächtnis, das die ›Passung‹ zur Verfügung stellt, durch die ich mich zugleich von anderen unterscheiden und meiner jeweiligen sozialen Position angemessen verhalten kann, ohne das Bewusstsein meiner selbst aufzugeben.

Selbstverständlich gehen die beiden Autoren davon aus, dass sich auch Tiere in gewissem Maße erinnern können. Sie müssen sich Futter- und Wasserstellen ebenso wie Gefahren merken. Dafür besitzen sie ein Erfahrungsgedächtnis, das ihnen erlaubt, Impulse aus der Außenwelt aufzunehmen, zu verarbeiten und dabei zu lernen. Aber dass sie ebenso wie wir eine Erinnerung an ihre eigene Geschichte besitzen könnten, dass also beispielsweise ein erwachsener Hund sich an seine Jugendzeit erinnern könnte, scheitert sowohl an ihrer Hirnstruktur als auch am Mangel der Sprache. Wie sollte der Hund diese Erinnerung abspeichern, wie erinnern, wie mitteilen, wie weitergeben?

Hier stoßen wir wieder auf die Bedeutung der Sprache und zugleich auf ein Henne-Ei-Problem, das zwischen Neurowissenschaftlern und Linguisten gerne hin und her geschoben wird: Was war zuerst da, das Gehirn oder die Sprache? Einerseits setzt Sprachfähigkeit eine bestimmte Hirnstruktur voraus, andererseits fordern viele Hirnfähigkeiten, so wie das Gedächtnis, zwingend die Sprache. Denn ohne sie fehlt dem Hirn das Medium, in dem Informationen gespeichert werden können. Wahrscheinlich hat man sich das Ganze wie das Verhältnis von Hardware und Software vorzustellen: Das eine ist nichts ohne das andere.

Mit der Figur des ›gewesenen‹ Affen stellt Kafka daher ein interessantes Experiment an. Er gibt einem Tier das Wort und lässt es berichten, was es heißt, ein Mensch zu werden, ein Gedächtnis auszubilden und schließlich auf sein eigenes Leben zurückzublicken. Natürlich konnte Kafka die neurolinguistischen Erkenntnisse unserer Zeit nicht kennen, aber es ist aufschlussreich zu sehen, wie er eine Art Analogon der Menschwerdung und damit der Gedächtnisentwicklung imaginiert. Auch bei ihm steht zu Beginn eine Art ›kindliche Amnesie‹. Rotpeter ist nicht in der Lage, sich an seine tierische Vergangenheit zu erinnern. Seine Lebensgeschichte beginnt mit seiner im Wortsinn traumatischen Gefangennahme. Er wird angeschossen und zwar gleich zweimal: Eine Kugel streift die Wange, die andere bohrt sich in seine Hüfte. Aber auch an dieses Ereignis kann sich Rotpeter nicht erinnern; er ist hier »auf fremde Berichte angewiesen« (236). So schreibt Kafka Rotpeter einen doppelten Bereich zu, der sich der Erinnerung verweigert. Sowohl die Existenz als Tier als auch die entscheidende Zäsur seines Lebens sind ihm nicht mehr zugänglich. Der Einschlag der Kugeln beendet gleichsam sein Leben als Affe und stellt seine traumatische Geburt in die menschliche Existenz dar.

Beide Kugeln hinterlassen allerdings Spuren, nämlich Narben. Diese zeugen von der gewaltsamen Verletzung und stellen quasi Zeichen für die abwesende, dem Subjekt nicht zugängliche Geschichte dar. Sie kann nur aus fremden Berichten erzählt, aber nicht erinnert werden, so wie die Geburt und die ersten Kinderjahre des Menschen. Zugleich stiften die

Narben, also die Spuren des traumatischen Ereignisses, Rotpeters Identität, indem sie namensgebend werden. Seine Benennung als Rotpeter bezieht sich zum einen auf die rote Farbe seiner Gesichtsnarbe, zum anderen auf einen weiteren Affen namens Peter, »so als unterschiede ich mich von dem unlängst krepierten, hie und da bekannten, dressierten Affentier Peter nur durch den roten Fleck auf der Wange« (236).

Rotpeters Polemik gegen seinen eigenen Namen speist sich aus dessen mangelnder Individualität. Dieser markiert für ihn nicht genügend seine Besonderheit, den Abstand zu jenem anderen »Affentier«, von dem er sich massiv zu unterscheiden glaubt. So verstärkt die Diskussion über die Namensgebung weiter die Anklänge an eine Art verkehrte Geburtsszene, die die gesamte Passage prägen. Soll doch der Name das Neugeborene gleichsam treffen und individualisieren – daher die vielen Bücher, die von modernen Eltern in der Hoffnung auf einen besonders passenden gewälzt werden. Rotpeter revoltiert demnach im Namen seiner Individualität gegen die gleichmacherische Benennung.

In der Debatte um seinen Namen beruft sich Rotpeter auf einen realen dressierten Affen, den sein Autor Kafka aus dem Varieté seiner Zeit kennen konnte: Konsul Peter. Dieser Schimpanse trat im September 1908 im Prager »Théâtre Variété« auf, wo er neben Hunden, Clowns und Akrobaten seine Kunststücke vorführte: Rauchen, Trinken, Kartenspiel, Radfahren und Ähnliches gehören dazu. Ein Foto aus dem Jahr 1909 (Abb. 11) zeigt ihn im Kaiserrock mit Lackschuhen, eine Zigarre rauchend. Das Prager Tagblatt berichtete mehrfach über Konsul Peters Auftritte und drückte seine Begeisterung für ihn aus: »Es ist aber auch etwas ganz Außergewöhnliches um dieses originelle Tier, das mit der Gestalt und dem häßlichen Gesicht des Schimpansen das Gehaben eines zivilisierten Menschen und eine Intelligenz verbindet, wie sie nicht jedem zivilisierten Menschen eignet.«[166]

Indem Rotpeter sich von jenem Affen unterscheiden will, zieht er selbst und selbstbewusst die Grenze zu seiner frühe-

Abb. 11 *Konsul Peter rauchend, 1909*

ren Spezies. Er ist mehr als ein Affe. Zugleich aber verbittet er sich jeden Spott darüber, dass er sich gerne seiner Hose entledigt, um seine Narbe zu zeigen. Dies sei keinesfalls ein Rückfall in seine »Affennatur« (236), wie ihm in Zeitungsberichten vorgeworfen wird. Tatsächlich erinnert das Zeigen der Narbe an eine andere hybride Gestalt, nämlich Christus, Sohn Gottes und Mensch zugleich. Er erscheint den Aposteln nach der Auferstehung und zeigt ihnen seine Wunden, die als Beweis für seine menschlich-göttliche Doppelnatur dienen. Allerdings muss der ungläubige Thomas sogar seine Finger in die Wundmale legen, um seine Zweifel an der Auferstehung zu verlieren. Mit einem ähnlichen Gestus demonstriert Rotpeter seinen »wohlgepflegten Pelz« (236) und die Narbe, die gemeinsam seine Identität ausmachen. In ihnen ist seine Lebensgeschichte als gewesenes Tier und gewordener Mensch aufgehoben, so wie die Wundmale Christi an die Passion erinnern und zugleich seine Auferstehung verbürgen.

»Nach jenen Schüssen erwachte ich – und hier beginnt allmählich meine eigene Erinnerung – in einem Käfig im Zwischendeck des Hagenbeckschen Dampfers« (237), führt Rotpeter seine Erzählung fort. Rotpeters Aufenthalt im Zwischendeck bezeichnet exakt den Grenzbereich zwischen den Spezies, in dem er sich befindet. Er artikuliert sich aus einem Zwischenraum heraus, aus einer Position, die sich vielleicht am besten als eine Zone des Weder-Noch beschreiben lässt.

Die folgenden Passagen schildern denn auch die mühsame Selbstdisziplinierung, die sich Rotpeter auferlegen musste, um aus diesem Zwischenraum und damit der Gefangenschaft und Ausweglosigkeit zu entkommen. Denn es gibt nur eine Alternative, die sich dem eingesperrten Tier bietet: der Zoo oder das Varieté. Dafür steht das Stichwort Hagenbeck, hinter dem sich der bekannte Tierhändler verbirgt. Carl Hagenbeck belieferte nicht nur die ganze Welt mit Tieren, die er fangen und importieren ließ. Er war auch an Zirkusunternehmungen beteiligt und eröffnete 1907 den bekannten Hamburger Tierpark, der noch heute im Besitz seiner Nachkommen ist. Zu den befremdlichen Aspekten seines Wirkens gehören auch die »Völkerschauen«, die auf dem Gelände des Tierparks stattfanden und bei denen er Menschengruppen verschiedenster Herkunft präsentierte.[167]

Auch in Hagenbecks Autobiographie »Von Menschen und Tieren« finden sich Beispiele für eine aus heutiger Sicht problematische Mischung menschlicher und tierischer Zurschaustellung. So berichtet Hagenbeck von einem jungen Gorilla, der »in Begleitung von zwei Negerboys« nach Europa gebracht wurde. Diese »Spielkameraden« sollten das »Heimweh« des seltenen und wertvollen Tieres lindern und seine Überlebenschancen verbessern.[168] Seine Schilderung illustriert Hagenbeck mit einem Foto, das ein »Somali-Kind und Orang« – so der Untertitel – abbildet, zwei gleichermaßen verloren aussehende Wesen, die sich umarmen. Welche Leidensgeschichte auf Seiten der Menschen- und der Affenkinder hinter derartigen Berichten und Bildern stehen mag, lässt sich kaum ausdenken – zumindest von den Affen weiß man, dass sie die Ankunft in Europa, wenn überhaupt, nur wenige Monate überlebten.[169]

Hagenbecks Autobiographie zeigt zudem zahlreiche Fotos von Schimpansen in menschlichen Posen, etwa beim Wein- oder Kaffeetrinken. Auch diese Bilder könnten Kafka als Vorlage gedient haben. Sein Text dreht jedoch die Konstellation jener Autobiographie um: Während Hagenbeck von den gefangenen und dressierten Tieren seines Lebens erzählt, berichtet nun Rotpeter von Hagenbeck und seinem Fangunternehmen. Kafka imaginiert also genau jene andere Geschichte, die hinter derartigen Bildern und Darbietungen stehen könnte, die Kehrseite der Medaille. Seine Parteinahme für das misshandelte Tier mag mit seinem grundsätzlichen Interesse für die andere Seite der Macht und für diejenigen, die dieser ausgeliefert sind, zu tun haben. Dazu passt auch eine Bemerkung in einem Brief an seine spätere Verlobte Felice Bauer. Kafka notiert da anlässlich seiner Kinderfotos: »Gleich im nächsten Bild trete ich schon als Affe meiner Eltern auf«[170] – und versetzt sich mit diesem Kommentar selbst in die Position eines dressierten Tieres.

Mit Rotpeter gibt Kafka dem gefangenen Tier demnach eine Stimme, damit es seine Geschichte erzählen kann. Und was ist das für eine Geschichte! Auf die Schüsse folgt »die erste, kritische Zeit«: »Dumpfes Schluchzen, schmerzhaftes Flöhesuchen, müdes Lecken einer Kokosnuß, Beklopfen der Kistenwand mit dem Schädel, Zungen-Blecken, wenn mir jemand nahekam« (237 f.). Dann dämmert Rotpeter peu à peu die Aussichtslosigkeit seiner Situation, eingesperrt wie er ist in eine Kombination aus Kiste und Gitterkäfig, die weder Stehen noch Sitzen erlaubt. Und schließlich beginnt die Suche nach einem Ausweg: »Immer an dieser Kistenwand – ich wäre unweigerlich verreckt. Aber Affen gehören bei Hagenbeck an die Kistenwand – nun, so hörte ich auf, Affe zu sein« (238).

Aber wie hört man auf, ein Affe zu sein – wie durchläuft man quasi die Evolution zum Menschen im Schnelldurchlauf? Rotpeter greift auf das bereits bei Hoffmanns Affen Milo bewährte Konzept der Nachahmung zurück. Er beobachtet, dass die Menschen sich auf dem Schiff frei bewegen können und entscheidet sich, sie zu imitieren. Was er dabei allerdings lernt, sind für den Menschen eher wenig schmeichelhafte Tätigkeiten: Spucken, Rauchen, Trinken – genau in dieser Reihenfolge. Vom Spucken einmal abgesehen, sind das übrigens genau jene Fertigkeiten, die man Konsul Peter oder Hagenbecks Schimpansen beibringt.[171]

In dieser Dressur zeigt sich eine seltsame Auffassung dessen, was den Menschen ausmacht – und genau sie spiegelt Rotpeter in seinem Bericht: »Es war so leicht, die Leute nachzuahmen. Spucken konnte ich schon in den ersten Tagen. [...] Die Pfeife rauchte ich bald wie ein Alter« (241). Nur mit dem Schnapstrinken dauert es länger, weil Rotpeters Widerstand gegen den Geruch des Alkohols zu stark ist. Trotz intensiver Instruktion durch einen Matrosen des Schiffs gelingt es ihm erst während eines Festes, vor großem Publikum. Da nimmt er nämlich, zunächst unbeobachtet, eine vor seinem Käfig stehende Flasche, entkorkt sie, trinkt und wirft sie schließlich weg, »nicht mehr als Verzweifelter, sondern als Künstler« (243). Im Rausch des Alkohols erlebt Rotpeter aber nicht nur seine Geburt als Künstler. Er benutzt auch zum ersten Mal die menschliche Sprache, indem er »Hallo« ruft und »mit diesem Ruf in die Menschengemeinschaft spr[ingt] und ihr Echo: ›Hört nur, er spricht!‹ wie einen Kuß auf [s]einem ganzen schweißtriefenden Körper fühlt[]« (243).

Die Abfolge von Spucken, Rauchen, Trinken, Künstlertum und Spracherwerb mutet nicht nur seltsam, sondern vor allem komisch an, weil sie niedrige und hochgeschätzte Fähigkeiten des Menschen miteinander verbindet. Sich einen Rausch zu verschaffen, gelingt auch Elchen und Wildschweinen. Aber Künstlertum und Sprache, das sind schon etwas andere Kategorien. Die Art allerdings, wie Rotpeter beides erwirbt, klingt eher nach einer Parodie der idealistischen Philosophie und ihrer hehren Lehre von der Humanität, die ihren Gipfel in der Kunst erreicht. Das Vokabular von Menschengemeinschaft, Echo und Kuss erinnert zwar noch an das Pathos der Schillerschen Ode »An die Freude«, wird aber durch den schwitzenden Körper und den Sprung des Affen unvermittelt geerdet.

Neben die Leidensgeschichte des Tieres tritt nun etwas, das sich schon länger angedeutet hat und jetzt offenbar wird: die Komik der menschlichen Existenz. Diese wird uns in der Nachahmung des Affen als eine Art Slapstick-Show präsentiert, durch deren Performance der Affe den evolutionären Sprung schafft und Mensch wird. Rotpeter wird daher auch nicht müde, zu betonen, dass seine ganze Entwicklung nur ein Ausweg ist, weil sich ihm keine andere Möglichkeit bot. Keineswegs aber identifiziert er diesen Ausweg mit einer irgendwie gearteten Freiheit oder eben einem Pathos der Humanität. Lieber wäre er ein Affe geblieben, aber das erlaubte man ihm nun einmal nicht. Der Ausweg belegt also nichts weiter als Rotpeters Anpassungsfähigkeit. Seine Evolution im Schnelldurchlauf ist kein Produkt von Vernunft oder Verstand, sondern eine schlichte Überlebensstrategie, eine Art Mimikry des Feindes.

So mutet auch das Schlussbild des Textes seltsam parodistisch an. Es zeigt Rotpeter im Schaukelstuhl ruhend: »Die Hände in den Hosentaschen, die Weinflasche auf dem Tisch, liege ich halb, halb sitze ich im Schaukelstuhl und schaue aus dem Fenster« (245). Weder unglücklich noch zufrieden harrt er der Dinge, die da kommen sollen. Freiheit allerdings, das suggeriert schon der Blick aus dem geschlossenen Fenster, sieht anders aus. Nur am Abend zeigt sich seine tierische Natur kurz, wenn er sich »nach Affenart« vergnügt. Die »kleine halbdressierte Schimpansin«, mit der dieses Vergnügen erfolgt, trägt allerdings »den Irrsinn des verwirrten dressierten Tieres im Blick« (245), weswegen er sie auch nur nachts erträgt.

Hier taucht demnach, mitten in der Parodie, die Gespaltenheit wieder auf, nämlich in der mehrfach begegnenden Vokabel »halb«. Halb, halb, das ist Rotpeter als Mensch im Körper des Affen. Deswegen kann er auch nur mit seiner negativen

Entsprechung zusammenfinden. Der Mensch gewordene Affe und die halbdressierte Äffin passen insofern zueinander, als sie beide hybride Wesen darstellen, die weder das eine noch das andere sind.

An diesem Punkt endet die Autobiographie des ›gewesenen Affen‹. Rotpeter hat uns, typisch für die Gattung, die wichtigen Stationen seines Lebens erzählt: seine traumatische Gefangennahme, die Lehrzeit im Käfig, der Sprung in die Menschheit und ins Künstlertum und schließlich die Partnerschaft mit der Äffin. Am Ende zieht er Bilanz, weder klagend noch versöhnlich, und vielleicht wäre mancher froh, wenn er über sein Leben das Gleiche sagen könnte:

> Im Ganzen habe ich jedenfalls erreicht, was ich erreichen wollte. Man sage nicht, es wäre der Mühe nicht wert gewesen. Im übrigen will ich keines Menschen Urteil, ich will nur Kenntnisse verbreiten, ich berichte nur, auch Ihnen, hohe Herren von der Akademie, habe ich nur berichtet. (245)

Rotpeters mangelnder Enthusiasmus für seine eigene Entwicklung lässt sich unschwer mit den für sie erbrachten Opfern erklären. Hinter dem vorgeblich neutralen Bericht erscheinen aber nicht nur die Konturen seiner Leidensgeschichte, sondern auch ein parodistisches Bild der Menschheit. Der Affe zwingt die Herrscher des Wissens, die »hohen Herren von der Akademie«, dazu, die Erzählung der anderen Seite, nämlich die des gefangenen Tieres, zur Kenntnis zu nehmen. Dennoch bleibt sein Ton berichtsförmig sachlich – so wie der Schreibende selbst nicht anklagt, so verlangt er auch kein »Urteil«. Diese Sachlichkeit lässt sich durchaus mit dem Interesse eines autobiographischen Gedächtnisses und Gedenkens vereinbaren. Geht es doch darum, die Erkenntnisse, die innerhalb dieses besonderen Lebens erworben wurden, aufzubewahren und zu verbreiten. Die Autobiographie als Narbenschrift trifft es daher ganz gut: Es tut nicht mehr weh, aber es ist immer noch da, eingeschrieben in die Erinnerung.

Zwölftes Kapitel
Sultans Geist

Im Februar 2016 veröffentlichte der Brite Charles Foster das Buch »Being a Beast«, in dem er sein Leben als Tier schildert. Foster hatte einige Wochen wie ein Dachs in einer Grube gelebt und Würmer gefressen, war wie ein Otter in den Flüssen Exmoors geschwommen, hatte wie ein Fuchs die Mülltonnen Londons durchwühlt, sich, um dem Rothirsch zu ähneln, die Zehennägel wachsen lassen und war schließlich dem Flug der Schwalben nach Afrika gefolgt.[172]

Was wie ein typisches Beispiel englischer Exzentrik anmutet, berührt doch im Kern ein ernsthaftes Problem. Denn all die Behauptungen, die in den vergangenen Kapiteln über die Möglichkeiten und Grenzen der Affen angeführt wurden, leiden an einem Kurz-, wenn nicht sogar Zirkelschluss: Wir können uns das Bewusstsein der Affen immer nur auf der Basis unserer eigenen kognitiven Möglichkeiten und Beobachtungen vorstellen – wir haben eben keine Möglichkeit, die Tiere selbst zu befragen.

In einem berühmten Aufsatz diskutiert der Philosoph Thomas Nagel dieses Problem am Beispiel der Fledermaus. Er fragt: »Wie ist es, eine Fledermaus zu sein?« und antwortet dann: Auch wenn wir uns vorstellen, dass wir Flughäute hätten, kopfüber an der Decke hingen und die Umwelt mittels Echoortung wahrnehmen würden, so wüssten wir immer noch nicht, was es heißt, eine Fledermaus zu sein, sondern nur, wie es für *uns* wäre, sich wie eine zu verhalten.[173] Das subjektive Erleben der Fledermaus dagegen (»wie es ist, eine Fledermaus zu sein«) entzieht sich dem menschlichen Geist mit seinen ganz anderen Wahrnehmungsvoraussetzungen. Dennoch bedeutet das nicht automatisch, dass Fledermäuse kein derartiges Erleben hätten. Es ist aber laut Nagel dem naturwissenschaftlichen Zugriff nicht zugänglich, da es nicht in der objektiven Beschreibung der Echoortung und den ihr entsprechenden Gehirnaktivitäten der Fledermaus aufgeht.

Mit seinem Aufsatz aus dem Jahr 1974 hat Nagel einen viel diskutierten Beitrag zur Philosophie des Geistes geleistet, die sich mit dem Verhältnis und dem Zusammenhang von Leib und Seele, Körper und Geist auseinandersetzt. Die Frage, wie sich physische und mentale Zustände zueinander verhalten, beschäftigt schon die Philosophie der Antike. In der Neuzeit hat sie eine wirkmächtige und zugleich umstrittene Antwort von René Descartes erhalten, der beim Menschen einen Dualismus von Körper und Geist annimmt. Tiere dagegen sind für Descartes rein auf der Seite des Körpers zu verorten; sie sind Automaten, deren Mechanik gleich einem Uhrwerk abläuft und daher keine Seele benötigt.

Obwohl Descartes' Automatentheorie schon von seinen Zeitgenossen problematisiert wurde und seitdem zahlreiche Relativierungen erfahren hat, ist die Frage nach dem Geist der Tiere weiterhin umkämpft. Unter dem Eindruck der Sprachexperimente mit Affen und tierrechtlicher Argumentationen hat sie aber gerade in der gegenwärtigen philosophischen Diskussion neue Aufmerksamkeit erlangt. Auch wenn man Descartes nicht folgt und Tieren grundsätzlich eine Art Geist zugesteht, so ist doch ungeklärt, auf welchem Niveau dieser anzusetzen wäre: Reicht es, wenn man den Tieren ein Bewusstsein von Phänomenen zuschreiben kann? Oder müssten sie, um Geist zu besitzen, noch weitere Kriterien erfüllen, etwa logisch denken können?[174]

Für Nagel ist aber nicht jene Frage des Grades von Geist interessant, sondern vielmehr ein methodisches Dilemma: Wie kann man etwas objektiv, d. h. naturwissenschaftlich, und zugleich nicht reduktionistisch beschreiben, das sich unseren kognitiven Möglichkeiten entzieht? Tatsächlich hat er hierfür keine Antwort. Aber er sagt zumindest, welchen Weg er für den falschen hält: den über Empathie und Imagination. Beide verleiten seiner Ansicht nach dazu, den Standpunkt des erlebenden Subjekts aus dem Blickwinkel der eigenen Subjektivität einzunehmen.

Genau an diesem Punkt setzt der südafrikanische Autor und Nobelpreisträger J. M. Coetzee in seinem Roman »Elisabeth Costello« (2003) an.[175] Er lässt seine Protagonistin, eine fiktive australische Schriftstellerin, gleichsam stellvertretend den Fehdehandschuh aufnehmen, den die Philosophie der Literatur hinwirft, wenn sie Empathie und Imagination für unangemessene Erkenntnisformen hält. Elizabeth Costello nämlich behauptet, dass Literatur zur Frage: »Wie fühlt es sich an, ein Affe zu sein?« durchaus etwas beizutragen habe.

Schon hier wird klar, dass es sich um einen ungewöhnlichen, um nicht zu sagen: außergewöhnlichen Roman handelt, der zwischen Erzählung und Essay changiert. Seine einzelnen Kapitel werden im Original als »lessons« bezeichnet, und Lektionen, im doppelten Sinn von Vorlesungen, aber auch von »Lehrstücken« (so die deutsche Übersetzung) sind es, die er versammelt. In ihnen hält und hört Elisabeth Costello Vorträge, erteilt und bekommt Lektionen. Sie spricht auf Preisverleihungen und Tagungen, gibt Interviews, nimmt als Vortragende an einer Kreuzfahrt teil und muss am Ende sogar in einer an Kafka angelehnten Gerichtsszenerie Auskunft über ihre schriftstellerischen Überzeugungen geben.

In diesen unterschiedlichen Zusammenhängen werden von ihr und anderen Thesen zu den verschiedensten Themen vorgetragen und diskutiert. Darunter finden sich der Realismus und der Roman in Afrika, aber auch die Tiere, das Böse und der Eros. Als Leser folgen wir Costello auf ihren Reisen und nehmen teil an den Vorträgen. Insofern verklammern sich in den Kapiteln die theoretischen Überlegungen der Vorträge mit einer Rahmenhandlung, in der die Figuren diese Thesen reflektieren und diskutieren. Trotz der Fülle der verschiedenen Themen, die das Buch verhandelt, lässt sich ein roter Faden erkennen: Immer wieder geht es um die Frage, was Literatur ist und was sie leisten kann.

Tiere, insbesondere Affen, spielen dabei an verschiedenen Stellen des Romans eine Rolle. Zum eigentlichen Thema werden sie in zwei Kapiteln des Buchs, die unter dem gemeinsamen Obertitel »Das Leben der Tiere« zunächst »Die Philosophen und die Tiere« und anschließend »Die Dichter und die Tiere« diskutieren. Im ersten hält Costello anlässlich einer Preisverleihung am Appleton College einen Vortrag, in dem sie über den Geist der Tiere nachdenkt. Sie beginnt ihn mit der Bemerkung, sie fühle sich wie Rotpeter, der äffische Protagonist aus Kafkas »Ein Bericht für eine Akademie«, und sie meine das nicht allegorisch, nicht ironisch, sondern wörtlich. Was es heißen soll, dass sich eine Schriftstellerin mit einem fiktiven Affen identifiziert, der einen Bericht für eine Akademie verfasst – sich also in einer vortragsähnlichen Situation befindet, wie Costello betont – wird erst am Ende klar.

Zunächst formuliert Costello nämlich einen skandalösen Vergleich. Sie behauptet, dass unsere zeitgenössische Ignoranz gegenüber dem Leid, das die Tiere in Massentierhaltung, Schlachthöfen und Laboren erfahren, dem gewollten Nichtwissen der Bürger des Dritten Reichs während des Holocaust ähnelt. Damit kehrt sie die übliche Vergleichsrichtung um. Wenn im Sprechen über den Holocaust davon die Rede ist, dass Menschen »wie Vieh« behandelt wurden und starben, so erklärt Costello nun:

> *Rings um uns herrscht ein System der Entwürdigung, der Grausamkeit und des Tötens, das sich mit allem messen kann, wozu das Dritte Reich fähig war, ja es noch in den Schatten stellt, weil unser System kein Ende kennt, sich selbst regeneriert, unaufhörlich Kaninchen, Ratten, Geflügel, Vieh für das Messer des Schlächters auf die Welt bringt. (85)*

Wie rechtfertigt Costello nun diese problematische These? Indem sie die Grenze zwischen Mensch und Tier in doppelter Weise hinterfragt, philosophisch-argumentativ und mit den Mitteln der Literatur. Gegen die philosophische Tradition, die den Tieren die Vernunft abspricht, erzählt sie von Sultan, einem der Schimpansen, mit denen der Gestaltpsychologe Wolfgang Köhler in den Jahren 1913 bis 1917 in der Primatenstation auf Teneriffa arbeitete:

Sultan ist allein in seinem Käfig. Er hat Hunger: Das Futter, das bisher regelmäßig gekommen ist, kommt unerklärlicherweise nicht mehr.

Der Mann, der ihn bisher gefüttert hat und das nun nicht mehr tut, spannt drei Meter über dem Erdboden einen Draht über seinen Käfig und hängt ein Bündel Bananen daran. In den Käfig zerrt er drei Holzkisten. Dann macht er die Tür hinter sich zu und verschwindet, ist aber noch irgendwo in der Nähe, weil man ihn riechen kann.

Sultan weiß: Jetzt erwartet man von ihm, dass er denkt. Darum sind die Bananen dort oben. Die Bananen hängen dort, damit man denkt, damit man bis an die Grenzen seines Denkvermögens getrieben wird. Aber was soll man denken? Man denkt: Warum lässt er mich hungern? Man denkt: Was habe ich getan? Warum kann er mich nicht mehr leiden? Man denkt: Warum will er diese Kisten nicht mehr haben? Aber keiner dieser Gedanken ist der richtige. Sogar ein komplizierterer Gedanke – zum Beispiel: Was stimmt mit ihm nicht, welche falsche Vorstellung hat er von mir, dass er glauben kann, es sei leichter für mich, eine Banane zu erreichen, die an einem Draht hängt, als eine Banane vom Boden aufzulesen? – ist falsch. Der richtige Gedanke, den man denken soll, ist: Wie benutzt man die Kisten, um an die Bananen zu kommen?

Sultan zerrt die Kisten unter die Bananen, stapelt sie aufeinander, klettert auf den Turm, den er gebaut hat, und zieht die Bananen herunter. Er denkt: Wird er jetzt aufhören, mich zu bestrafen?

Die Antwort lautet: Nein. Am nächsten Tag hängt der
Mann wieder ein Bündel Bananen an den Draht, doch er füllt
auch die Kisten mit Steinen, so dass sie zu schwer zum Ziehen
sind. Man soll nicht denken: Warum hat er die Kisten mit Stei-
nen gefüllt? Man soll denken: Wie benutzt man die Kisten, um
an die Bananen zu kommen, obwohl sie mit Steinen gefüllt
sind?

Man begreift allmählich, wie das Gehirn des Mannes arbei-
tet. (93 f.)

Was macht Costello hier? Sie versetzt sich in Sultan und entwirft dessen Perspektive auf die berühmten »Intelligenzprüfungen«, mit denen Köhler den Werkzeuggebrauch und damit das Problemlöseverhalten von Schimpansen erstmals sys-
tematisch untersuchte.[176] Sultan hat Hunger, aber er erhält
seine Bananen nicht wie gewohnt. Schritt für Schritt folgt
Costello seinen Gedanken. Damit postuliert sie zunächst einmal, dass er denkt. Im Folgenden formuliert sie dann die Fragen, die sich Sultan angesichts der neuen Situation stellen
könnte. Es sind Fragen, die vor allem seine Beziehung zu »dem
Mann« betreffen. Sie kreisen um die Motive seines Verhaltens,
das Sultan nacheinander als Bestrafung, Liebesentzug und
Missverständnis zu interpretieren versucht. Schließlich gelangt er dahin, wo das Experiment ihn haben will, nämlich
beim Gebrauch der Kisten als Werkzeuge.

Der Versuch sagt ebenso viel über den Menschen wie über
den Affen aus. Sultan, der in Beziehungskategorien denkt,
muss sich ebenfalls in das Gehirn des Mannes hineinversetzen, um zu begreifen, was der von ihm will: Werkzeuggebrauch, instrumentelle Vernunft, nichts anderes. Diese wird
zugleich kritisiert, denn sie erscheint gegenüber den deutlich
komplexeren Fragen Sultans und der hermeneutischen Leistung, die er erbringt, als defizitär. Im Sinne der »Theory of
Mind« schreibt Costello Sultan die Fähigkeit zu, sich in Köhler hineinzudenken und Annahmen über dessen Motive an-
zustellen. Inwieweit Affen hierzu tatsächlich in der Lage sind,

Abb. 12 *Sultan beobachtet Grande beim Kistenbau, vermutlich 1914*

ist immer noch eine der umkämpften Fragen der zeitgenössischen Primatologie.[177]

Um uns Sultans Gedankenwelt nahezubringen, nutzt Costello bewährte literarische Verfahrensweisen. Sie erzählt im Präsens und erzeugt dadurch Nähe; sie nimmt die Perspektive Sultans ein und gibt ihm über das Verb »denken« ein eigenes Bewusstsein. Insgesamt verwendet sie die rhetorische Figur der Prosopopöie, des Voraugenstellens einer Person. Sie führt uns den längst verstorbenen Schimpansen als lebendiges, denkendes Wesen vor, verleiht ihm ein Bewusstsein und eine Stimme. Demnach macht sie genau das, was Nagel (den sie später auch diskutiert) aus erkenntnistheoretischer Sicht kritisiert: Sie nimmt die Perspektive des Tiers ein.

Auch Köhler hat das an einigen Stellen seines Buchs getan. So veröffentlicht er eine Fotografie von Sultan, auf der dieser Grande beim Turmbau beobachtet, ohne ihr helfen zu dürfen (Abb. 12), und bemerkt dazu:

> *Auf einer der Abbildungen (Tafel IV) ist leicht zu erkennen, wie sehr er (das Tier rechts unten) dabei aufmerkt. Läßt man nun ein klein wenig locker, wird das Verbot nicht fortwährend streng erneuert, so bewirkt es zwar noch, daß er nicht wagt selbst zu bauen, als dürfe er das Ziel erreichen, aber er kann es bei seinem aufmerksamen Zusehen bisweilen nicht lassen, schnell Hand anzulegen, wenn eine Kiste zu fallen droht, sie zu stützen, wenn das andere Tier gerade eine entscheidende und gefährliche Anstrengung macht, oder sonst mit einer kleinen Bewegung im Sinne des fremden Bauens einzugreifen [...]. Wir alle kennen ja Ähnliches: Versteht ein Mensch eine Art Arbeit aus langer Übung sehr gut, so ist es schwer für ihn, ruhig zuzusehen, wie ein anderer ungeschickt dabei verfährt; »es kribbelt ihm in den Fingern«, einzugreifen und »die Sache zu machen«.*[178]

Köhler kennt demnach durchaus den anthropomorphisierenden Blick; die Vernunftkritik allerdings, die in Costellos kurzer Sultan-Erzählung zu Tage tritt, teilt er nicht. Sie wird im Folgenden von Costello argumentativ untermauert. Die Schriftstellerin beschreibt den selbstbezüglichen, körperfeindlichen, instrumentellen und restriktiven Charakter der menschlichen Vernunft, wie er sich in der philosophischen Tradition, etwa bei Descartes, zeigt. Dagegen hebt Costello die Gemeinsamkeiten von Mensch und Tier als Lebewesen hervor, Lebewesen, die einen Körper besitzen. »Körperlichkeit« (101) und »Seinsgefühl« (101) sind die Kategorien, die sie gegen den erkenntnistheoretischen Zweifel beschwört; und schließlich das »Mitgefühl« (102) als Fähigkeit, sich in den anderen, welches Lebewesen er auch immer sei, einzufühlen. Während die Philosophie Mensch und Tier mittels der Vernunft trennt, bildet das Mitgefühl eine Brücke zwischen den Lebewesen.

Damit schließt sich nun auch der Kreis von Costellos Argumentation. Das Mitgefühl liefert auch das Fundament für den skandalösen Vergleich des Anfangs. Genau jene Bereitschaft, sich in den anderen hineinzudenken, habe den Tätern des Holocaust ebenso gemangelt, wie sie jetzt gegenüber den Tieren fehlt. Dies erklärt nun auch, warum Costello sich wie Rotpeter fühlen kann. Der »mitfühlenden Vorstellungskraft« (103) sind keine Grenzen gesetzt.

Allerdings bleiben die Kategorien Körperlichkeit, Seins- und Mitgefühl eigentümlich vage und von einem Hauch Romantik und Lebensphilosophie umweht. Sie könnten auch kritisch gesehen werden, nämlich als grenzenlose, fast psychopathologische Identifikation mit einem anderen, über den man nichts weiß. Das deutet zumindest eine Szene des Romans an, in der die Vegetarierin Elizabeth Costello ihrem Sohn John den Tränen nahe gesteht, dass sie, wenn ihr Freunde und Familie »Leichenteile« (146), d. h. Fleisch, anbieten, an die Verwertungsindustrie der nationalsozialistischen Vernichtungslager denken muss:

> »Es ist, als würde ich Freunde besuchen und eine höfliche Bemerkung über die Lampe in ihrem Wohnzimmer machen, und sie würden sagen: ›Ja, sie ist nett, nicht wahr? Sie ist aus polnisch-jüdischer Haut gefertigt, wir finden, die ist beste Qualität, die Haut von polnisch-jüdischen Jungfrauen.‹ Und dann gehe ich ins Bad, und auf der Seifenhülle steht: ›Treblinka – 100 % menschliches Stearin.‹« (146)

Wie immer diese Einfühlung einzuschätzen ist, in jedem Fall verschiebt Costello die philosophische Fragestellung nach dem Geist der Tiere von der Vernunft auf die Empfindung und von der Erkenntnistheorie auf das Feld der Ethik. Das geteilte Seinsgefühl eröffnet die Möglichkeit von Mitgefühl, das dann praktische Konsequenzen für den Umgang mit Tieren und Menschen hätte. Diese Verlagerung führt weg von den trennenden kognitiven Fähigkeiten hin zu den geteilten Empfindungen und erinnert an tierrechtliche Argumente, wie sie bereits im 19. Jahrhundert, etwa von Jeremy Bentham formuliert wurden. Der Philosoph klagte die Leidensfähigkeit der Tiere in berühmten Sätzen ein: »Die Frage ist nicht: Können sie nachdenken? oder: Können sie sprechen? sondern: Können sie leiden?«[179]

Den Gedanken der Einfühlung entwickelt der Roman dann am folgenden Tag in einer Seminarveranstaltung weiter, die unter dem Titel »Die Dichter und die Tiere« steht und das zweite den Tieren gewidmete Kapitel des Romans bildet. Die mitfühlende Imagination, die prinzipiell allen Menschen zugänglich ist, wird nun als spezifische Leistung der Literatur erkennbar. Als Beispiel dienen Costello lyrische Texte, die sich Tieren zuwenden, insbesondere Ted Hughes' Gedicht »Der Jaguar«, über das sie sagt: »Wenn wir das Jaguar-Gedicht lesen, wenn wir uns später in Ruhe hineinversenken, sind wir für kurze Zeit der Jaguar. Er lässt in uns die Muskeln spielen, er ergreift Besitz von unserem Körper, er verkörpert sich in uns« (125).

Der literarische Text ermöglicht es demnach, die Einheit mit dem Tier zu erfahren, ja geradezu selbst zum Tier zu werden. Im Original lautet der Schlusssatz der Passage »he is us«,[180] also wörtlich übersetzt: »er ist wir«, was den grenzüberschreitenden Charakter der Verschmelzung von Mensch und Tier noch deutlicher macht. Die Literatur leistet also genau das, was Charles Foster bei seinen mühsamen Expeditionen in die Dachsgrube oder beim Plündern der Mülltonnen zu erfahren sucht. So wird bei Costello der Anthropomorphismus der Literatur zu einer Erkenntnisform eigenen Rechts, womit sie sich gegen Philosophie und Naturwissenschaft wendet, die ihn als untauglich deklarieren. Mittels der Literatur können wir uns in das Tier hineinversetzen und es als Mitlebewesen erfahren, anstatt es als bewusstlos zu degradieren. Letztlich formuliert Costello damit einen ethischen Imperativ der Literatur.

Diese Position bleibt im Roman allerdings nicht unumstritten, sondern wird durch die Figuren der Rahmenhandlung vielfach diskutiert und gespiegelt. Von Costellos Sohn abgesehen, der sich weitgehend solidarisch mit der Mutter verhält, sind die meisten kritisch gegenüber ihren Thesen eingestellt. Da wäre als Erstes Johns Ehefrau Norma zu nennen, die ein gespanntes Verhältnis zu ihrer berühmten Schwiegermutter hat. Norma ist selbst Philosophin und beurteilt die Ausführungen Costellos aus erkenntnistheoretischer Perspektive. Sie flüstert John während des Vortrags Bemerkungen zu, Sätze wie: »Sie redet wirres Zeug. Sie hat den Faden verloren« (97). Diese bilden einen kritischen Kommentar, der mögliche Reaktionen der Leser vorwegnimmt und ausspricht.

Sodann wird der Vortrag ebenfalls im Rahmen eines Dinners zu Ehren von Costello diskutiert. Auch hier formulieren viele Figuren Fragen und Einwände. Nicht zuletzt nimmt auch ein Abwesender kritisch Stellung. Der Platz des jüdischen Dichters Abraham Stern bleibt nämlich leer, weil er den Holocaust-Vergleich ablehnt und das in einem Brief an Costello auch erläutert: »Wenn man die Juden wie Vieh behandelte, folgt daraus nicht, dass Vieh wie die Juden behandelt wird. Diese Umkehrung beleidigt das Andenken der Toten. Sie beutet auch die Gräuel der Lager auf billige Weise aus« (121). So verweigert sich der Text einer eindeutigen Festlegung und sichert sich in verschiedene Richtungen ab. Er führt eine Fülle von Argumenten vor, ohne selbst ausdrücklich Position zu beziehen.[181]

Obwohl Elisabeth Costello inmitten dieser Stimmenvielfalt durch ihre dauerhafte Präsenz privilegiert wird, wäre es doch ein Missverständnis, sie als Sprachrohr Coetzees zu begreifen. Das belegt auch ein Vergleich mit seinem Aufsatz »Meat Country«, den der Autor bereits 1995 publizierte.[182] In ihm spricht Coetzee als Coetzee und setzt sich als Vegetarier, Autogegner und Radfahrer mit dem »Fleischland« Amerika, genauer Texas, auseinander. Er entwickelt dabei Überlegungen zu Geschichte, Logik und Tabus des Fleischverzehrs, bereichert sie mit Beobachtungen in amerikanischen Supermärkten und Reflexionen auf allgemeinere moralische Probleme. Besonders interessant ist dabei eine von Coetzee in diesem Text formulierte Frage: Darf man angesichts unseres Fleischkonsums, der zwischen höheren und niederen Spezies unterscheidet, an die Nationalsozialisten erinnern, die die Menschheit in lebenswertes und lebensunwertes Leben teilten?[183] Diese Überlegung lässt sich einerseits als Vorform des Holocaust-Vergleichs ansehen, den der Autor später Costello in den Mund legt, andererseits besitzt sie eben deutlich Frage- und nicht Aussageform.

Der Aufsatz nähert sich also ebenfalls mäandernd verschiedenen Aspekten, aber er unterscheidet sich von der Fiktion um Elizabeth Costello doch in vielfacher Hinsicht: Weder argumentiert er so provokativ noch so polyphon. Stattdessen wird ›ernsthaft‹ im Sinne einer persönlichen Stellungnahme, aber zugleich weniger riskant diskutiert. Während in »Elizabeth Costello« eine Arena des Kampfes verschiedener Positionen entworfen wird, findet hier eine abwägende, unpolemische Analyse offener Fragen statt.

Im Vergleich von Aufsatz und Roman erweist sich die Figur Elizabeth Costello demnach als *persona,* als Maske, die Coetzee die provokative Inszenierung von Argumenten erlaubt, ohne dass es zu einer abschließenden Lösung kommen müsste. Darin ähnelt der Text Coetzees vorangehenden Romanen, die sich der südafrikanischen Realität widmen und ebenfalls einsinnige politisch-moralische Festlegungen verweigern – man denke nur an seinen wahrscheinlich bekanntesten Roman, »Schande« (1999).

All dies hat uns von der Frage nach dem Affen nur scheinbar weit entfernt, denn in Coetzees Text lässt sich die komplexe Gestalt erkennen, die die Debatte um den Affen in der Gegenwart angenommen hat. Der Text bündelt gleichsam die verschiedenen Diskurse, die zu ihr beitragen: Philosophie, Naturwissenschaft und Literatur. Er nimmt die philosophische Frage nach dem Geist der Tiere auf, um sie mit den Mitteln der Literatur zu beantworten. Zugleich folgt er der tierrechtlichen Wende in der Philosophie, wenn Costello den Schwerpunkt von der Erkenntnistheorie auf die Ethik verschiebt. Hinter ihrer Argumentation tauchen zudem zeitgenössische Diskussionen auf, etwa die Forderungen des »Great Ape Project« nach Menschenrechten für die großen Menschenaffen, aber auch die Debatten um den Vegetarismus.

Innerhalb dieser Gemengelage erscheint der Affe als dasjenige Lebewesen, an dem sich allgemeinere Fragen des menschlichen Umgangs mit Tieren verhandeln lassen. Dass er diese Stellvertreterfunktion übernehmen kann, liegt sicherlich zum einen an der literarischen Tradition, in die sich Coetzee einschreibt, zum anderen aber auch an der Tatsache, dass wir eher geneigt sind, Sultan als der Schabe oder der Fledermaus einen Geist zuzugestehen. Die Ähnlichkeit zwischen den Affen und uns ist einfach zu offensichtlich.

Zugleich kommentiert der Text genau jene Tradition, die er eben nicht nur beerbt, sondern auch reflektiert. Das, was Literatur schon immer gemacht hat, nämlich Tiere zu beleben, ihnen Stimme und Geist zu geben, macht auch er. Er stellt uns Sultan vor Augen, seine Sicht, seine Überlegungen, und erschafft ihn damit überhaupt erst als denkendes Wesen. Mit der rhetorischen Figur der Prosopopöie (Personifikation) öffnet Costello gleichsam die Flasche, aus der Sultans Geist entweicht – ob er tatsächlich einen hat oder nicht, ist dabei nebensächlich.

Gleichzeitig nimmt der Text seine literarischen Vorgänger auch kritisch in den Blick, etwa wenn Costello immer wieder Kafkas Affen Rotpeter anführt. Vergleicht man die Texte Kafkas und Coetzees miteinander, so wird der Unterschied eklatant deutlich. Kafka mutet uns den Bericht eines Affen zu, der uns seine eigene Geschichte erzählt. Auf diese Zumutung lassen wir uns erstaunlicherweise ein, eben weil sie genau über jene bereits erläuterte Form des anthropomorphen Voraugenstellens funktioniert. Der Text, in dem der Erzähler mit Rotpeter identisch ist, tut wenig, um diese Simulation von sich aus in Frage zu stellen. Zwar gibt Rotpeter zu, nicht auf Erinnerungen an sein ›Affentum‹ zurückgreifen zu können, aber das steigert ja nur die Illusion, hier habe es einer gezwunge- nermaßen von der Tier- in die Menschenwelt geschafft.

Gegenüber dieser gleichsam ›realistischen‹ Erzählweise Kafkas gibt es dagegen bei Coetzee vielfache Brechungen der Illusion, etwa in Gestalt der fiktiven Schriftstellerin und in der offensichtlichen Thematisierung des literarischen Anthro- pomorphismus. Während Kafka diesen für seinen Text nutzt, wird er bei Coetzee zugleich inszeniert und diskutiert. Im Blick auf die Tradition der literarischen Affendarstellung kann man Coetzees Roman daher zu Recht als eine Art post- modernen Schlussstein ansehen. Er verfolgt eine doppelte, wenn nicht sogar dreifache Strategie, indem er diese Tradi- tion erneuert, reflektiert und in gewisser Weise sogar überbie- tet. Denn hier begnügt sich ein Autor nicht damit, einen Af- fen denken zu lassen und damit die Frage nach dem Geist der Tiere aufzuwerfen, sondern er nutzt auch noch das gesamte Instrumentarium von Philosophie, Natur- und Literaturwis- senschaft. Im Rahmen der Fiktion lässt er eine Schriftstelle- rin auftreten, die über die Frage des Geistes der Tiere spricht, dabei einen Affen denken lässt, dieses Verfahren der anthro- pomorphen Einfühlung reflektiert und es als ethische Verfah- rensweise rechtfertigt.

Daraus entwickelt sich ein vielschichtiges, selbstreflexives Spiel, das jener Komplexität der Fragen, die der Text stellt, gerecht wird. Insofern gibt der Text auf die Frage nach dem Geist der Tiere eine spezifisch literarische Antwort. Er öffnet uns den Weg in den imaginären Raum von Sultans Geist; wir wissen nach der Lektüre, wie es sich anfühlt, Sultan zu sein – dieses Wissen aber, und darauf weist uns der Text immer wie- der hin, ist und bleibt Fiktion.

Anmerkungen

1 Für weitere literarische Texte der Moderne vgl. die grundlegenden Werke von Horst-Jürgen Gerigk: Der Mensch als Affe in der deutschen, französischen, russischen, englischen und amerikanischen Literatur des 19. und 20. Jahrhunderts. Hürtgenwald 1989 und Julika Griem: Monkey Business. Affen als Figuren anthropologischer und ästhetischer Reflexion 1800–2000. Berlin 2010. Für die Antike vgl. das Standardwerk von William Coffmann McDermott: The Ape in Antiquity. Baltimore 1938, für das Mittelalter das von H. W. Janson: Apes and Ape Lore in the Middle Ages and the Renaissance. London 1952.

2 Paul Raffaele: Speaking Bonobo. Smithsonian Magazine. November 2006, unter: http://www.smithsonianmag.com/science-nature/speaking-bonobo-134931541/?no-ist (10. 10. 2016). Inzwischen sind auch Fotos erschienen, die Kanzi dabei zeigen, wie er Feuer macht und einen Marshmallow grillt: Amazing photographs of Kanzi the bonobo lighting a fire and cooking a meal. In: The Daily Telegraph. December 30, 2011, unter: http://www.telegraph.co.uk/news/picturegalleries/howaboutthat/8985122/Amazing-photos-of-Kanzi-the-bonobo-lighting-a-fire-and-cooking-a-meal.html (10. 10. 2016).

3 James Boswell: The Life of Samuel Johnson, LL. D. Including a Journal of a Tour to the Hebrides. A New Edition with Numerous Additions and Notes by John Wilson Croker in two Volumes. Bd. I. Boston 1832, S. 330: »My definition of man is, ›a cooking animal.‹ The beasts have memory, judgment, and all the faculties and passions of our mind, in a certain degree; but no beast is a cook. The trick of the monkey using the cat's paw to roast a chestnut is only a piece of shrewd malice in that *turpissima bestia*, which humbles us so sadly by its similarity to us. Man alone can dress a good dish; and every man whatever is more or less a cook, in seasoning what he himself eats« (deutsche Übersetzung A. T.).

4 Der Ausspruch von Q. Ennius: »simia quam similis turpissuma bestia nobis«, deutsch: »Wie ähnlich ist uns doch das hässlichste Tier, der Affe«

wird u. a. bei Cicero zitiert, M. Tullius Cicero: De natura deorum/Über das Wesen der Götter. Lateinisch/Deutsch. Übersetzt und herausgegeben von Ursula Blank-Sangmeister. Nachwort von Klaus Thraede. Stuttgart 2011, Buch I, 97, S. 90 f.

5 Edmund Leach: Claude Lévi-Strauss zur Einführung. Mit einem Nachwort von Karl-Heinz Kohl und einer Auswahlbibliographie von Klaus Zinniel. Aus dem Englischen von Lutz-W. Wolff. 2. Aufl. Hamburg 1998, S. 104.

6 Karl Eibl: Animal Poeta. Bausteine der biologischen Kultur- und Literaturtheorie. Paderborn 2004, S. 143.

7 Richard Wrangham: Feuer fangen. Wie uns das Kochen zum Menschen machte – eine neue Theorie der menschlichen Evolution. Aus dem Englischen von Udo Rennert. München 2009, S. 149.

8 Claude Fischler: L'Homnivore. Le goût, la cuisine et le corps. Paris 2001, S. 62–66.

9 Yann Martel: Schiffbruch mit Tiger. Roman. Aus dem Englischen von Manfred Allié und Gabriele Kempf-Allié. 2. Aufl. Frankfurt am Main 2003 (orig. 2001), S. 140. Zitate aus dieser Ausgabe werden im Folgenden im Haupttext in Klammern nachgewiesen.

10 Thomas Geissmann: Vergleichende Primatologie. Mit 188 Abbildungen und 22 Tabellen. Berlin u. a. 2003, S. 287–303.

11 P. Ovidius Naso: Metamorphosen. Lateinisch/Deutsch. Übersetzt und herausgegeben von Michael von Albrecht. Stuttgart 1994, 15. Buch, S. 797.

12 Axel Michaels: Der Hinduismus. Geschichte und Gegenwart. München 2006, S. 202.

13 Daniel Fulda: Einleitung. In: ders./Walter Pape (Hg.): Das Andere Essen. Kannibalismus als Motiv und Metapher in der Literatur. Freiburg im Breisgau 2001, S. 7–43, hier S. 12.

14 Felipe Fernández-Armesto: Food. A History. London 2001, S. 29 f.

15 Edgar Allan Poe: Umständlicher Bericht des Arthur Gordon Pym von Nantucket. Roman. In: ders.: Gesammelte Werke in fünf Bänden. Bd. 4: Umständlicher Bericht des Arthur Gordon Pym von Nantucket. Roman. Aus dem Amerikanischen von Arno Schmidt. Zürich 1994.

16 Yann Martel: How Richard Parker Came to Get His Name, unter: http://www.amazon.com/gp/feature.html?docId=309590 (17. 1. 2013).

17 Midas Dekkers: Geliebtes Tier. Die Geschichte einer innigen Beziehung. Aus dem Niederländischen von Stefanie Peter und Dirk Schümer. München, Wien 1994, S. 160 f.

18 Peter Singer: Heavy Petting. Nerve 2001, unter http://www.utilitarianism.net/singer/by/2001----.htm (23. 10. 2016).

19 Claudius Aelianus: Werke. 2. Abtheilung, Bd. 4–9: Tiergeschichten. Übersetzt von Friedrich Jacobs. Stuttgart 1842, S. 690, S. 1008.

20 Londa Schiebinger: Am Busen der Natur. Erkenntnis und Geschlecht in den Anfängen der Wissenschaft. Aus dem Englischen von Margit Bergner und Monika Noll. Stuttgart 1995, S. 142.

21 Biruté M. F. Galdikas: Reflections of Eden. My Years with the Orangutans of Borneo. Boston u. a. 1995, S. 293 f.

22 Richard Wrangham/Dale Peterson: Bruder Affe. Menschenaffen und die Ursprünge menschlicher Gewalt. Aus dem Englischen von Götz Ferdinand Kreibl. München 2001, S. 174.

23 Johann Gottfried Schnabel: Insel Felsenburg. Mit Ludwig Tiecks Vorrede zur Ausgabe von 1828. Hg. von Volker Meid und Ingeborg Springer-Strand. Stuttgart 1998, S. 523–526; vgl. auch das neunte Kapitel.

24 Die Geschichte von der Prinzessin und dem Affen. In: Die Erzählungen aus den Tausendundein Nächten. Vollständige deutsche Ausgabe in zwölf Teilbänden. Zum ersten Mal nach dem arabischen Urtext der Calcuttaer Ausgabe aus dem Jahre 1839 übertragen von Enno Littmann. Bd. III.1. Frankfurt am Main 1976, S. 347–350.

25 Voltaire: Candide ou L'Optimisme. In: ders.: Romans et contes. Édition établié par Frédéric Deloffre et Jacques van den Heuvel. Paris 1979, S. 145–233, hier S. 180 f.

26 Peter Høeg: Die Frau und der Affe. Roman. Aus dem Dänischen von Monika Wesemann. Reinbek bei Hamburg 1999 (orig. 1996), S. 6. Zitate aus dieser Ausgabe werden im Folgenden im Haupttext in Klammern nachgewiesen.

27 Bram Stoker: Dracula. With an Introduction and Notes by A. N. Wilson. Oxford, New York 1983, S. 78.

28 Rudyard Kipling: The White Man's Burden. In: ders.: The Cambridge Edition of the Poems of Rudyard Kipling. Bd. I: Collected Poems I. Edited by Thomas Pinney. Cambridge 2013, S. 528 f.

29 Paola Cavalieri/Peter Singer u. a.: Deklaration über die Großen Menschenaffen. In: dies. (Hg.): Menschenrechte für die Großen Menschenaffen. Deutsch von Hans Jürgen Baron Koskull. Gütersloh 1994, S. 12–16.

30 Ebd., S. 12.

31 Vgl. auch Lill-Ann Körber: Die Frau und der Affe. Primatologie bei Karen Blixen und Peter Høeg. In: Heike Peetz u. a. (Hg.): Karen Blixen, Isak Dinesen, Tania Blixen: eine internationale Erzählerin der Moderne. Berlin 2008, S. 213–232.

32 Ian McEwan: Betrachtungen eines Hausaffen. In: ders.: Zwischen den Laken. Erzählungen. Aus dem Englischen von Michael Walter und Bernhard Robben. Zürich 1983 (orig. 1978), S. 39–66. Zitate aus dieser Ausgabe werden im Folgenden im Haupttext in Klammern nachgewiesen.

33 Kirill Rossiianov: Beyond Species. Il'ya Ivanov and His Experiments on

Cross-Breeding Humans with Anthropoid Apes. In: Science in Context 15 (2002), S. 277–316.

34 Ebd., S. 286 f.

35 Roland Borgards: Affen. Von Aristoteles bis Soemmering. In: ders. u. a. (Hg.): Monster. Zur ästhetischen Verfassung eines Grenzbewohners. Würzburg 2009, S. 239–253, hier S. 242 f.

36 Ambroise Paré: Des monstres et prodiges. Édition critique et commentée par Jean Céard. Genf 1971, S. 62–65.

37 Carl Niekerk: Man and Orangutan in Eighteenth-Century Thinking: Retracing the Early History of Dutch and German Anthropology. In: Monatshefte 96 (2004), S. 477–502, hier S. 484.

38 Edward Tyson: Orang-Outang, sive Homo Sylvestris: or, the Anatomy of a Pygmie Compared with that of a Monkey, an Ape, and a Man. To which is added, a Philological Essay Concerning the Pygmies, the Cynocephali, the Satyrs, and Sphinges of the Ancients. Wherein it will appear that they are all either Apes or Monkeys, and not Men, as formerly pretended. London 1699 (Nachdruck London 1966) (deutsche Übersetzung A. T.).

39 Ebd., o. P. (deutsche Übersetzung A. T.).

40 Jean-Jacques Rousseau: Diskurs über die Ungleichheit. Discours sur l'inégalité. Kritische Ausgabe des integralen Textes. Mit sämtlichen Fragmenten und ergänzenden Materialien nach den Originalausgaben und den Handschriften neu ediert, übersetzt und kommentiert von Heinrich Meier. 2. Aufl. Paderborn u. a. 1990, S. 335 f.

41 Jean-Jacques Rousseau: Discours sur les sciences et les arts. Abhandlung über die Wissenschaften und die Künste. Französisch/Deutsch. Übersetzt von Doris Butz-Striebel in Zusammenarbeit mit Marie-Line Petrequin. Hg. von Béatrice Durand. Stuttgart 2012.

42 Rousseau, Diskurs über die Ungleichheit, S. 80.

43 Ebd., S. 337.

44 Rossiianov, Beyond Species, S. 299 f., S. 297–300.

45 Gustave Flaubert: Quidquid volueris. Psychologische Studien. In: ders.: Leidenschaft und Tugend. Erste Erzählungen. Herausgegeben, aus dem Französischen übersetzt und mit einem Nachwort von Traugott König. Zürich 2005, S. 94–146, hier S. 100. Zitate aus dieser Ausgabe werden im Folgenden im Haupttext in Klammern nachgewiesen.

46 Deutsche Übersetzung A. T. Traugott König übersetzt an dieser Stelle »monstre« mit »Missgeburt« (107), was sicherlich passt, aber eben doch dem monströsen Charakter des Mischwesens nicht gerecht wird. Meiner Übersetzung liegt zugrunde: Gustave Flaubert: Quidquid volueris. Études psychologiques. Septembre-octobre 1837. In: ders.: Œuvres complètes Bd. 1: Œuvres de jeunesse. Édition présentée, établie et annotée par Claudine Gothot-Mersch et Guy Sagnes. Paris 2001, S. 243–272, hier S. 250.

47 Rossiianov, Beyond Species, S. 296, S. 304 f.

48 Zitiert nach Claudine Gothot-Mersch: Chronologie 1851–1862. In: Gustave Flaubert: Œuvres complètes Bd. 3: 1851–1862. Édition publiée sous la direction de Claudine Gothot-Mersch. Paris 2013, S. IX–XIII, hier S. XI (deutsche Übersetzung A. T.).

49 Vgl. auch Gerhard Neumann/Barbara Vinken: Kulturelle Mimikry. Zur Affenfigur bei Flaubert und Kafka. In: Zeitschrift für deutsche Philologie 126 (2007), Sonderheft: Texte, Tiere, Spuren. Hg. von Norbert Otto Eke und Eva Geulen, S. 126–142.

50 Jean-Paul Sartre: Der Idiot der Familie. Gustave Flaubert 1821–1857. Bd. 2: Die Personalisation. Übersetzt und herausgegeben von Traugott König. Reinbek bei Hamburg 1977, S. 314–324, hier S. 315.

51 Dekkers, Geliebtes Tier, S. 123.

52 Oliver Hochadel: Darwin im Affenkäfig. Der Tiergarten als Medium der Evolutionstheorie. In: Dorothee Brantz/Christoph Mauch (Hg.): Tierische Geschichte. Die Beziehungen von Mensch und Tier in der Kultur der Moderne. Paderborn 2010, S. 245–267, hier S. 253.

53 Charles Darwin: Die Abstammung des Menschen. Aus dem Englischen von Heinrich Schmidt. Frankfurt am Main 2009, S. 10.

54 Charles Darwin: Die Entstehung der Arten durch natürliche Zuchtwahl. Aus dem Englischen von Carl W. Neumann. Nachwort von Rolf Löther. 3. Aufl. Leipzig 1990, S. 537.

55 Thomas Henry Huxley an Frederick Daniel Dyster, Brief vom 9. September 1860, zitiert nach Stephen Jay Gould: Weltlichkeit und Geistlichkeit. In: ders.: Bravo, Brontosaurus. Die verschlungenen Wege der Naturgeschichte. Aus dem Amerikanischen von Sebastian Vogel. Hamburg 1994, S. 445–464, hier S. 456. Zur Diskussion um Wortlaut etc. vgl. ebd.

56 Alfred E. Brehm: Thierleben. Allgemeine Kunde des Thierreichs. Große Ausgabe. Bd. I.1: Säugethiere. 2. umgearbeitete und vermehrte Aufl. Leipzig 1876, S. 39.

57 In der englischen Originalformulierung von Alfred Tennyson heißt es: »Nature, red in tooth and claw«. Ders.: In Memoriam. In: ders.: A Critical Edition of the Major Works. Edited by Adam Roberts. Oxford 2000, S. 203–292, hier S. 236 (deutsche Übersetzung A. T.).

58 Wilhelm Raabe: Der Lar. Eine Oster-, Pfingst-, Weihnachts- und Neujahrsgeschichte. In: ders.: Sämtliche Werke. Im Auftrag der Braunschweigischen Wissenschaftlichen Gesellschaft hg. von Karl Hoppe. Bd. 17: Das Odfeld. Der Lar. Bearbeitet von Karl Hoppe/Hans Oppermann. Göttingen 1961, S. 221–395, hier S. 222. Zitate aus dieser Ausgabe werden im Folgenden im Haupttext in Klammern nachgewiesen.

59 Thomas Hobbes: Hobbes über die Freiheit. Widmungsschreiben, Vorwort an die Leser und Kapitel I–III aus »De Cive«. Lateinisch-deutsch.

Eingeleitet und mit Scholien herausgegeben von Georg Geismann und Karlfriedrich Herb. Würzburg 1998, S. 41–42.

60 Thomas Hobbes: Leviathan. Erster und zweiter Teil. Übersetzung von Jacob Peter Mayer. Nachwort von Malte Diesselhorst. Stuttgart 2014, S. 152.

61 Darwin, Entstehung der Arten, S. 74.

62 Vgl. den bereits zitierten Ausspruch von Q. Ennius: »simia quam similis turpissuma bestia nobis«, zu deutsch: »Wie ähnlich ist uns doch das hässlichste Tier, der Affe«, der u. a. von Cicero erwähnt wird, vgl. ders., De natura deorum, S. 90 f.

63 Darwin, Abstammung des Menschen, S. 156.

64 Andreas Paul: Von Affen und Menschen. Verhaltensbiologie der Primaten. Darmstadt 1998, S. 35.

65 Ebd., S. 32.

66 Brief von Wilhelm Raabe an G. Grote vom 13. Juli 1910. In: ders.: Sämtliche Werke. Im Auftrag der Braunschweigischen Wissenschaftlichen Gesellschaft hg. von Karl Hoppe. Ergänzungsbd. 2: Briefe. Bearbeitet von Karl Hoppe unter Mitarbeit von Hans-Werner Peter. Göttingen 1975, S. 503–504, hier S. 504.

67 Den Verweis auf Raabes Anstreichung verdanke ich Søren Fauth: Idylldestruktion und Schopenhauer-Rezeption in Wilhelm Raabes »Der Lar« und »Eulenpfingsten«. In: Jahrbuch der Raabe-Gesellschaft 2008, S. 22–47, hier S. 32.

68 Michael Tomasello: Warum wir kooperieren. Aus dem Englischen von Henriette Zeidler. 2. Aufl. Berlin 2012, S. 39 f.

69 Frans de Waal: Der Affe in uns. Warum wir sind, wie wir sind. Aus dem Amerikanischen von Hartmut Schickert. München, Wien 2006, S. 180.

70 William Boyd: Brazzaville Beach. Roman. Aus dem Englischen von Gertraude Krueger. Berlin 2007 (orig. 1990), S. 15. Zitate aus dieser Ausgabe werden im Folgenden im Haupttext in Klammern nachgewiesen.

71 Baroness Jane van Lawick-Goodall: My Friends, the Wild Chimpanzees. Washington 1967.

72 Jane Goodall/Phillip Berman: Grund zur Hoffnung. Autobiographie. Aus dem Englischen von Erika Ifang. 3. Aufl. München 1999, S. 153.

73 Ebd., S. 159.

74 Die wissenschaftliche Darstellung des ›Schimpansenkrieges‹ findet sich in Jane Goodall: The Chimpanzees of Gombe. Patterns of Behavior. Cambridge/Mass., London 1986, S. 488–534; eine Kurzfassung in Goodall, Grund, S. 153–180.

75 Goodall, The Chimpanzees of Gombe, S. 283–285.

76 Goodall, Grund, S. 179.

77 Ebd., S. 162 f.

78 de Waal, Der Affe in uns, S. 37–40.

79 Paul, Von Affen und Menschen, S. 57–59.

80 Ebd., S. 52.

81 Paul, Von Menschen und Affen, S. 41 f. Vgl. auch Julika Griem/Virginia Richter: Frühgeschichte als »Whodunit«. Zur Popularisierung anthropologischer Selbstentwürfe in literarischen Texten des 19. und 20. Jahrhunderts. In: Bernhard Kleeberg u. a. (Hg.): Urmensch und Wissenschaften. Eine Bestandsaufnahme. Darmstadt 2005, S. 273–287.

82 Goodall, Grund, S. 141–144.

83 Wrangham/Peterson, Bruder Affe, S. 83–106 und Eibl, Animal Poeta, S. 113–117.

84 Eibl, Animal Poeta, S. 113.

85 de Waal, Der Affe in uns, S. 47.

86 Armin Himmelrath: Grunzen Sie Ihren Chef unterwürfig an, unter: http://www.spiegel.de/karriere/berufsleben/karriere-von-affen-lernen-strategien-von-bonobos-und-schimpansen-a-970936.html (10. 8. 2016) sowie Eva Heidenfelder im Gespräch mit Dominic Gansen-Ammann: Die Kollegen ruhig mal lausen, unter: http://www.faz.net/aktuell/berufchance/arbeitswelt/hierarchie-affen-arbeitnehmer-13359875.html (10. 8. 2016).

87 Will Self: Die schöne Welt der Affen. Roman. Deutsch von Klaus Berr. Reinbek bei Hamburg 2000 (orig. 1997). Zitate aus dieser Ausgabe werden im Folgenden im Haupttext in Klammern nachgewiesen.

88 Zum Perspektivenspiel vgl. auch Marcus Hartner: Perspektivische Interaktion im Roman. Kognition, Rezeption, Interpretation. Berlin u. a. 2010, S. 222–236.

89 Will Self: The Quantity Theory of Insanity. London 1991.

90 Paul, Von Affen und Menschen, S. 82.

91 Christopher Boehm: Hierarchy in the Forest. The Evolution of Egalitarian Behaviour. Cambridge/Mass., London 1999, S. 66 (Deutsche Übersetzung A. T.).

92 Ebd., S. 104 f.

93 Yukimaru Sugiyama/Jeremy Koman: Tool-Using and -Making Behavior in Wild Chimpanzees at Bossou, Guinea. In: Primates 20 (1979), S. 513–524, bes. S. 516–518.

94 Frans de Waal: Der Affe und der Sushimeister. Das kulturelle Leben der Tiere. Aus dem Englischen von Udo Rennert. München 2001, S. 228.

95 Herakleitos von Ephesos: Fragmente und Quellenberichte. In: Die Vorsokratiker. Die Fragmente und Quellenberichte übersetzt und eingeleitet von Wilhelm Capelle. Mit einem Geleitwort und Nachbemerkungen von Christof Rapp. Neunte Aufl. Mit einer Karte und einem Stammbaum. Stuttgart 2008, S. 93–121, hier S. 117 (= DK 22 B 82 und B 83).

96 Aristoteles: Über die Teile der Lebewesen: »Die Natur schreitet nämlich kontinuierlich von den leblosen Dingen zu den Lebewesen, und zwar durch diejenigen hindurch, die zwar leben, aber keine Lebewesen sind, so daß der Anschein entsteht, daß sich das eine vom anderen nur ganz wenig unterscheidet, weil sie einander so nahe sind.« In: ders.: Werke in deutscher Übersetzung. Begründet von Ernst Grumach. Hg. von Hellmuth Flashar. Bd. 17: Zoologische Schriften Teil I. Übersetzt und erläutert von Wolfgang Kullmann. Darmstadt 2007, S. 97 (= De partibus animalium 681 a 12–15).

97 Ebd., S. 106: »Der Mensch hat jedoch anstelle von Vorderbeinen und Vorderfüßen Arme und die sogenannten Hände, denn als einziges Lebewesen steht er aufrecht, weil seine Beschaffenheit und sein Wesen göttlich sind. Und die Leistung des in besonderem Maße göttlichen Wesens ist das Denken und Verständigsein.« (= De partibus animalium 686 a 25–29).

98 C. Plinius Secundus d. Ä.: Naturkunde. Lateinisch-deutsch. Buch VIII: Zoologie: Landtiere. Hg. und übersetzt von Roderich König in Zusammenarbeit mit Gerhard Winkler. Kempten 1976, S. 157 sowie den Kommentar S. 253 f.

99 Volker Sommer: Schimpansenland. Wildes Leben in Afrika. München 2008, S. 87.

100 Edgar Allan Poe: Die Morde in der Rue Morgue. In: ders.: Gesammelte Werke in fünf Bänden. Bd. 2: Der Fall des Hauses Ascher. Erzählungen. Aus dem Amerikanischen von Arno Schmidt und Hans Wollschläger. Zürich 1994, S. 242–291, hier S. 248. Zitate aus dieser Ausgabe werden im Folgenden im Haupttext in Klammern nachgewiesen.

101 Vgl. Poes Brief vom 9. August 1846 an seinen Freund Philip Pendleton Cooke, in dem er die Erzählungen um Dupin als »tales of ratiocination« bezeichnet, in: ders.: The Complete Works of Edgar Allan Poe. Edited by James A. Harrison. Bd. 17: Poe and his Friends – Letters Relating to Poe. New York 1965, S. 265–268, hier S. 265.

102 Georges Cuvier: Le Règne animal distribué d'après son organisation pour servir de base à l'histoire naturelle des animaux et d'introduction à l'anatomie comparée. Nouvelle édition, revue et augmentée. Bd. 1: L'introduction, les mammifères et les oiseaux. Paris 1829, S. 88: »Jeune, et tel qu'on l'a vu en Europe, c'est un animal assez doux, qui s'apprivoise et s'attache aisément, qui, par sa conformation, parvient à imiter un grand nombre de nos actions« (deutsche Übersetzung A. T.).

103 Jeffrey Meyers: Edgar Allan Poe. His Life and Legacy. London 1992, S. 123.

104 Ebd., S. 125.

105 Christina Wietig: Der Bart. Zur Kulturgeschichte des Bartes von der Antike bis zur Gegenwart. Diss. Hamburg 2005, S. 1–4, unter: https://

www.chemie.uni-hamburg.de/bibliothek/2005/DissertationWietig.pdf (25.8.2016).

106 Carlo Ginzburg: Indizien: Morelli, Freud und Sherlock Holmes. In: Umberto Eco/Thomas A. Sebeok (Hg.): Der Zirkel oder Im Zeichen der Drei. Dupin, Holmes, Peirce. Übersetzt von Christiane Spelsberg und Roger Willemsen. München 1985, S. 125–179, hier S. 134–136.

107 Ebd., S. 136.

108 Vgl. Griem, Monkey Business, S. 88–94.

109 Patricia Highsmith: Eddie und die eigenartigen Einbrüche. In: dies.: Kleine Mordgeschichten für Tierfreunde. Kleine Geschichten für Weiberfeinde. Stories. Aus dem Amerikanischen von Melanie Walz. Mit einem Nachwort von Paul Ingendaay. Zürich 2006 (orig. 1983), S. 185–207, hier S. 201.

110 Patricia Highsmith: Eddie and the Monkey Robberies. In: dies.: The Animal-Lover's Book of Beastly Murder. Harmondsworth 1983, S. 146–164, hier S. 160.

111 Wolfgang Köhler: Intelligenzprüfungen an Menschenaffen. Mit einem Anhang zur Psychologie des Schimpansen. 3. Aufl. Berlin u. a. 1973, S. 160 f.

112 Vgl. die ausführliche Diskussion der Affen von Koshima bei Paul, Von Affen und Menschen, S. 227–232.

113 Vgl. die Beschreibungen bei Paul, Von Affen und Menschen, S. 233 und de Waal, Der Affe und der Sushimeister, S. 247.

114 Paul, Von Affen und Menschen, S. 234.

115 Tomasello, Warum wir kooperieren, S. 12.

116 Desmond Morris: Der malende Affe. Zur Biologie der Kunst. München 1968, S. 152.

117 Zu Congos Biographie ebd., bes. S. 20–35.

118 H. W. Janson: Apes and Ape Lore in the Middle Ages and the Renaissance. London 1952, S. 287–325.

119 Morris, Der malende Affe, S. 153.

120 Platon: Politeia. Griechisch und Deutsch. In: ders.: Sämtliche Werke in zehn Bänden. Griechisch und Deutsch. Nach der Übersetzung Friedrich Schleiermachers ergänzt durch Übersetzungen von Franz Susemihl und anderen. Hg. von Karlheinz Hülser. Bd. V. Frankfurt am Main, Leipzig 1991, S. 163, 377 d.

121 Aristoteles: Poetik. Griechisch/Deutsch. Übersetzt und hg. von Manfred Fuhrmann. Stuttgart 1987, S. 11.

122 Thomas Boreman: A Description of Some Curious and Uncommon Creatures. London 1739. Zitiert nach Londa Schiebinger: Am Busen der Natur. Erkenntnis und Geschlecht in den Anfängen der Wissenschaft. Aus dem Englischen von Margit Bergner und Monika Noll. Stuttgart 1995, S. 149.

123 Friedrich Schiller: Über naive und sentimentalische Dichtung. In: ders.: Sämtliche Werke. Auf Grund der Originaldrucke hg. von Gerhard Fricke und Herbert G. Göpfert. Bd. 5: Erzählungen/Theoretische Schriften. 8. Aufl. München 1989, S. 694–780, hier S. 755.

124 E. T. A. Hoffmann: Nachricht von einem gebildeten jungen Mann. In: ders.: Fantasiestücke in Callot's Manier. Werke 1814. Hg. von Hartmut Steinecke unter Mitarbeit von Gerhard Allroggen und Wulf Segebrecht. Frankfurt am Main 2006, S. 418–428, hier S. 419. Zitate aus dieser Ausgabe werden im Folgenden im Haupttext in Klammern nachgewiesen.

125 Vgl. den Brief von Voltaire an Jean-Jacques Rousseau vom 30. August 1755. In: ders.: Œuvres de Voltaire. Avec préfaces, avertissements, notes, etc. par M. Beuchot. Bd. 56: Correspondance VI. Paris 1832, S. 714–720, hier S. 715.

126 Christian Garve: Über die Moden [1792]. Hg. von Thomas Pittrof. Mit farbigen Abbildungen. Frankfurt am Main 1987, S. 9.

127 Die Formulierung stammt von Eckart Voland, zitiert nach Eibl, Animal poeta, S. 194.

128 Sigrid Oehler-Klein: Die Schädellehre Franz Joseph Galls in Literatur und Kritik des 19. Jahrhunderts. Zur Rezeptionsgeschichte einer medizinisch-biologisch begründeten Theorie der Physiognomik und Psychologie. Stuttgart, New York 1990, S. 290–294.

129 Vgl. hierzu die grundlegenden Überlegungen von Gerhard Neumann: Der Blick des Anderen. Zum Motiv des Hundes und des Affen in der Literatur. In: Jahrbuch der Deutschen Schillergesellschaft 40 (1996), S. 87–122, bes. S. 109 f.

130 E. T. A. Hoffmann: Jacques Callot. In: ders.: Fantasiestücke, S. 17–18, hier S. 18.

131 Norbert Elias: Über die Einsamkeit der Sterbenden in unseren Tagen. Frankfurt am Main 1982, S. 12.

132 Vgl. die Beschreibung bei Paul, Von Affen und Menschen, S. 218.

133 Paul, Von Affen und Menschen, S. 220.

134 Zitiert nach Paul, Von Affen und Menschen, S. 216.

135 Johann Grolle: Der klügste Affe. In: Der Spiegel 38/2015, S. 102–110, bes. S. 103.

136 Johann Gottfried Schnabel: Insel Felsenburg. Mit Ludwig Tiecks Vorrede zur Ausgabe von 1828. Hg. von Volker Meid und Ingeborg Springer-Strand. Stuttgart 1998, S. 218. Zitate aus dieser Ausgabe werden im Folgenden im Haupttext in Klammern nachgewiesen.

137 Vgl. hierzu Roland Borgards: Hund, Affe, Mensch. Theriotopien bei David Lynch, Paulus Potter und Johann Gottfried Schnabel. In: Maximilian Bergengruen/ders. (Hg.): Bann der Gewalt. Studien zur Literatur- und Wissensgeschichte. Göttingen 2009, S. 105–142, bes. S. 136.

138 Irenäus Eibl-Eibesfeldt: Die Biologie des menschlichen Verhaltens. Grundriß der Humanethologie. 3. überarbeitete und erweiterte Aufl. München, Zürich 1995, S. 510.

139 Vgl. die ausführliche Argumentation bei Eibl, Animal Poeta, S. 310–319, zur Funktion der Religion S. 315, zum Sinn machen das gleichnamige Kapitel, S. 253–275.

140 Alle Zitate Schnabel, Insel Felsenburg, S. 526.

141 Georg Schwidetzky: Sprechen Sie Schimpansisch? Einführung in die Tier- und Ursprachenlehre. Leipzig 1931.

142 Ebd., S. 79.

143 Jörg Albrecht: Das Ende einer Affenliebe, unter: http://www.faz.net/ -gwz-71v3q (12. 10. 2015).

144 Hadumod Bußmann: Art. »Sprache«. In: dies. (Hg.): Lexikon der Sprachwissenschaft. 2. völlig neu bearbeitete Aufl. Stuttgart 1990, S. 699–700.

145 Wilhelm von Humboldt: Über die Verschiedenheit des menschliches Sprachbaues und ihren Einfluss auf die geistige Entwickelung des Menschengeschlechts. Berlin 1836, S. CXXII.

146 Klaus Zuberbuhler: Primate Communication. In: Nature Education Knowledge 3(10):83 (2012), unter: http://www.nature.com/scitable/know ledge/library/primate-communication-67560503 (25. 8. 2016).

147 Maurice Temerlin: Lucy. Growing Up Human. A Chimpanzee Daughter in a Psychotherapist's Family. Palo Alto 1975, S. 120.

148 Sue Savage-Rumbaugh u. a.: Spontaneous Symbol Acquisition and Communicative Use by Pygmy Chimpanzees *(Pan paniscus).* In: Journal of Experimental Psychology 115/3 (1986), S. 211–235.

149 Ebd., S. 222–224.

150 Clive Wynne: Aping Language – a skeptical analysis of the evidence for nonhuman primate language, unter: http://www.skeptic.com/eskep tic/07-10-31/(4. 11. 2016).

151 Marc D. Hauser u. a.: The Faculty of Language: What Is It, Who Has It, and How Did It Evolve? In: Science 298 (2002), S. 1569–1579, unter: http://psych.colorado.edu/~kimlab/hauser.chomsky.fitch.science2002. pdf (25. 8. 2016).

152 Colin McAdam: Eine schöne Wahrheit. Roman. Aus dem kanadischen Englisch von Eike Schönfeld. Berlin 2013 (orig. 2013). Zitate aus dieser Ausgabe werden im Folgenden im Haupttext in Klammern nachgewiesen.

153 O. A.: Conversations with a Chimp. Photographed by Nina Leen. In: Life vom 11. Februar 1972, S. 55–60, unter: https://books.google.de/books?id= E0AEAAAAMBAJ&printsec=frontcover&hl=de&source=gbs_ge_summa ry_r&cad=0#v=onepage&q&f=false (31. 10. 2016).

154 Temerlin, Lucy.

155 Albrecht, Ende einer Affenliebe.

156 Vgl. etwa die Geschichte von Nim Chimpsky, dem Affen, der laut Herbert Terrace den Beleg erbrachte, dass es sich bei der Sprachexperimenten mit Affen um reine Nachahmung handele: Peter Singer: The Troubled Life of Nim Chimpsky, unter: http://www.nybooks.com/daily/2011/08/18/troubled-life-nim-chimpsky/ (23. 10. 2016).

157 Die deutsche Übersetzung hält sich dabei eng an das Original, wo ebenfalls von »oa«, »urulek«, »yekel« und »pokol-fear« die Rede ist; Colin McAdam: A Beautiful Truth. A novel. London 2013, S. 14, 80, 127 und 130.

158 Boehm, Hierarchy in the Forest, S. 189 (deutsche Übersetzung A. T.).

159 Franz Kafka: Ein Bericht für eine Akademie. In: ders.: Ein Landarzt und andere Drucke zu Lebzeiten. Gesammelte Werke in zwölf Bänden. Nach der Kritischen Ausgabe herausgegeben von Hans-Gerd Koch. Bd. 1. Frankfurt am Main 2008, S. 234–245, hier S. 234. Zitate aus dieser Ausgabe werden im Folgenden im Haupttext in Klammern nachgewiesen.

160 Hans J. Markowitsch/Harald Welzer: Das autobiographische Gedächtnis. Hirnorganische Grundlagen und biosoziale Entwicklung. 2. Aufl. Stuttgart 2006, S. 11.

161 Ebd., S. 166 f.

162 Ebd., S. 193.

163 Ebd., S. 197.

164 Ebd., S. 203–205.

165 Ebd., S. 215–217.

166 O. A.: Théâtre Variété. In: Prager Tagblatt Nr. 258 (18. September 1908), S. 7. Den Hinweis auf den Artikel verdanke ich Hartmut Binder: Kafka. Der Schaffensprozeß. Frankfurt am Main 1983, S. 298 f., der darüber hinaus weitere Rezensionen von Variété-Vorstellungen sowie Artikel und Bücher zur Tierdressur nennt, die Kafka kennen konnte.

167 Lothar Dittrich/Annelore Rieke-Müller: Carl Hagenbeck (1844–1913). Tierhandel und Schaustellungen im Deutschen Kaiserreich. Frankfurt am Main u. a. 1998, bes. S. 144–173.

168 Carl Hagenbeck: Von Tieren und Menschen. Erlebnisse und Erfahrungen von Carl Hagenbeck. Mit 47 ganzseitigen Illustrationen und 101 Abbildungen im Text. Berlin 1908, S. 436 f.

169 Dittrich/Rieke-Müller, Carl Hagenbeck, S. 121–127.

170 Brief von Franz Kafka an Felice Bauer vom 28. November 1912, in: ders.: Briefe 1900–1912. Hg. von Hans-Gerd Koch. Frankfurt am Main 1999, S. 277–280, hier S. 280.

171 Vgl. hierzu auch Harald Neumeyer: Peter – Moritz – Rotpeter. Von »kleinen Menschen« (Carl Hagenbeck) und »äffischem Vorleben« (Franz Kafka). In: Maximilian Bergengruen u. a. (Hg.): Die biologische Vorge-

schichte des Menschen. Zu einem Schnittpunkt von Erzählordnung und Wissensformation. Berlin 2012, S. 269–300, bes. 282 f.

172 Charles Foster: Being a Beast. London 2016.

173 Thomas Nagel: What Is It Like to Be a Bat? In: Philosophical Review 83 (1974), S. 435–450, hier S. 439.

174 Dominik Perler/Markus Wild: Der Geist der Tiere – eine Einführung. In: dies. (Hg.): Der Geist der Tiere. Philosophische Texte zu einer aktuellen Diskussion. Frankfurt am Main 2005, S. 10–74, hier S. 12.

175 J. M. Coetzee: Elisabeth Costello. Acht Lehrstücke. Aus dem Englischen von Reinhild Böhnke. Frankfurt am Main 2006 (orig. 2003). Zitate aus dieser Ausgabe werden im Folgenden im Haupttext in Klammern nachgewiesen.

176 Köhler, Intelligenzprüfungen an Menschenaffen.

177 Stellvertretend sei hier auf Frans de Waal verwiesen, der die Position der ToM vertritt, ders., Der Affe in uns; dagegen spricht Michael Tomasello sie den Tieren ab, ders., Warum wir kooperieren.

178 Köhler, Intelligenzprüfungen, S. 120 f.

179 Jeremy Bentham: An Introduction to the Principles of Morals and Legislation. Edited by J. H. Burns and H. L. A. Hart. London 1970, S. 283: »[...] the question is not, Can they *reason?* nor, Can they *talk?* but, Can they *suffer?*« (deutsche Übersetzung A. T.).

180 J. M. Coetzee: Elizabeth Costello. New York 2003, S. 98.

181 Vgl. hierzu auch Griem, Monkey Business, S. 374–390, bes. S. 379.

182 J. M. Coetzee: Meat Country. In: Granta 52 (1995), S. 43–52.

183 Ebd., S. 45.

Literaturverzeichnis

Primärliteratur

Boyd, William: Brazzaville Beach. Roman. Aus dem Englischen von Gertraude Krueger. Berlin 2007 (orig. 1990).

Coetzee, J. M.: Elizabeth Costello. New York 2003.

Coetzee, J. M.: Elisabeth Costello. Acht Lehrstücke. Aus dem Englischen von Reinhild Böhnke. Frankfurt am Main 2006 (orig. 2003).

Die Erzählungen aus den Tausendundein Nächten. Vollständige deutsche Ausgabe in zwölf Teilbänden. Zum ersten Mal nach dem arabischen Urtext der Calcuttaer Ausgabe aus dem Jahre 1839 übertragen von Enno Littmann. Bd. III.1. Frankfurt am Main 1976.

Flaubert, Gustave: Quidquid volueris. Études psychologiques. Septembre-octobre 1837. In: ders.: Œuvres complètes Bd. 1: Œuvres de jeunesse. Édition présentée, établie et annotée par Claudine Gothot-Mersch et Guy Sagnes. Paris 2001, S. 243–272.

Flaubert, Gustave: Quidquid volueris. Psychologische Studien. In: ders.: Leidenschaft und Tugend. Erste Erzählungen. Herausgegeben, aus dem Französischen übersetzt und mit einem Nachwort von Traugott König. Zürich 2005, S. 94–146.

Highsmith, Patricia: Eddie and the Monkey Robberies. In: dies.: The Animal-Lover's Book of Beastly Murder. Harmondsworth 1983, S. 146–164.

Highsmith, Patricia: Eddie und die eigenartigen Einbrüche. In: dies.: Kleine Mordgeschichten für Tierfreunde. Kleine Geschichten für Weiberfeinde. Stories. Aus dem Amerikanischen von Melanie Walz. Mit einem Nachwort von Paul Ingendaay. Zürich 2006 (orig. 1983), S. 185–207.

Høeg, Peter: Die Frau und der Affe. Roman. Aus dem Dänischen von Monika Wesemann. Reinbek bei Hamburg 1999 (orig. 1996).

Hoffmann, E. T. A.: Jacques Callot. In: ders.: Fantasiestücke in Callot's Manier. Werke 1814. Hg. von Hartmut Steinecke unter Mitarbeit von Gerhard Allroggen und Wulf Segebrecht. Frankfurt am Main 2006, S. 17–18.

Hoffmann, E. T. A.: Nachricht von einem gebildeten jungen Mann. In: ders.: Fantasiestücke in Callot's Manier. Werke 1814. Hg. von Hartmut Steinecke unter Mitarbeit von Gerhard Allroggen und Wulf Segebrecht. Frankfurt am Main 2006, S. 418–428.

Kafka, Franz: Ein Bericht für eine Akademie. In: ders.: Ein Landarzt und andere Drucke zu Lebzeiten. Gesammelte Werke in zwölf Bänden. Nach der Kritischen Ausgabe herausgegeben von Hans-Gerd Koch. Bd. 1. Frankfurt am Main 2008, S. 234–245.

Kipling, Rudyard: The White Man's Burden. In: ders.: The Cambridge Edition of the Poems of Rudyard Kipling. Bd. I: Collected Poems I. Edited by Thomas Pinney. Cambridge 2013, S. 528 f.

Martel, Yann: Schiffbruch mit Tiger. Roman. Aus dem Englischen von Manfred Allié und Gabriele Kempf-Allié. 2. Aufl. Frankfurt am Main 2003 (orig. 2001).

McAdam, Colin: A Beautiful Truth. A novel. London 2013.

McAdam, Colin: Eine schöne Wahrheit. Roman. Aus dem kanadischen Englisch von Eike Schönfeld. Berlin 2013 (orig. 2013).

McEwan, Ian: Betrachtungen eines Hausaffen. In: ders.: Zwischen den Laken. Erzählungen. Aus dem Englischen von Michael Walter und Bernhard Robben. Zürich 1983 (orig. 1978), S. 39–66.

Ovidius Naso, P.: Metamorphosen. Lateinisch/Deutsch. Übersetzt und herausgegeben von Michael von Albrecht. Stuttgart 1994.

Poe, Edgar Allan: Die Morde in der Rue Morgue. In: ders.: Gesammelte Werke in fünf Bänden. Bd. 2: Der Fall des Hauses Ascher. Erzählungen. Aus dem Amerikanischen von Arno Schmidt und Hans Wollschläger. Zürich 1994, S. 242–291.

Poe, Edgar Allan: Umständlicher Bericht des Arthur Gordon Pym von Nantucket. Roman. In: ders.: Gesammelte Werke in fünf Bänden. Bd. 4: Umständlicher Bericht des Arthur Gordon Pym von Nantucket. Roman. Aus dem Amerikanischen von Arno Schmidt. Zürich 1994.

Raabe, Wilhelm: Der Lar. Eine Oster-, Pfingst-, Weihnachts- und Neujahrsgeschichte. In: ders.: Sämtliche Werke. Im Auftrag der Braunschweigischen Wissenschaftlichen Gesellschaft hg. von Karl Hoppe. Bd. 17: Das Odfeld. Der Lar. Bearbeitet von Karl Hoppe/Hans Oppermann. Göttingen 1961, S. 221–395.

Self, Will: The Quantity Theory of Insanity. London 1991.

Self, Will: Die schöne Welt der Affen. Roman. Deutsch von Klaus Berr. Reinbek bei Hamburg 2000 (orig. 1997).

Schnabel, Johann Gottfried: Insel Felsenburg. Mit Ludwig Tiecks Vorrede zur Ausgabe von 1828. Hg. von Volker Meid und Ingeborg Springer-Strand. Stuttgart 1998.

Stoker, Bram: Dracula. With an Introduction and Notes by A. N. Wilson. Oxford, New York 1983.

Tennyson, Alfred: In Memoriam. In: ders.: A Critical Edition of the Major Works. Edited by Adam Roberts. Oxford 2000, S. 203–292.

Voltaire: Candide ou L'Optimisme. In: ders.: Romans et contes. Édition établié par Frédéric Deloffre et Jacques van den Heuvel. Paris 1979.

Sekundärliteratur

Aelianus, Claudius: Werke. 2. Abtheilung, Bd. 4–9: Tiergeschichten. Übersetzt von Friedrich Jacobs. Stuttgart 1842.

Albrecht, Jörg: Das Ende einer Affenliebe, unter: http://www.faz.net/-gwz-71v3q (12. 10. 2015).

Aristoteles: Poetik. Griechisch/Deutsch. Übersetzt und hg. von Manfred Fuhrmann. Stuttgart 1987.

Aristoteles: Über die Teile der Lebewesen. In: ders.: Werke in deutscher Übersetzung. Begründet von Ernst Grumach. Hg. von Hellmuth Flashar. Bd. 17: Zoologische Schriften Teil I. Übersetzt und erläutert von Wolfgang Kullmann. Darmstadt 2007.

Bentham, Jeremy: An Introduction to the Principles of Morals and Legislation. Edited by J. H. Burns and H. L. A. Hart. London 1970.

Binder, Harmut: Kafka. Der Schaffensprozeß. Frankfurt am Main 1983.

Boehm, Christopher: Hierarchy in the Forest. The Evolution of Egalitarian Behaviour. Cambridge/Mass., London 1999.

Borgards, Roland: Affen. Von Aristoteles bis Soemmering. In: ders. u. a. (Hg.): Monster. Zur ästhetischen Verfassung eines Grenzbewohners. Würzburg 2009, S. 239–253.

Borgards, Roland: Hund, Affe, Mensch. Theriotopien bei David Lynch, Paulus Potter und Johann Gottfried Schnabel. In: Maximilian Bergengruen/ders. (Hg.): Bann der Gewalt. Studien zur Literatur- und Wissensgeschichte. Göttingen 2009, S. 105–142.

Boswell, James: The Life of Samuel Johnson, LL. D. Including a Journal of a Tour to the Hebrides. A New Edition with Numerous Additions and Notes by John Wilson Croker in two Volumes. Bd. I. Boston 1832.

Brehm, Alfred E.: Thierleben. Allgemeine Kunde des Thierreichs. Große Ausgabe. Bd. I.1: Säugethiere. 2. umgearbeitete und vermehrte Auflage Leipzig 1876.

Bußmann, Hadumod: Art. »Sprache«. In: dies. (Hg.): Lexikon der Sprachwissenschaft. 2. völlig neu bearbeitete Aufl. Stuttgart 1990, S. 699–700.

Cavalieri, Paola/Singer, Peter u. a.: Deklaration über die Großen Menschenaffen. In: dies. (Hg.): Menschenrechte für die Großen Menschenaffen. Deutsch von Hans Jürgen Baron Koskull. Gütersloh 1994, S. 12–16.

Cicero, M. Tullius: De natura deorum/Über das Wesen der Götter. Lateinisch/

Deutsch. Übersetzt und herausgegeben von Ursula Blank-Sangmeister. Nachwort von Klaus Thraede. Stuttgart 2011.

Coetzee, J. M.: Meat Country. In: Granta 52 (1995), S. 43–52.

Cuvier, Georges: Le Règne animal distribué d'après son organisation pour servir de base à l'histoire naturelle des animaux et d'introduction à l'anatomie comparée. Nouvelle édition, revue et augmentée. Bd. 1: L'introduction, les mammifères et les oiseaux. Paris 1829.

Darwin, Charles: Die Entstehung der Arten durch natürliche Zuchtwahl. Aus dem Englischen von Carl W. Neumann. Nachwort von Rolf Löther. 3. Aufl. Leipzig 1990.

Darwin, Charles: Die Abstammung des Menschen. Aus dem Englischen von Heinrich Schmidt. Frankfurt am Main 2009.

Dekkers, Midas: Geliebtes Tier. Die Geschichte einer innigen Beziehung. Aus dem Niederländischen von Stefanie Peter und Dirk Schümer. München, Wien 1994.

Dittrich, Lothar/Rieke-Müller, Annelore: Carl Hagenbeck (1844–1913). Tierhandel und Schaustellungen im Deutschen Kaiserreich. Frankfurt am Main u. a. 1998.

Eibl, Karl: Animal Poeta. Bausteine der biologischen Kultur- und Literaturtheorie. Paderborn 2004.

Eibl-Eibesfeldt, Irenäus: Die Biologie des menschlichen Verhaltens. Grundriß der Humanethologie. 3. überarbeitete und erweiterte Aufl. München, Zürich 1995.

Elias, Norbert: Über die Einsamkeit der Sterbenden in unseren Tagen. Frankfurt am Main 1982.

Fauth, Søren: Idylldestruktion und Schopenhauer-Rezeption in Wilhelm Raabes »Der Lar« und »Eulenpfingsten«. In: Jahrbuch der Raabe-Gesellschaft 2008, S. 22–47.

Fernández-Armesto, Felipe: Food. A History. London 2001.

Fischler, Claude: L'Homnivore. Le goût, la cuisine et le corps. Paris 2001.

Foster, Charles: Being a Beast. London 2016.

Fulda, Daniel: Einleitung. In: ders./Walter Pape (Hg.): Das Andere Essen. Kannibalismus als Motiv und Metapher in der Literatur. Freiburg im Breisgau 2001, S. 7–43.

Galdikas, Biruté M. F.: Reflections of Eden. My Years with the Orangutans of Borneo. Boston u. a. 1995.

Garve, Christian: Über die Moden [1792]. Hg. von Thomas Pittrof. Mit farbigen Abbildungen. Frankfurt am Main 1987.

Geissmann, Thomas: Vergleichende Primatologie. Mit 188 Abbildungen und 22 Tabellen. Berlin u. a. 2003.

Gerigk, Horst-Jürgen: Der Mensch als Affe in der deutschen, französischen, russischen, englischen und amerikanischen Literatur des 19. und 20. Jahrhunderts. Hürtgenwald 1989.

Ginzburg, Carlo: Indizien: Morelli, Freud und Sherlock Holmes. In: Umberto Eco/Thomas A. Sebeok (Hg.): Der Zirkel oder Im Zeichen der Drei. Dupin, Holmes, Peirce. Übersetzt von Christiane Spelsberg und Roger Willemsen. München 1985, S. 125–179.

Goodall, Jane: The Chimpanzees of Gombe. Patterns of Behavior. Cambridge/Mass., London 1986.

Goodall, Jane/Berman, Phillip: Grund zur Hoffnung. Autobiographie. Aus dem Englischen von Erika Ifang. 3. Aufl. München 1999.

Gothot-Mersch, Claudine: Chronologie 1851–1862. In: Gustave Flaubert: Œuvres complètes Bd. 3: 1851–1862. Édition publiée sous la direction de Claudine Gothot-Mersch. Paris 2013, S. IX–XIII.

Gould, Stephen Jay: Weltlichkeit und Geistlichkeit. In: ders.: Bravo, Brontosaurus. Die verschlungenen Wege der Naturgeschichte. Aus dem Amerikanischen von Sebastian Vogel. Hamburg 1994, S. 445–464.

Griem, Julika/Richter, Virginia: Frühgeschichte als »Whodunit«. Zur Popularisierung anthropologischer Selbstentwürfe in literarischen Texten des 19. und 20. Jahrhunderts. In: Bernhard Kleeberg u. a. (Hg.): Urmensch und Wissenschaften. Eine Bestandsaufnahme. Darmstadt 2005, S. 273–287.

Griem, Julika: Monkey Business. Affen als Figuren anthropologischer und ästhetischer Reflexion 1800–2000. Berlin 2010.

Grolle, Johann: Der klügste Affe. In: Der Spiegel 38/2015, S. 102–110.

Hagenbeck, Carl: Von Tieren und Menschen. Erlebnisse und Erfahrungen von Carl Hagenbeck. Mit 47 ganzseitigen Illustrationen und 101 Abbildungen im Text. Berlin 1908.

Hartner, Marcus: Perspektivische Interaktion im Roman. Kognition, Rezeption, Interpretation. Berlin u. a. 2010, S. 222–236.

Hauser, Marc D. u. a.: The Faculty of Language: What Is It, Who Has It, and How Did It Evolve? In: Science 298 (2002), S. 1569–1579, unter: http://psych.colorado.edu/~kimlab/hauser.chomsky.fitch.science2002.pdf (25. 8. 2016).

Heidenfelder, Eva im Gespräch mit Dominic Gansen-Ammann: Die Kollegen ruhig mal lausen, unter: http://www.faz.net/aktuell/beruf-chance/arbeitswelt/hierarchie-affen-arbeitnehmer-13359875.html (10. 8. 2016).

Herakleitos von Ephesos: Fragmente und Quellenberichte. In: Die Vorsokratiker. Die Fragmente und Quellenberichte übersetzt und eingeleitet von Wilhelm Capelle. Mit einem Geleitwort und Nachbemerkungen von Christof Rapp. Neunte Aufl. Mit einer Karte und einem Stammbaum. Stuttgart 2008, S. 93–121.

Himmelrath, Armin: Grunzen Sie Ihren Chef unterwürfig an, unter: http://www.spiegel.de/karriere/berufsleben/karriere-von-affen-lernen-strategien-von-bonobos-und-schimpansen-a-970936.html (10. 8. 2016)

Hobbes, Thomas: Hobbes über die Freiheit. Widmungsschreiben, Vorwort an die Leser und Kapitel I–III aus »De Cive«. Lateinisch-deutsch. Eingeleitet und mit Scholien herausgegeben von Georg Geismann und Karlfriedrich Herb. Würzburg 1998.

Hobbes, Thomas: Leviathan. Erster und zweiter Teil. Übersetzung von Jacob Peter Mayer. Nachwort von Malte Diesselhorst. Stuttgart 2014.

Hochadel, Oliver: Darwin im Affenkäfig. Der Tiergarten als Medium der Evolutionstheorie. In: Dorothee Brantz/Christoph Mauch (Hg.): Tierische Geschichte. Die Beziehungen von Mensch und Tier in der Kultur der Moderne. Paderborn 2010, S. 245–267.

Humboldt, Wilhelm von: Über die Verschiedenheit des menschliches Sprachbaues und ihren Einfluss auf die geistige Entwickelung des Menschengeschlechts. Berlin 1836.

Janson, H. W.: Apes and Ape Lore in the Middle Ages and the Renaissance. London 1952.

Kafka, Franz: Brief an Felice Bauer vom 28. November 1912, in: ders.: Briefe 1900–1912. Hg. von Hans-Gerd Koch. Frankfurt am Main 1999, S. 277–280, hier S. 280.

Köhler, Wolfgang: Intelligenzprüfungen an Menschenaffen. Mit einem Anhang zur Psychologie des Schimpansen. 3. Aufl. Berlin u. a. 1973.

Körber, Lill-Ann: Die Frau und der Affe. Primatologie bei Karen Blixen und Peter Høeg. In: Heike Peetz u. a. (Hg.): Karen Blixen, Isak Dinesen, Tania Blixen: eine internationale Erzählerin der Moderne. Berlin 2008, S. 213–232.

van Lawick-Goodall, Jane Baroness: My Friends, the Wild Chimpanzees. Washington 1967.

Leach, Edmund: Claude Lévi-Strauss zur Einführung. Mit einem Nachwort von Karl-Heinz Kohl und einer Auswahlbibliographie von Klaus Zinniel. Aus dem Englischen von Lutz-W. Wolff. 2. Aufl. Hamburg 1998.

Markowitsch, Hans J./Welzer, Harald: Das autobiographische Gedächtnis. Hirnorganische Grundlagen und biosoziale Entwicklung. 2. Aufl. Stuttgart 2006.

Martel, Yann: How Richard Parker Came to Get His Name, unter: http://www.amazon.com/gp/feature.html?docId=309590 (7. 1. 2013).

McDermott, William Coffmann: The Ape in Antiquity. Baltimore 1938.

Meyers, Jeffrey: Edgar Allan Poe. His Life and Legacy. London 1992.

Michaels, Axel: Der Hinduismus. Geschichte und Gegenwart. München 2006.

Morris, Desmond: Der malende Affe. Zur Biologie der Kunst. München 1968.

Nagel, Thomas: What Is It Like to Be a Bat? In: Philosophical Review 83 (1974), S. 435–450.

Neumann, Gerhard: Der Blick des Anderen. Zum Motiv des Hundes und des Affen in der Literatur. In: Jahrbuch der Deutschen Schillergesellschaft 40 (1996), S. 87–122.

Neumann, Gerhard/Vinken, Barbara: Kulturelle Mimikry. Zur Affenfigur bei Flaubert und Kafka. In: Zeitschrift für deutsche Philologie 126 (2007), Sonderheft: Texte, Tiere, Spuren. Hg. von Norbert Otto Eke und Eva Geulen, S. 126–142.

Neumeyer, Harald: Peter – Moritz – Rotpeter. Von »kleinen Menschen« (Carl Hagenbeck) und »äffischem Vorleben« (Franz Kafka). In: Maximilian Bergengruen u. a. (Hg.): Die biologische Vorgeschichte des Menschen. Zu einem Schnittpunkt von Erzählordnung und Wissensformation. Berlin 2012, S. 269–300.

Niekerk, Carl: Man and Orangutan in Eighteenth-Century Thinking: Retracing the Early History of Dutch and German Anthropology. In: Monatshefte 96 (2004), S. 477–502.

O. A.: Théâtre Variété. In: Prager Tagblatt Nr. 258 (18. September 1908), S. 7.

O. A.: Conversations with a Chimp. Photographed by Nina Leen. In: Life vom 11. Februar 1972, S. 55–60, unter: https://books.google.de/books?id=E0A EAAAAMBAJ&printsec=frontcover&hl=de&source=gbs_ge_summary_r& cad=0#v=onepage&q&f=false (31. 10. 2016).

O. A.: Amazing photographs of Kanzi the bonobo lighting a fire and cooking a meal. In: The Daily Telegraph. December 30, 2011 unter: http://www. telegraph.co.uk/news/picturegalleries/howaboutthat/8985122/Amazing-photos-of-Kanzi-the-bonobo-lighting-a-fire-and-cooking-a-meal.html (10. 10. 2016).

Oehler-Klein, Sigrid: Die Schädellehre Franz Joseph Galls in Literatur und Kritik des 19. Jahrhunderts. Zur Rezeptionsgeschichte einer medizinisch-biologisch begründeten Theorie der Physiognomik und Psychologie. Stuttgart, New York 1990.

Paré, Ambroise: Des monstres et prodiges. Édition critique et commentée par Jean Céard. Genf 1971.

Paul, Andreas: Von Affen und Menschen. Verhaltensbiologie der Primaten. Darmstadt 1998.

Perler, Dominik/Wild, Markus: Der Geist der Tiere – eine Einführung. In: dies. (Hg.): Der Geist der Tiere. Philosophische Texte zu einer aktuellen Diskussion. Frankfurt am Main 2005, S. 10–74.

Platon: Politeia. Griechisch und Deutsch. In: ders.: Sämtliche Werke in zehn Bänden. Griechisch und Deutsch. Nach der Übersetzung Friedrich Schleiermachers ergänzt durch Übersetzungen von Franz Susemihl und anderen. Hg. von Karlheinz Hülser. Bd. V. Frankfurt am Main, Leipzig 1991.

Plinius Secundus d. Ä., C.: Naturkunde. Lateinisch-deutsch. Buch VIII: Zoologie: Landtiere. Hg. und übersetzt von Roderich König in Zusammenarbeit mit Gerhard Winkler. Kempten 1976.

Poe, Edgar Allan: Brief an Philip Pendleton Cooke vom 9. August 1846. In:

ders.: The Complete Works of Edgar Allan Poe. Edited by James A. Harrison. Bd. 17: Poe and his Friends – Letters Relating to Poe. New York 1965, S. 265–268.

Raffaele, Paul: Speaking Bonobo. Smithsonian Magazine. November 2006, unter: http://www.smithsonianmag.com/science-nature/speaking-bonobo -134931541/?no-ist (10.10.2016).

Raabe, Wilhelm: Brief an G. Grote vom 13. Juli 1910. In: ders.: Sämtliche Werke. Im Auftrag der Braunschweigischen Wissenschaftlichen Gesellschaft hg. von Karl Hoppe. Ergänzungsbd. 2: Briefe. Bearbeitet von Karl Hoppe unter Mitarbeit von Hans-Werner Peter. Göttingen 1975, S. 503–504.

Rossiianov, Kirill: Beyond Species. Il'ya Ivanov and His Experiments on Cross-Breeding Humans with Anthropoid Apes. In: Science in Context 15 (2002), S. 277–316.

Rousseau, Jean-Jacques: Diskurs über die Ungleichheit. Discours sur l'inégalité. Kritische Ausgabe des integralen Textes. Mit sämtlichen Fragmenten und ergänzenden Materialien nach den Originalausgaben und den Handschriften neu ediert, übersetzt und kommentiert von Heinrich Meier. 2. Aufl. Paderborn u. a. 1990.

Rousseau, Jean-Jacques: Discours sur les sciences et les arts. Abhandlung über die Wissenschaften und die Künste. Französisch/Deutsch. Übersetzt von Doris Butz-Striebel in Zusammenarbeit mit Marie-Line Petrequin. Hg. von Béatrice Durand. Stuttgart 2012.

Sartre, Jean-Paul: Der Idiot der Familie. Gustave Flaubert 1821–1857. Bd. 2: Die Personalisation. Übersetzt und herausgegeben von Traugott König. Reinbek bei Hamburg 1977.

Savage-Rumbaugh, Sue u. a.: Spontaneous Symbol Acquisition and Communicative Use by Pygmy Chimpanzees *(Pan paniscus)*. In: Journal of Experimental Psychology 115/3 (1986), S. 211–235.

Schiebinger, Londa: Am Busen der Natur. Erkenntnis und Geschlecht in den Anfängen der Wissenschaft. Aus dem Englischen von Margit Bergner und Monika Noll. Stuttgart 1995.

Schiller, Friedrich: Über naive und sentimentalische Dichtung. In: ders.: Sämtliche Werke. Auf Grund der Originaldrucke hg. von Gerhard Fricke und Herbert G. Göpfert. Bd. 5: Erzählungen/Theoretische Schriften. 8. Aufl. München 1989, S. 694–780.

Schwidetzky, Georg: Sprechen Sie Schimpansisch? Einführung in die Tier- und Ursprachenlehre. Leipzig 1931.

Singer, Peter: Heavy Petting. Nerve 2001, unter http://www.utilitarianism. net/singer/by/2001----.htm (23.10.2016).

Singer, Peter: The Troubled Life of Nim Chimpsky, unter: http://www. nybooks.com/daily/2011/08/18/troubled-life-nim-chimpsky/ (23.10.2016).

Sommer, Volker: Schimpansenland. Wildes Leben in Afrika. München 2008.

Sugiyama, Yukimaru/Koman, Jeremy: Tool-Using and -Making Behavior in Wild Chimpanzees at Bossou, Guinea. In: Primates 20 (1979), S. 513–524.

Temerlin, Maurice: Lucy. Growing Up Human. A Chimpanzee Daughter in a Psychotherapist's Family. Palo Alto, California 1975.

Tomasello, Michael: Warum wir kooperieren. Aus dem Englischen von Henriette Zeidler. 2. Aufl. Berlin 2012.

Tyson, Edward: Orang-Outang, sive Homo Sylvestris: or, the Anatomy of a Pygmie Compared with that of a Monkey, an Ape, and a Man. To which is added, a Philological Essay Concerning the Pygmies, the Cynocephali, the Satyrs, and Sphinges of the Ancients. Wherein it will appear that they are all either Apes or Monkeys, and not Men, as formerly pretended. London 1699 (Nachdruck London 1966).

Voltaire: Brief an Jean-Jacques Rousseau vom 30. August 1755. In: ders.: Œuvres de Voltaire. Avec préfaces, avertissements, notes, etc. par M. Beuchot. Bd. 56: Correspondance VI. Paris 1832, S. 714–720.

de Waal, Frans: Der Affe und der Sushimeister. Das kulturelle Leben der Tiere. Aus dem Englischen von Udo Rennert. München 2001.

de Waal, Frans: Der Affe in uns. Warum wir sind, wie wir sind. Aus dem Amerikanischen von Hartmut Schickert. München, Wien 2006.

Wietig, Christina: Der Bart. Zur Kulturgeschichte des Bartes von der Antike bis zur Gegenwart. Diss. Hamburg 2005, unter: https://www.chemie.uni-hamburg.de/bibliothek/2005/DissertationWietig.pdf (25. 8. 2016).

Wrangham, Richard/Peterson, Dale: Bruder Affe. Menschenaffen und die Ursprünge menschlicher Gewalt. Aus dem Englischen von Götz Ferdinand Kreibl. München 2001.

Wrangham, Richard: Feuer fangen. Wie uns das Kochen zum Menschen machte – eine neue Theorie der menschlichen Evolution. Aus dem Englischen von Udo Rennert. München 2009.

Wynne, Clive: Aping Language – a skeptical analysis of the evidence for nonhuman primate language, unter: http://www.skeptic.com/eskeptic/07-10-31/ (4. 11. 2016).

Zuberbuhler, Klaus: Primate Communication. In: Nature Education Knowledge 3(10):83 (2012), unter: http://www.nature.com/scitable/knowledge/library/primate-communication-67560503 (25. 8. 2016).

Danksagung

Während des Schreibens dieses Buchs habe ich zahlreiche Anregungen bekommen und vielfachen Zuspruch erfahren, für die ich mich herzlich bedanken möchte. Hier denke ich zuerst an Artemis Alexiadou und Ulrike Pompe-Alama, mit denen ich im Sommersemester 2014 ein Seminar an der Universität Stuttgart gegeben habe, das mir die Augen für die linguistischen und philosophischen Dimensionen der ›Affenfrage‹ geöffnet hat.

Danken möchte ich auch meinen Studierenden an den Universitäten München und Stuttgart, die mit mir zahlreiche der hier behandelten Romane begeistert und kritisch diskutiert haben. Die Kolleginnen und Kollegen aus der Neueren Deutschen Literatur und der Mediävistik an der Universität Stuttgart haben mir immer wieder Anekdoten, Zeitungsartikel und Bilder zugetragen und mich mit ihrem Enthusiasmus und ihren Nachfragen bei der Stange gehalten. Dank Sandra Richter konnte ich die denkbar größte Forschungsfreiheit genießen.

Meine Schwestern Bettina, Kristina und Juliana waren – wie immer – jede auf ihre Weise für mich da. Ohne meinen Mann Manuel Braun gäbe es das Buch nicht. Ad multos annos!

Meinem Vater Wilhelm Tischel, der viel über den ›Firnis der Zivilisation‹ wusste, aber das Erscheinen des Buchs nicht mehr erleben durfte, möchte ich es widmen.

Verzeichnis der Abbildungen

Ihr Bonus als Käufer dieses Buches

Als Käufer dieses Buches können Sie kostenlos das eBook zum Buch nutzen.
Sie können es dauerhaft in Ihrem persönlichen, digitalen Bücherregal
auf **springer.com** speichern oder auf Ihren PC/Tablet/eReader downloaden.

Gehen Sie bitte wie folgt vor:

1. Gehen Sie zu **springer.com/shop** und suchen Sie das vorliegende Buch
   (am schnellsten über die Eingabe der eISBN).
2. Legen Sie es in den Warenkorb und klicken Sie dann auf:
   zum Einkaufswagen/zur Kasse.
3. Geben Sie den untenstehenden Coupon ein. In der Bestellübersicht wird
   damit das eBook mit 0 Euro ausgewiesen, ist also kostenlos für Sie.
4. Gehen Sie weiter **zur Kasse** und schließen den Vorgang ab.
5. Sie können das eBook nun downloaden und auf einem Gerät Ihrer Wahl lesen.
   Das eBook bleibt dauerhaft in Ihrem digitalen Bücherregal gespeichert.

e**Book** inside

eISBN   978-3-476-04599-7
Ihr persönlicher Coupon   65Rc9zgxzcSbmcy

Sollte der Coupon fehlen oder nicht funktionieren, senden Sie uns bitte
eine E-Mail mit dem Betreff: **eBook inside** an **customerservice@springer.com**.